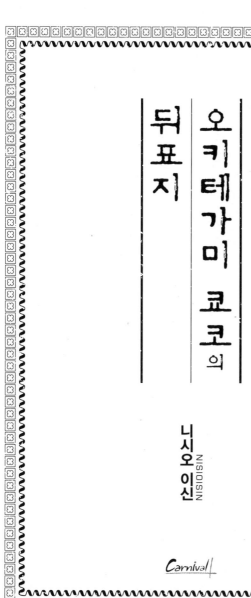

오키테가미 쿄코의
뒤표지

니시오 이신
NISIOISIN

Carnival

Okitegami Kyouko no Urabyoushi

이 책의 한국어판 저작권은 일본 講談社와의 독점 계약으로 (주)학산문화사에 있습니다.
저작권법에 의해 한국 내에서 보호를 받는 저작물이므로 불법 복제와 스캔 등을 이용한
무단 전재 및 유포·공유 시 법적 제재를 받게 됨을 알려 드립니다.

서 장

오키테가미 쿄코의 체포극

히다루이日怠# 경부는 과장님으로부터 '제4취조실로 가도록' 이라는 명령을 받은 시점에서 이미 불길한 예감이 들었다. 향하는 곳이 늘 체포된 피의자 중에서도 상대하기 힘든 '골칫거리'가 안내되는 제4취조실이기 때문이라는 사정 이전에, 그가 피의자의 취조를 명 받은 일 자체가 무척 오랜만이었기 때문이다.

그것을 두고 단순히 기쁘다, 오랜만의 실력 발휘에 좀이 쑤신다… 라고는 생각할 수 없었다.

애당초 히다루이 경부가 치쿠마가와千曲川 경찰서의 제4취조실뿐만 아니라 모든 취조실을, 요즘 들어 은근히 멀리하고 있던 이유는 그가 피의자를 취조하는 데 적합하지 않기 때문이다.

취조에 서툴러서가 아니다.

오히려 지나치게 능숙하다.

'능숙하다는 것도 틀린 표현이겠지. 그래서 **적합하지 않다는 거야.**'

그는 겸손이 아니라 정말 그렇게 생각하고 있다. 자각하고 있다.

자조하고 있다고 해도 좋다.

그도 그럴 것이 그가 취조를 맡으면 피의자는 **저지르지도 않은 죄까지** 술술 자백하기 시작하니까… 그로서는 강하게 협박하지도 않고 무턱대고 공포를 조장하지도 않았는데, 몸집이 크고 인상이 험악한 히다루이 경부는 아무래도 취조 대상에게 그런 느낌을 주고 마는 모양이다.

한때는 누명 제조기라는 오명도 썼었다.

그렇다고 해서 대충 취조할 수도 없었지만(하긴, 히다루이 경부 같은 괴수가 살살거리는 목소리로 피의자를 압박한다면 그건 그것대로 무서울 것이다) 어느 한 사건을 기점으로 설령 자신이 체포한 피의자라 해도 그는 취조하지 않게 되었다.

그렇다, 그것은 어느 청년을 체포했을 때의 일이었다. 히다루이 경부 못지않게 큰 키에 그런 것치고는 시종일관 쭈뼛거리던 그 새우등의 청년은 딱 보기에 수상한 용의자였지만, 그가 검찰로 넘어가기 직전에 부른 탐정이 흡사 순간 콩트처럼 순식간에 무죄를, 말하자면 히다루이 경부의 오인 체포를 입증했던 것이다.

'가장 빠른 탐정이라고 했던가. …명탐정이라.'

말장난이나 농담이 아니라 무고한 젊은이를 하마터면 검찰에 보낼 뻔한 것이 부끄러워서 히다루이 경부는 이후 취조실을 가까이 하지 않게 되었다… 라는 말이 결코 아니다. 그 시점에서 거동이 수상한 그 청년이 주요 용의자였음에는 틀림없기에 자신의 직무를 다했다는 의미에서 히다루이 경부는 틀리지 않았다고 확신한다. 지금도.

오인 체포를 해 놓고 사과하지 않는 거냐는 시민의 꾸지람도 히다루이 경부에게는 똑똑히 전해졌지만, 피의자에게 묵비권이 있듯 경찰에게도 자신에게 불리한 증언을 하지 않을 권리는 있을 거라고 생각한다. 적어도 히다루이 경부는 탐정이 명백한 '무죄 증거'를 들이밀었을 때 그것을 덮고 넘어가는 짓은 하지 않았다.

조용히 받아들였다. 공무원으로서는 그걸로 충분하다고 생각한다.

다만 그 한 사건으로 인해 히다루이 경부가 의욕을 확 잃어버린 것은 확실했다. 형사로서의 사기가 하강 곡선을 그렸다. 솔직히 말해서 탐정의 들러리를 서는 데 진력이 난 것이다.

'누군가의 활약을 돋보이게 하기 위한 무대 장치가 되다니… 지긋지긋해.'

국민을 위한 경찰이 아니라 탐정을 위한 경찰.

본 무대에 앞서 썰렁한 개그를 선보인 끝에 부정 경찰로 불리다니, 전혀 수지가 맞지 않는다. 문제의 난이도를 알기 쉽게 나타내기 위한 파렴치한 잣대 취급을 받는 데 걸맞은 급여는 받지 못하고 있다. 그렇다면 처음부터 탐정이 수사하면 될 일이다.

거의 자포자기하듯이 그렇게 생각했다.

상사도 그런 컨디션임을 간파하여 마음을 써서(혹은 써먹기 힘들어서) 히다루이 경부를 취조 업무에서 뺀 것이리라, 오늘까지는.

그런데 오늘이 되어 느닷없이 취조실로 가라니, 과장님은 대체 무슨 꿍꿍이속일까? 아무리 취조를 난항에 빠뜨리는 피의자가 있다고 해도 그곳에 누명 제조기를 보내는 것이 상책은 아닐 텐데.

뭐, 됐다.

가 보면 알 일이다.

마음은 내키지 않지만 거부할 만한 열의도 없다. 취조에서 완전히 은퇴했다고 우길 신념 같은 건. 어쨌거나 이것도 상명 하달이라고 각오를 다지고서 히다루이 경부는 제4취조실로 향했다. 그리고 확실히 '가 보면 알 일'이었다.

형사의 감이 적중했다.

왜 그에게 취조가 맡겨졌는지는 도착해 보니 불 보듯 훤했다. 하지만 그 사실로 인해 더욱 상황을 이해할 수 없었다.

제4취조실의 의자에, 경찰서 내 규정에 따라 로프로 꽁꽁 묶인 모양새로 앉아 있는 백발의 피의자는 놀랍게도 히다루이 경부를 취조실에서 멀어지게 만든 **장본인, 그** 탐정이었기 때문이다.

무대의 메인인 명탐정이었기 때문이다.

방에 들어선 히다루이 경부를 환영이라도 하듯 그녀는 생긋 미소를 짓고… 육중한 느낌의 수갑이 채워진 양팔을 들어 팔랑팔랑 손을 흔들면서,

"처음 뵙겠습니다. 용의자 오키테가미 쿄코掟上今日子입니다."

라고 말했다.

오키테가미 쿄코의

의

뒤표지

제 1 화

오키테가미 쿄코의 취조실

1

처음 뵙겠습니다.

그 말을 듣고 히다루이 경부는 그녀가 그냥 탐정이 아니라, 그리고 그냥 명탐정도 아니라 망각 탐정임을 얄궂게도 선명히 떠올렸다. 가장 빠른 탐정이자 망각 탐정.

아니, **망각 탐정이기에 가장 빠른**.

잘 때마다 기억이 리셋되므로 어떤 사건이든 하루 안에 해결해야 한다, 라나 뭐라나… 허풍이나 과대광고가 아니라 실제로 히다루이 경부의 눈앞에서도 그녀는 '순식간에' 사건을 해결했다.

눈에도 보이지 않는 하이 스피드.

엄밀하게 말하면 그녀는 용의자 청년의 무죄를 증명했을 뿐으로, 범인을 특정하여 사건을 해결로 이끈 것은 아니었지만….

'뻔뻔하게 '그 일은 히다루이 경부님께 맡길게요. 서로 잘 해봐요'라고 지껄이더니….'

아무래도 완전히 잊은 모양이다. 광고대로.

사건뿐만 아니라 히다루이 경부의 존재까지. 물론 그런 뻔뻔한 말 없이도 히다루이 경부는 그 후 사건의 '진범'을 조용히, 가장 빠르다고는 말할 수 없더라도 가급적 신속히 체포했지만, 그래도 앞서 말한 이유로 직접 취조하는 일은 없었다.

'사실상 그 일 이후로 처음 취조하는 상대가 설마 내 취조 인생을 끝장낸 망각 탐정일 줄이야, 대체 무슨 업보인지.'

당황하면서도 그 감정을 일절 얼굴에 드러내지 않고 표면상으로는 무뚝뚝한 무표정을 유지한 채(그 부분이 무섭다고들 하지만) 히다루이 경부는 망각 탐정과 마주 보고 느릿하게 앉았다. 지금껏 방 안에 있던 감시 역 경찰에게는 나가 달라고 재촉했다. 규정상으로는 살짝 위험하지만 취조는 일대일, 단둘인 편이 이야기가 빠르다는 것이 히다루이 경부의 고루한 생각이었다.

시간이 지나 더 낡기는 했겠지만 오랜만이라고 스타일을 바꿀 마음은 없다. 어차피 히다루이 경부가 온 시점에서 (혹은 용의자가 망각 탐정인 시점에서) 이미 통상 절차를 대폭 일탈한 상태이다. 가장 빠른 탐정이라면 이야기가 빠른 것에 불만도 없을 것이다.

"처음 뵙겠습니다. 히다루이입니다. 계급은 경부입니다."

라고 속마음을 떠보듯이 '첫 대면일 때의 인사'로 답했다.

"경부님이신가요? 어머나. 직접 취조해 주시다니 영광입니다."

생글생글 명랑하게 웃으면서 그렇게 대꾸하는 망각 탐정.

안경 속 눈동자로도 진의는 전혀 알 수 없다.

태연한 듯 보이지만, 히다루이 경부와 이 거리에서 마주하고도 실실 웃을 수 있다는 점이 참 이상한 부분이다. 테이블을 사이에 두고 있었지만 마음이 약한 자라면 중년인들 울음을 터뜨렸어도 이상하지 않은 거리감, 압박감이다.

수갑과 포승줄에도 전혀 동요하는 낌새가 없다. 창문에 격자가 끼워져 있어 볕이 잘 들지 않는 제4취조실인데 흡사 오픈 카페의 의자에라도 앉아 있는 듯 우아하다.

'과연, 확실히 이건 '골칫거리'다. 누명 제조기의 커리어 중에서도 일찍이 경험한 적이 없을 만큼. 그렇지만.'

이 경우, 그 하나만으로는 히다루이 경부에게 취조를 맡긴 이유가 못 된다. 대체 그녀가 어떤 사건으로 체포되었는지도 아직 듣지 못했으니까. 그럼에도 불구하고 두말할 필요도 없이 히다루이 경부가 취조실로 보내진 이유가 있다면 그것은 단 하나, 그가 **망각 탐정 경험자**이기 때문이다.

커리어로 말하자면 그런 의미에서의 커리어다.

한 번 한숨을 깊이 내쉬고서,

"쿄코 씨. 당신은 자신이 왜 이곳에 있는지 알고 계십니까?"

라고 우선은 첫 번째 질문을 던졌다.

"그걸 전혀 모르겠어요. 기억나는 게 없어요."

"그러시겠죠."

2

사정 청취를 하고 싶어도 정작 피의자 본인이 '사정'을 완전히 잊고 있다. 이러면 취조가 성립되지 않는다.

대체 지금껏 이 방에서 취조 담당관과 피의자 사이에 얼마나 부질없는 대화가 펼쳐졌을지 쉽게 상상이 갔다. 차라리 그녀가 묵비권을 행사했다면 달리 접근 방법이 있었으리라.

망각권을 가진 용의자.

참 곤란하던 차에 그녀가 과거 관할 안에서 발생한 사건의 해결에 협력했던 탐정임이 여차저차해서 판명되었고, 그런 이유로 당사자인 히다루이 경부에게 배턴이 넘어왔다는 것이 명탐정이 아니더라도 추리할 수 있는 사태의 진상인 듯하다.

그건 좋다. 그건 알겠다.

문제는 어떤 죄목으로 그녀의 지금 그 몸이('기억나는 바가 없는' 몸이) 이렇게 구속되어 있는가 하는 점이다. 수갑이 채워져 있는 이상 중요 참고인 단계가 아니라 이미 체포되었음은 명명백백한데, 대체 무슨 혐의로?

아무리 위에서 재촉했다고 해도 그 정도는 사전에 알아보고 이 방에 왔어야 했다. 금전 문제인가?

당시를 떠올리면 망각 탐정은 돈에 무척 까다로운 탐정이었다는 이미지가 강하다. 그때의 피의자(의뢰인)도 자유와 맞바꾸어 상당히 큰돈을 지불해야 했다.

'혹시 탈세인가?'

해결한 사건에 대해, 다음 날이면 클라이언트까지 포함하여 업무 내용을 전부 잊고 마는 망각 탐정이 어떻게 세금을 내고 있는지는 당시에도 참으로 의문이었다. 하지만 아무리 망각 탐정 '경험자'일지라도 그에게 탈세 용의자를 맡길 것 같지는 않다, 형사부 수사1과의 히다루이 경부에게.

'그렇다면 강력범인가….'

쿄코 씨인 만큼[*].

아니, 웃을 일은 아니지만. 농담으로서도 별로다. 이곳이 교토라면 그래도 조금은 먹혔을지도 모르지만(쿄코 씨인 만큼).

어쨌거나 그렇게 되면 용의자가 망각 탐정이라는 점 이외에도 심각한 문제가 발생한다. 비공식이라지만 (게다가 수사 방침은 한없이 대립적이었지만) 과거 수사에 협력했던 탐정을 이번에는 흉악 범죄의 범인 후보로서 체포해 버린 것이다.

존중받아 마땅한 도시 행정으로부터 시끄럽게 비난받을 거리가 이 시점에 이미 산더미처럼 갖추어져 있다. 미디어가 발맞추어 얼씨구나 하고 과거로 거슬러 올라가 치쿠마가와 경찰서의 불상사를 폭로하는 사태로 발전할지도 모른다.

그렇게 되면 한때 한시대를 풍미했던 누명 경부의 존재도 불거질 것임에 틀림없다. 아니, 자신의 명예 따위는(불명예 따위는) 이 마당에 아무래도 좋지만… 범죄자에게 수사 협력을 구한

※쿄코 씨인 만큼 : 일본에서 강력범은 강행범이라고 쓴다. 한자 强行犯의 强行은 쿄코라고 읽는다. 동음이의어를 활용한 말장난.

게 되면 정말 큰일이다. 이 경우에는 협력 태세가 비공식이었던 것이 사태를 더욱 악화시키리라.

'아냐…. 아직 수갑을 차고 포승줄에 묶여 취조실에 있을 뿐, 유죄가 확정된 것은… 아니다.'

무죄추정의 원칙이다. 의심스러운 것은 피고인에게 유리하게.

다만 '망각 탐정 경험자'로서는 심플하게 그녀의 무죄를 믿기도 힘들었다. 당시를 돌이켜 보면 쿄코 씨의 얌전하면서도 강압적인 수사 방식은 범죄에 가까운 것이었다. 꽤 야비한 각도에서 코너를 공략했다.

비공식이기에 비합법이기도 했다.

'뭐, 그렇게 따지면 **범죄가 아닌 행위**란 이 세상에는 거의 없지만… 어떤 행위든 결국 어떤 법엔가는 저촉되니까.'

그런 식으로 히다루이 경부가 현 상황(법의 현 상황과 자신의 현 상황)을 이리저리 재확인하는 동안에도 상대인 쿄코 씨는 일관되게 생글생글 미소 짓고 있었다. 그녀야말로 스스로가 놓인 현 상황을 전혀 파악하지 못한 게 아닐까 싶을 만큼 한없이 평온한 미소다.

하지만 그 웃는 낯에 속으면 안 된다. 이 탐정은 웃는 낯으로 무장한 거나 다름없다.

그녀는 처참하고 피비린내 나는 살인 현장에서든 질척질척 구질구질한 인간관계 속에서든 한결같이 웃을 수 있는 탐정이다.

예전에 들은 바에 따르면 '어차피 내일이 되면 잊으니까'라는 이유로 그로테스크에도 사디즘에도 태연자약하여 겁을 먹는 일이 없다고 한다.

살인 현장에서든 아수라장에서든 태연할 수 있는 신경(무신경)을 가졌다면 폐쇄된 취조실에도 히다루이 경부의 험악한 인상에도 역시 동요하지 않으리라.

"'누명 제조기'로서는 마음이 편하다고도 할 수 있지. 적어도 이번 케이스에서 나는 저지르지도 않은 죄를 자백시킬 우려는 없는 셈이야.'

"그럼 기본적인 부분부터 솔직히 여쭙겠습니다. 쿄코 씨, '오늘의 당신'은 무엇을 어디까지 기억하고 계십니까?"

"그 질문으로 보아 히다루이 경부님은 저를 저보다 잘 아시나 봐요. 우후후, 전에 식사라든지, 수수께끼 풀이를 함께한 적이라도 있나요?"

식사 쪽이면 좋을 텐데요, 라고.

쿄코 씨는 질문에는 바로 답하지 않고 그렇게 회피하듯이 말했다. '골칫거리'다. 물음을 물음으로 받아들이지 않는다. 질문을 받았다고 꼭 대꾸할 필요는 없음을 안다. 인간은 설명을 하고 싶어 하는 생물이기에 질문을 받으면 무심코 반응하고 마는 법이건만.

"그런데 기억이 없는 제 앞에 만반의 준비를 하고 경부님께서 등장하셨으니 유감스럽게도 수수께끼 풀이 쪽이려나요. 짐작하건대 하루면 기억이 리셋되는 제 '전문가'로서 이 제4취조실에 오신 걸까요. 제4취조실, 우후후. 조금 전까지 제 이야기 상대가 되어 주신 큐트한 형사분의 낌새를 보면 이곳은 골치 아픈 용의자가 안내되는 방인 것 같네요."

"……."

탐정의 주특기인 '인간 관찰'인가.

별것 아닌 몸짓과 대수롭지 않은 발언, 미세한 표정을 단서로 이쪽의 사정을 척척, 그리고 턱턱 알아맞힌다. 이거, 입장이 완전히 반대다. '경험자'인 히다루이 경부의 경우 그래도 이 정도의 '인사를 대신한 잽'은 견딜 수 있지만, 지금 이때까지 이 자리에 앉아 있었던 '큐트한 형사분'은 잠시도 버틸 수 없었으리라.

'단 하루의 협력 태세였으니까. 그런 의미에서라면 나는 일일 서장 같은 거나 마찬가지로, 전혀 '전문가'가 아닌 게 되지만… 나를 파견한 상사의 판단은 적어도 옳았던 셈이다.'

"그 멋지게 찌푸려진 눈썹을 보건대 그때 저는 히다루이 경부님께 별로 좋은 인상을 주지 못했나 보죠? 죄송해요, 수수께끼 앞에서는 예의에까지 신경을 못 쓸 때도 많은 모양이라서요. 저는 이제 완전히 잊었으니 없었던 일로 해 주세요."

"…아니요, 제게 실례를 했던 건 아닙니다. 그보다 어물쩍 넘어가지 말고 질문에 답해 주시겠습니까? 쿄코 씨, '오늘의 당신'은 무엇을 어디까지 기억하고 계십니까?"

끈기다. 같은 것을 몇 번이고 묻는다. 거듭 확인한다. 버틴다. 집요하게.

망각 탐정을 상대하고 있기 때문이라기보다 그것은 취조의 비법 같은 것이었다. 무엇보다도 탐정이 자신의 기술로 척척 알아맞히는 일 자체에 큰 의미는 없다.

웃는 낯으로 도발하고 있을 뿐이다.

상대의 마음을 뒤흔듦으로써 어떻게든 반응을 이끌어 내어 보다 많은 정보를 얻으려 하고 있을 뿐. 그렇다면 의외로 히다루이 경부가 사전 조사를 하지 않고 이처럼 시키는 대로 곧장 제4취조실로 향한 것이 반드시 졸속 행위는 아니었을지도 모른다.

적어도 수사의 진척 정보 같은, 이쪽이 가진 패를 쿄코 씨에게 내보일 걱정은 없는 셈이다.

"공교롭게도 전혀 몰라요. 이 탐정이 현재 아는 것이라곤 비망록에 남겨져 있던 이 말 정도예요."

그렇게 말하고 쿄코 씨는 수갑이 채워진 양손을 일단 데스크 위에 놓더니 왼팔을 밀어 올렸다. 그러자 소매가 걷히면서 살갗에 바로 매직으로 쓴 글자가 노출되었다.

'나는 오키테가미 쿄코. 25세. 탐정.

기억이 하루마다 리셋된다.'

'그러고 보니 봤던가. 저번에도.'

설마 취조실에서 두 번째를 맞게 될 줄은 몰랐는데….

체포된 피의자는 취조실에 메모나 휴대전화 같은 개인 물품을 가지고 들어올 자유를 박탈당하지만 그것이 살갗에 쓰인 비망록이라면 역시 몰수할 수 없다.

"잠에서 깨자마자 갑자기 후닥닥 체포되어 버렸거든요. 가까스로 자신이 누군지는 파악했지만 그 이외에는 전혀 모른다는 것이 솔직한 상황이에요."

"…그런 것치고는 꽤나 침착하신 것 같은데요?"

이번에는 대답이 돌아온 순간 신중하게 히다루이 경부는 말했다. 탐정을 상대로 경솔한 발언을 하면 어디서 꼬투리를 잡힐지 모른다.

들러리는 되지 않겠다.

그럴 바에는 차라리 부정 경찰이 낫다.

"허둥대도 별수 없으니까요. 어차피 자고 나면 잊을 일이고."

"혹시 심신상실을 주장할 생각이라면…."

"아니, 아니, 기억나는 바는 없지만 결백을 주장할 생각이에요. 그야말로 아주 단호하게 말이에요. 아까부터 여러 번 그렇게 말씀드렸는데 큐트한 형사분께는 아무래도 통하지 않았나 봐요."

그야 통하지 않으리라.

그것이 어떤 사건이든 사건 당시의 기억이 없다고 우기는 인물이 동시에 결백도 주장한다면 그 시점에서 이미 상당히 모순되어 있다고 해도 좋다. 오히려 기억이 없다면 자신이 무슨 짓을 저질러 버리진 않았을까 불안에 빠지는 것이 보통이다.

'뭐, 망각 탐정의 '망각'을 술에 취해 기억이 없는 경우와 똑같이 취급할 수는 없지만….'

실제로 이 시추에이션에서 망각 탐정이 심신상실을 주장했더라면 살짝 대응에 고심할 뻔했다. 하루 만에 기억이 리셋되는 인물에게 책임 능력을 물을 수 있을지 없을지는 미묘하다기보다도 민감한 문제다.

본인이 이처럼 담담하므로 언뜻 그렇게는 보이지 않지만… 단, 공평을 기하자면 그녀가 '어차피 내일이면 잊으니까'라며 흉악 범죄에 손을 댔을 가능성도 부정할 수 없다.

현 시점에서는 무엇 하나 부정도 긍정도 할 수 없다.

"결백을 주장하시는 근거는 있습니까? 예를 들어, 오른팔에는 '나는 무죄다'라고 적혀 있다든지…."

"그게, 확인한 바로는 달리 메모는 없는 것 같았어요."

그렇게 말하는 쿄코 씨였지만 전제가 달린 이 발언은 곧이곧대로 믿을 수 없다. **확인한 바로는**. 수갑을 찬 상태로 온몸의 살갗을 샅샅이 체크할 수 있었을 것 같지는 않다.

"그래도 저는 무죄라고 생각해요. 그도 그럴 것이, 만일 명탐정인 제가 범죄를 저질렀다면 이렇게 맥없이 체포될 리 없는걸요. 트릭을 구사하고 알리바이를 꾸며 완전 범죄에 성공할 것이 틀림없다고요."

"……."

허풍, 이라고는 말할 수 없다.

오히려 그녀가 자신감에 가득 차 그렇게 단언하자 히다루이 경부는 '망각 탐정 경험자'로서 과연 그 말이 맞다고 무심결에 납득할 뻔했다.

체포된 것 자체가 무죄의 증거다라는 엉터리 논리는 무심결에 눈이 휘둥그레질 만큼 파격적이기는 하지만 뭐라 말할 수 없는 설득력이 있었다.

물론 그것을 바탕으로 무죄 석방할 수는 없지만….

'적어도 내가 아는 '쿄코 씨'라면 '큐트한 형사분'께 어이없이 체포되는 얼빠진 실수를 저지를 것 같지는 않다.'

범죄를 저지르는 일은 있어도 실수를 저지르는 일은 없을 것 같다. 단, 지금 자신이 망각 탐정에게 서서히 사고를 유도당하고 있는 것도 사실이다. 어느샌가 대화의 주도권을 빼앗겼음을 인정하지 않을 수 없다. 되찾아 와야 한다.

"쿄코 씨는 상당히 스스로의 능력을 높게 평가하고 계신가 보군요."

빈정거림을 담아 그렇게 말해 보았으나 "이것도 낮게 본 건데요."라고 그녀는 천연 백발의 머리보다 더 천연덕스럽게 대꾸했다.

"제 '전문가'라면 알고 계시겠죠?"

"…'전문가'라고 할 만큼은 못 됩니다. 저는. '경험자'일 뿐이죠."

"'경험자'."

말이 되풀이된다.

아차. 발언을 끌어냈구나.

끌려 나온 것은 이렇다 할 것 없는 내용이지만 끌려 나왔다는 사실 자체가 향후 '말의 파워게임'에 영향을 미친다.

실제로는 별일 아니라지만 열세에 몰린 기분이 되었다. 기분. 의외로 중요하다. 과거 히다루이 경부가 망각 탐정 때문에 '들러리 기분'을 맛보았을 때처럼.

심기일전하듯 히다루이 경부는 헛기침을 하고,

"실제로 당신은 이렇듯 체포되어 있습니다."

라고 말했다.

"당신이 지금껏 그렇게 해 왔듯이 이번에는 자신의 완전 범죄가 간파되었기 때문이라고는 생각 않으십니까?"

"어머나. 그거 참신한 견해네요."

웃는다. 까르르 웃는다.

여유작작한 태도는 전혀 무너지지 않는다.

"하지만 그 경우, 제 눈앞에 있었던 것은 큐트한 형사분이 아니라 솜씨 좋은 명탐정이었을 거예요. '전문가'… 아니, '경험자'이신 히다루이 경부님이라면 모를까, 제가 누군지도 몰랐던 그 새파란 청년이 '망각 탐정의 완전 범죄'를 간파했다고는, 실례지만 도저히 생각할 수 없네요."

억지 논리를 펼친다.

그 또한 탐정의 진면목인가.

은근슬쩍 치켜세우듯 말하면서 이쪽의 자존심을 건드리는 것도 테크닉일까. 각오 이상으로 힘겨운 상대다.

"당신이 범인이 아니라면 쿄코 씨, 그럼 대체 누가 범인이라는 겁니까?"

조바심도 나고 또 울적한 '기분'도 있어 거의 시비를 걸듯 히다루이 경부는 물었다. 이런 식으로 말하기에 피의자가 저지르지도 않은 범죄를 자백하고 마는 것이다.

하지만 쿄코 씨는 그런 짜증에 대해 마치 기다렸다는 듯,

"역시 히다루이 경부님이세요. 제 생각 같은 건 정확히 꿰뚫고 계시는군요. 바로 지금부터 그 이야기를 하려던 참이었어요."

라며 불쑥 상체를 내밀었다.

발언을 유도당한 척하며 기분 나빠 한다. 기분 나쁜 탐정이다.

의자에 꽁꽁 묶여 있기에, 상체를 내밀었다 해도 소박하게 몸

을 기울인 정도였지만.

"대체 누가 범인인가. 진범인가. **저라면** 그것을 규명할 수 있을 것 같거든요, 초고속으로."

"초고속…."

탐정이자 망각 탐정.

어떤 사건이든 하루 안에 해결한다. 순간 콩트 같은 수수께끼 풀이.

"…몸소 결백을 증명하겠다는 겁니까?"

과거 히다루이 경부의 눈앞에서 피의자로 지목된 청년의 무죄를 증명했듯이 이번에는 자신의 무죄를 증명하겠다는 걸까.

명탐정으로서.

"네. 자초지종만 알려 주신다면요."

쿄코 씨는 말했다. 딱 잘라 말했다.

그리고 이렇게 덧붙이는 일도 망각 탐정은 잊지 않았다.

"그러니 제게 의뢰비 상담을 받으세요. 성공 보수여도 상관없으니…."

3

자신의 무죄를 입증하기 위한 탐정 행위의 의뢰 요금을 설마 공적인 수사기관, 법 집행 기관에 내라니. 해맑은 얼굴치고는 턱없이 억척스러운 발언이며, 또 '경험자'인 히다루이 경부가 알던 대로 흔들림 없는 쿄코 씨다운 모습이기도 했다.

그녀에게는 위기감이라는 게 없는 걸까?

어쨌든 간에 이제 일단락 지을 때였다.

설마 그런 요청(영업 활동?)을 수락할 수는 없지만 역시 사건의 개요도 모르는 채 사정 청취를 하는 데는 한계가 있다. 그녀가 주장하는 무죄가 얼마나 신빙성이 있는 것인지 알기 위해서라도 이쯤에서 일단 제4취조실에서 퇴장하여 사건 파일을 훑어볼 필요가 있었다.

착실하게도 복도에서 기다리고 있던 감시 역의 경찰에게 히다루이 경부는 피의자를 유치장으로 데려가도록 했다.

"독방으로 해. 탐정이니까. 다인실로 하면 트러블의 불씨가 될지도 몰라."

이래저래 범인에게 원한을 사기 쉬운 직업이다. 게다가 망각탐정의 경우 원한을 산 일을 다 잊었다. 유치장 안에서의 말다툼이 살인 사건으로 발전할 거라고는 생각하지 않지만 조심하는 것이 제일이리라.

"정중히 다뤄. 하루면 기억이 리셋된다 해도 그 탐정은 법률에 정통한 타입이야. 자칫 거칠게 굴었다가는 약점을 잡힐 거야."

그렇게 경고하고 히다루이 경부는 수사1과가 있는 층으로 돌아가 피의자에게 '큐트한 형사분'으로 불렸던 (뭐, '누명 제조기'로 불리는 것보다는 그나마 나은 닉네임이다) 후배를 찾아 자료 제출을 요구했다.

보통 자신이 담당한 사건과 자신이 체포한 피의자를, 비록 선배라지만 다른 형사에게 인계한다는 것은 아무리 조심스러운 부탁일지라도 싫을 테지만 의외로 선뜻, 그는 작성 도중인 파일을 넘겨주었다.

미련 없이.

오히려 자신의 손을 떠나 안도하는 눈치이기도 했다. 제4취조실에서 대체 얼마나 들볶인 걸까. 완전히 녹초가 되었잖아. 저것이 미래의 자기 모습이라고 생각하니 진저리가 났지만 히다루이 경부는 그런 미래를 그리면서도 자기 자리에 앉아 훌훌 페이지를 넘겼다.

'피의자 : 오키테가미 쿄코. 연령 : 자칭 25세.

성별 : 여성. 안경 : 착용.

직업 : 탐정. 오키테가미置手紙 탐정 사무소 소장.

생년월일 : 불명. 출생지 : 불명.

경력 : 불명.'

'경력 불명…?'

놀랐다.

아니, 하루면 기억이 리셋되는 망각 탐정이 스스로의 과거를 기억하지 못한다면 그것은 물론 납득이 가지만, 공적 기관이 공적으로 조사했는데 아무것도 나오지 않았다는 것은 조금 이질적이다.

망각한 정도가 아니라 과거로 거슬러 올라가서 존재를 말소당한 듯 백지 상태였다.

상벌 이력은커녕 면허증이나 여권 기록조차 없다.

마치 존재하지 않는 인물의 데이터에 액세스한 것 같다. 그녀가 자칭했다는 연령이 분명하지 않은 것은 물론이거니와, 이렇게 되면 '오키테가미 쿄코'라는 이름조차 본명인지 아닌지 의심스럽다.

의심해 달라는 거나 마찬가지인 프로필이다. 의문의 여지밖에 없다.

탐정으로서 보지 않으면 이토록 수상한 인물도 없다. 어째서 지금까지 체포되지 않았는지 불가사의할 정도다. 아마 이 수많은 '불명'만으로도 엄밀하게는 위법 상태이리라.

'…어디 보자.'

그런 그녀가 대체 어떤 죄목으로 체포되었는지 돌연 흥미가 일었다. 그러나 그 주책맞다고도 할 수 있는 기대는 조금 싱거운 느낌으로 배신당하게 되었다.

어떤 의미에서는 예상대로였다.

금전 문제라는 히다루이 경부의 첫 예상이 아주 맞지는 않더라도 크게 틀리지도 않았다. 단, 탈세니 사기니 하는 것이 아니라 죄명은 강도 살인이었다.

강도 살인.

틀림없는 흉악 범죄다. 농담이 아니라 정말로 강력범이었다.

금전을 목적으로 인간의 목숨을 빼앗았다. 게다가 현행범으로 체포되었다. 작성 도중인 자료를 읽으면 읽을수록 결백潔白은커녕 칠흑漆黑이었다. 쿄코 씨의 유죄는 확정적이라고밖에 생각할 수 없었다.

달리 범인이 있다고는 생각할 수 없다.

증거도 충분히 갖추어져 있다. 흉기에는 온통 쿄코 씨의 지문이 묻어 있었다고 한다.

유치留置할 필요도 없이 컨베이어 벨트 식의 자동화 작업으로 당장 검찰에 보내도 기소할 수 있을 정도리라. 역시 본인이 잊었을 뿐, 범인은 그녀임에 틀림없지 않을까. 자신이 죽여 놓고 수사에 협력하겠다(돈은 내 달라)라니, 뻔뻔함을 뛰어넘어 아주 우스꽝스러운 주문이라고도 할 수 있었지만, 그렇게 단정 짓기에는,

'…….'

하고.

히다루이 경부에게는 망설임이 있었다.

한 줄기 불안이다. 아니, 한 줄기 정도도 못 되는 한 점의 불

안이다.

명탐정이 죄를 저지른다면 트릭을 구사한 완전 범죄가 될 터… 라는 쿄코 씨의 바보 같은 주장을 설마 그대로 받아들일 수는 없지만, 이 사건 자료에서 파악할 수 있는 흉악 범죄는 몹시 난폭하고, 이렇게 말해도 좋다면 **너무 엉성하다**.

완전 범죄는커녕 쿄코 씨를 의심할 수밖에 없는, 달리 용의자가 없는 사건이다. **바로 그래서** 몹시 부자연스럽다.

비록 명탐정이 아닐지라도, 단순히 돈을 목적으로 한 범행일지라도 조금은 들키지 않으려고 노력하지 않을까. 자신이 의심받을 수밖에 없는 시추에이션을 연출하느라 고심하는 범인은 있을 리 없다.

'뭐, 자기주장이 강한 극장형 범죄라면 그럴 수도 있겠지만….'

죄명이 강도 살인이라면 엎치나 메치나 거기에 이상성理想性은 없다.

너무 수상해서 수상하지 않다라는 것도, 탐정이기에 체포된 사실 자체가 무죄의 증거라는 것과 마찬가지로 터무니없는 논리지만. 어쩌면 이거, 명탐정은 덫에 걸린 게 아닐까 하는 의심이 히다루이 경부의 머릿속을 스쳤다.

오명을 쓴 게 아닐까… 하고 누명 제조기 특유의 시각에서 생각하지 않을 수 없었다.

그야말로 탐정에게 원한을 가진 누군가로부터 죄를 뒤집어쓴 게 아닐까 하고. 그렇다면 망각 탐정의 디메리트가 확연히 두각을 나타내게 된다. 이를테면 사건 당시의 알리바이를 주장할 수 없다, 잊었으니까.

'…그녀가 유치장에서 쌔근쌔근 잠들어 버리기 전에 다시 한 번 찬찬히 사정을 묻는 게 좋겠군. 아니, 그 상태로 보아 그 이전에….'

여기서는 '전문가'의 의견을 구하는 게 좋을지도 모른다. 어디까지나 히다루이 경부는 '전문가'가 아닌 '경험자'다… 게다가 형사 인생이 일변할 만큼 씁쓸한 경험을 했으므로 그녀에 대해 객관적으로 판단하고 있다고는 말하기 힘들다. 있을 수 없는 일이지만 아무래도 개인적인 감정이 앞선다.

새로운 누명을 낳지 않기 위해서라도 여기서는 만전을 기하는 의미에서 **과거의 누명 피해자**에게 가르침을 구하기로 하자. 분명 그 거동이 수상한 청년은 오키테가미 탐정 사무소의 단골손님이었을 것이다.

말하자면 누명의 프로이고, 즉 그런 사람이야말로.

망각 탐정의 전문가다.

'이름은, 그래… 분명 카쿠시다테 야쿠스케隱館厄介라고 했던가….'

4

이리하여 나는 이 사건에 관여하게 되었다.

오키테가미 쿄코의

뒤표지

제 2 화

카쿠시다테 야쿠스케의 쿄코 씨 강의

1

솔직히 말해 내 신병을 오인 체포한 경찰과 만나는 일은 별로 내키지 않는다. 눈곱만큼도 가슴 설레지 않는다. 가슴이 뛰기는 하지만 이것은 숨 가쁨을 동반한 벌렁거림이다. 하마터면 억울한 죄로 기소될 뻔했으니 그 일만으로도 겁을 먹고 싶은 건 당연하나, 대개의 경우 그들은 오인 체포로 판명 나기 전보다 오인 체포로 판명 난 후에 내게 더 적의를 보이기 때문이다… 드러내기 때문이다.

취조실에서는 그것이 요령인 듯 간혹 살갑게 대해 주기도 하는 '인정파' 형사거나 다른 형사의 폭주로부터 나를 지켜 주는 '인권파' 형사일지라도, 누명 체질의 내가 '탐정을 부르게 해 주세요!'라는 마법의 캐치프레이즈를 내걺으로써 쾌도난마로 펼쳐지는 명탐정의 추리로 그럭저럭 무고를 밝혀 낸 순간 손바닥을 휘릭 뒤집는다. 나를 '적'으로 간주한다.

나로서는 불합리하기 짝이 없는 이야기지만 곰곰이 생각해 보면 그들, 그녀들의 심정도 모르는 건 아니다. 의미 불명은 아니다.

올바름, 나아가 정의를 내세울 때 인간은 공격적이 되는 법인데 그 이상으로 **자신의 잘못을 지적하는 자가 나타났을 때**, 지금의 입장을 위협하는 자가 나타났을 때야말로 최대한 공격적이 된다. 나 같은 누명 피해자라는 놈은 경찰이 보기에 국가 권력의 위엄을 실추시킬지도 모르는, 범죄자 이상으로 가증스러운 악일지도 모른다.

참으로 무시무시한 아이러니다.

우화적이라고도 할 수 있지만 교훈은 얻을 수 없을 것 같다.

그럼에도 내가 히다루이 경부와 만나기로 결심한 이유는 말할 필요도 없다, 쿄코 씨가 체포되었다는 충격적인 속보가 날아들었기 때문이다. 변함없이 다음 직장을 찾아 이력서를 쓰던 손을 멈추게 하는 브레이킹 뉴스breaking news로서는 아주 충분하고도 남았다.

내가 오인 체포될 때마다, 그 정도까지는 가지 않더라도 범인으로 지목될 때마다 '탐정을 불러 주세요!'라고 외쳤듯이 이번에는 쿄코 씨가 내 도움을 구하고 있다… 라고 생각할 만큼 내 두뇌는 축복받지 않았다. 내 착각은 심하지 않다.

쿄코 씨에게는 오늘밖에 없다.

체포된 시점의 쿄코 씨가 나라는 단골 클라이언트를 기억하고 있었을 리 없다.

[망각 탐정 전문가로서 이야기를 들려 주셨으면 합니다.]

라고 했다.

후후훗.

그런 용건이라면 내게 전화를 건 것은 정답이다. 아마 나보다 많이 쿄코 씨에게 의뢰를 반복하는 단골은 없을 테니까.

라며 우쭐해 할 때도 아니었다.

망각 탐정이 체포.

순간 '그럴 리 없어! 쿄코 씨만큼은! 누명임에 틀림없어!'라고 흥분에 차서 생각했지만, 문득 되짚어 보니 이에 관해서는 섣불리 판단할 수 없었다. 아무리 쿄코 씨가 내 은인이라지만, 지금껏 나는 그 쿄코 씨를 비롯한 명탐정들이 바로 '이 사람만큼은'이라고 생각했던 인물을 진범으로 지목하여 호되게 지탄해 가는 모습을 내 눈으로 봐 왔다.

역설적이지만 '의외의 범인' 따위 내게는 이제 의외조차 아니다. '탐정＝범인' 같은 방정식은 고전적인 정도를 뛰어넘어 거의 고대 문명이다. 따라서 쿄코 씨를 믿기 위해서라도 나는 히다루이 경부와 만나 사건의 전말을 듣지 않으면 안 되었다. 하여튼 간에 사정을 알고 싶다.

히다루이 경부.

망각 탐정이 아닌 나는 똑똑히 기억한다. 분명 불명예스럽게도 '누명 제조기'로 불리고 있었다.

그렇다, 몇 백 회 넘게 누명 피해를 입어 온 나(말이 지나쳤다. 실제로는 기껏해야 백 몇 회 정도다)지만, 그럼에도 자랑거리가 있다면 비록 아무리 집요하게 의심받을지라도 절대 없는 죄를 인정하지는 않았다는 점이다. 그렇지만 히다루이 경부를 상대했을 때만큼은 정말로 위험했다.

짓지도 않은 죄를 하마터면 인정할 뻔했다.

나보다 키 큰 일본인과 마주할 기회는 좀처럼 없다. 아니, 신장만 놓고 보면 그래도 내가 조금은 더 클지도 모르지만, 마른 체형인 나에 비해 히다루이 경부는 근육 코스튬이라도 입은 게 아닐까 싶을 정도로 옆으로도 컸다.

크다기보다 우락부락했다.

완벽하게 격투가의 실루엣이다.

그의 앞에서는 솔직하게 말하는 일보다 당면한 내 몸의 안전을 확보하는 일 쪽으로 신경이 쏠릴 뻔했다. 심기를 거스르지 않기 위해, 아부는 아니라지만 상대에게 유리한 '사실'만을 늘어놓을 뻔했다.

똑똑히 기억할 게 아니라 할 수만 있으면 잊고 싶다, 그러나 잊고 싶어도 잊을 수 없는 굴욕적인 공포 체험이었다. 하지만 그런 그도 그 당시 내가 부른 명탐정, 쿄코 씨 앞에서는 쩔쩔맸다.

아마 몸이 우락부락할 뿐 (그리고 얼굴이 무서울 뿐) 그리 나쁜 인간은 아닌 것이리라… 하긴, 좋고 나쁘고를 떠나 앞서 말했듯이 나는 그에게 있어 '오인 체포의 산증인'인 셈이므로 내가 저쪽과 만나고 싶지 않듯이, 아니, 그 이상으로 저쪽이야말로 나를 만나고 싶지 않을 텐데… 굳이 만나겠다는 것이니 이 점만으로도 어떤 심상찮음은 느껴졌다.

혹은 나를 공범으로 의심하고 있다든지.

그럴 가능성을 진심으로 고려한 것은 아니지만, 나는 히다루이 경부를 그가 근무하는 경찰서에서 만나는 것이 아니라(경찰서 안에 들어가는 순간 체포될지도 모른다. 지역 치안을 관장하는 그 시설은 내게 있어 '적지'다), 또 내 집으로 부른 것도 아니라(가택 수색이 벌어져 있지도 않은 수상한 물건이 발견될지도 모른다), 안전한 제3의 지점으로서 프랜차이즈 패밀리 레스토랑에서 만나기로 약속했다.

이런 피해망상적인 경계가 도리어 의심을 사는 원인이 된다는 것을 알고는 있지만.

2

오래간만인 히다루이 경부와의 재회는 물론 서로 간에 하이파이브를 하고 허그를 하는 극적인 만남은 되지 않았다. 얼마간의 멋쩍음과 그에 맞먹는 서먹서먹함을 품은 채 누명 제조기 형사와 누명 체질의 구직자는 같은 식탁에 앉게 되었다.

나도 상당히 쭈뼛거리긴 했지만, 별로 친해 보이지도 않는 거구의 사내 둘이 테이블에 마주 앉은 모습에 가게 안의 목가적인 분위기가 술렁였음은 말할 필요도 없다.

때마침 저녁을 먹을 시간이었기에 각자 주문을 했고(셰프의 추천 메뉴를 주문했을 뿐인데도 어쩌다 보니 돈가스 덮밥이 되고 말았는데 혹시 빈정대는 것처럼 보이지는 않았을까*. 참고로 히다루이 경부는 당질 제한 메뉴를 주문했다), 그 후 간신히 본론으로 들어갔다.

그런데 배신이었던 것은 쿄코 씨가 체포되었다는 사건의 내용을 히다루이 경부가 전혀 알려 주지 않았다는 점이다. 나는 그것을 알기 위해 왔다고 해도 과언이 아닌데 그 부분에 대해서는 아무것도 알려 주지 않았다.

"이른바 '수사상의 비밀'입니다. 피해자의 프라이버시도 있으니까요."

듣고 보니 뭐 확실히 그 말이 맞지만, 그래도 묻고 싶은 것만 묻고 그쪽에서는 아무것도 말해 주지 않는다는 것은 조리가 맞지 않는다.

여기는 취조실이 아니다.

일방적으로 질문에 대답할 생각은 없다.

하지만 그렇다면 더는 할 말이 없습니다, 돌아가겠습니다… 라고 여기서 강하게 나갈 만큼 나도 감정적인 인간은 아니었다.

분명 게임 이론이었던가 아니면 행동 경제학의 원리였던가,

※일본 형사 드라마에는 취조 도중 형사가 쌈짓돈을 털어 피의자에게 돈가스 덮밥을 사 주는 장면이 자주 등장한다. 이때 피의자는 형사의 정에 넘어가 범행 일체를 자백하는 것이 일반적이다.

이런 가설이 텔레비전 방송에서 소개되는 것을 본 적이 있다.

1000달러의 현금을 A군과 B군이 나누어 갖게 되었다. 어떻게 분배할지는 A군이 정해도 된다. 단, B군은 A군의 결정을 뒤집을 권리가 있다. B군이 분배에 납득하지 않았을 경우에는 A군이든 B군이든 단 1달러도 손에 넣을 수 없다. 즉, A군은 B군이 납득할 분배 플랜을 제시해야만 한다.

그렇다면 이 경우 A군이 세워야 할 베스트 플랜은 A군 몇 달러, B군 몇 달러일까?

나 같은 소심한 인간이 A군이라면 B군이 판을 뒤엎을까 봐 두려워서 무심코 비위를 맞추고자 아마도 400달러 : 600달러, 어쩌면 300달러 : 700달러의 분배 플랜을 제시할지도 모른다. 최대한 강하게 나가도 반반인 500달러 : 500달러까지이리라.

그렇지만 이 경우 정답은 A군 999달러 : B군 1달러다. 아예 B군의 몫은 1센트라 해도 상관이 없다.

아무리 B군에게 판을 뒤엎을 강력한 권리가 있더라도 그것을 행사하면 그의 몫은 제로가 되기 때문이다. 그렇다면 비록 손에 들어오는 이익이 푼돈 정도의 액수라 할지라도 이해타산이 아닌 감정을 배제하고 생각해 보면 A군이 제시한 분배 플랜을 그대로 받아들이는 것이 최선의 대응이다.

거기서 타협할 필요가 A군에게는 없다.

…현실적으로는 만약 이런 불공평한 정도를 뛰어넘어 불공정

한 거래가 있어서 A군이 B군에게 999달러:1달러의 분배 플랜을 제시한다면 아마 B군은 뒤엎으리라. 눈앞의 이익보다도 '바보 취급당했다'라는 분노와 '여기서 이 제안을 받아들이면 이런 일이 평생토록 계속될 것이다'라는 미래 예측이 앞설 것임에 틀림없다. 고작 1달러를 위해 자신을 굽히려 하진 않으리라.

죄수의 딜레마인가 하는 것과 마찬가지로 어디까지나 탁상공론이다. 그러나 나를 몇 번이고 궁지에서 구해 온 은인이 그야말로 거의 죄수 같은 상황에 놓인 지금으로서는 단순히 눈앞의 이익을 우선하지 않을 수 없었다. 케이크를 둘이 나누어 먹을 때는 A군이 자르고 B군이 고르는 게 정답, 이라는 식의 정통파 이론은 당랑지부*조차 되지 못했다.

거의 일방적으로 정보를 제공해서라도 약간의 정보를 얻을 수 있는 가능성에 굳건히 매달리듯이 거는 수밖에 없다. 만약 내가 A군이라면, 이라는 무리한 상상은 접어 두고 여기서는 고분고분 시키는 대로 하는 얌전하고 사랑스러운 B군이 되자.

"알겠습니다, 히다루이 경부님. 그렇지만 적어도 쿄코 씨가 체포된 죄목 정도는 알려 주시지 않겠습니까? 그러지 않으면 아무리 쿄코 씨 전문가인 저라도 적절한 코멘트를 할 수 없을 것 같거든요."

※당랑지부(螳螂之斧) : 사마귀가 앞발로 큰 수레를 멈추려 했다는 일화에서 비롯된 사자성어로, 제 분수도 모르고 상대가 되지 않는 사람이나 사물과 대적한다는 뜻.

"흐음."

하며 고민하는 기색을 보이는 히다루이 경부.

의외로 골치 아픈 놈이라고 생각했는지도 모른다. 골치 아프다고 할까, 골을 둘러싼 낯짝이 두껍다고 할까, 어쩌면 묘하게 전문가인 척하는 발언이 단순하게 거슬렸는지도 모른다.

"알겠습니다. 단, 절대 타인에게 발설하지 마십시오, 카쿠시다테 씨. 애초에 나… 제가 이렇게 당신과 접촉하는 것 자체가 별로 칭찬받을 일이 못 됩니다."

그야 그럴 것이다.

오인 체포의 집행자와 피해자가 디너를 함께하는 그림이 대체 어떤 상상을 불러일으킬지는 뻔하다. 괜히 표면화되면 세간이 떠들썩해질지도 모른다. 의외로 경찰서나 내 집에서 만나고 싶지 않았던 쪽은 히다루이 경부가 아니었을까.

그러나 이 (자기 보신이 섞인) 인식은 다소 안일했다고 할 수 있다. 사태는 더 심각했다. 게임을 하듯 약삭빠른 태도로 임할 때가 아닐 정도로.

"쿄코 씨에게 씌워진 것은 살인 혐의입니다."

히다루이 경부는 상체를 내밀듯 하며 내게 그렇게 귓속말했다. 거구의 사내 둘이서 소곤소곤 밀담을 나누는 모습은 필시 주위 손님들의 눈에 우스꽝스러워 보였겠지만(나아가 즐거운 식사 중에 그런 기행을 보는 것은 지독한 형벌이라고 할 수도 있다), 그것을 알면서도 절대 큰 소리로는 할 수 없는 이야기였다.

살인? 살인 혐의?

탈세도 아니고 횡령도 아니고 뇌물도 아니고 사기도 아닌, 살인?

모골이 송연해지는 죄목이었다.

숱하게 누명을 써 온, 누명 마스터를 자처하더라도 어디서도 시비가 걸리지 않을 경력을 가진 나이건만 쿄코 씨에게는 단번에 추월당한 기분이다. 아니, 쿄코 씨가 누명을 썼다는 보장은 없다.

"체, 체포되었다 해도 분명 돈 문제 때문일 거라고 생각했습니다."

"네. 저도 그렇게 생각했습니다."

예기치 않게 의견이 일치했다. 뭐, 이 의견은 누구하고든 일치하리라. 동요를 미처 억누르지 못한 채 나는 필사적으로 머리를 굴렸다.

쿄코 씨가 살인에 손을 댔다고?

그럴 리가 있나?

아니, 아무리 생각해도 명심해야 하는 사실은 탐정이라고 범죄에 손을 대지 말라는 법은 없다는 점이다. 형사라고 다 좋은 사람인 건 아니듯이. 물론 누명 피해자라고 다 성인군자인 것도 아니듯이.

오히려 탐정이기 때문에 인간을 죽음으로 몰아넣은 케이스는 비통하게도 전혀 유례가 없는 일이 아니다.

오히려 굉장히 많다.

수수께끼 풀이 장면에서 추리에 직면한 범인이 스스로 죽음을 택한다… 라는 건 그나마 정상참작의 여지가 있는 케이스로, 더 적극적으로 범인을 정의의 이름하에 '처형'하는 탐정도 셀 수 없이 많다.

범인이라면 죽여도 좋은가? 혹은 악인이라면 죽여도 좋은가?

이 문제는 사형 제도와 직결되는 민감한 인류 과제로 미스터리 엔터테인먼트성의 문맥에서 논할 수 있는 테마가 전혀 아니지만, 심연을 들여다보는 자를 심연 또한 들여다보듯이, 살인 사건을 추리하는 탐정에게 있어 살인은 좋든 싫든 삶과 가까운 일이 되는 것도 확실하다.

직업 탐정인 오키테가미 쿄코에게는 범인을 처단하고자 하는 경향이 거의 없는 듯했지만 망각 탐정 전문가인 나도 그녀의 전부를 아는 것은 아니다. 마음속에 간직되어 있던 정의감이 폭주하여 살인 사건으로 발전했을 가능성을 완전히는 부정할 수 없다.

"참고로 강도 살인입니다."

"가, 강도 살인?!"

저녁 식사 시간대의 패밀리 레스토랑에서 무심코 큰 소리를 내고 말았다.

허겁지겁 얼버무리듯이 "고, 고트 지폐[*]? 그 전설의 위조지폐 말입니까?"라고 재빨리 둘러댔다.

그 대목에서는 베테랑 형사답게, 혹은 경부답게 히다루이 경부가 "네. 진짜를 능가한다고 일컬어지던 그것 말입니다."라고 즉흥으로 말을 맞춰 주었다. 고전 애니메이션 팬인 거구 콤비로 보였겠지만… 뭐, 누명 제조기와 누명 체질 콤비로 보이는 것보다는 훨씬 낫다.

아니, 그나저나 실제로 위조지폐 사건이라면 그래도 쿄코 씨답다고 못 할 것도 없지만 골라도 꼭 강도 살인을… 얼마나 고른 거야. 너무 고르고 골라 곤란해져 버렸다.

이미 그것은 사무소 소장으로서의 부정不正도 아닐뿐더러 명탐정으로서의 부정의不正義도 아니다. 그저 흉악 범죄다.

"강도 살인이면 최소 무기징역이 나오는 죄명 아닌가요…."

"…카쿠시다테 씨는 형법에 꽤 빠삭하신 것 같군요."

이크. 내게 터무니없는 의심이 쏠려 버렸다. 이거 큰일이다. 바람직하지 않다.

누명을 피하기 위해 나름대로 육법전서六法全書를 읽어 두었을 뿐인데….

[*]고트(goat) 지폐 : 루팡 3세의 두 번째 극장판 애니메이션 〈칼리오스트로의 성〉에 등장하는 위조지폐. '강도 살인'과 일본어 발음이 비슷하다.

"강도 살인이라 해도 일단 금전이 얽힌 범죄이기는 합니다만….."

히다루이 경부는 중얼거리듯 그런 소리를 했다.

그렇다면 과연 그럴 듯하지만 쿄코 씨의 여유로운 이미지와는 퍽 동떨어진 죄목이다. 다만, 그녀가 그 이미지만큼 숙녀가 아닌 것 또한 확실했다.

어떤 종이에나 표리가 있듯이 어떤 인간에게나 표리가 있다.

그것을 나는 지금까지의 누명 생활 속에서 통감했고 쿄코 씨만을 예외로 칠 이유는 아무리 살펴봐도 찾을 수 없었다. '마음속에 간직되어 있던 정의감'보다는 차라리 훨씬 인간적이다.

그러나 한편으로는 마음에 걸리는 점도 있었다.

거듭 말하지만 강도 살인이라면 두말할 것도 없는 흉악 범죄다. 당연히 뉴스에 나와야 마땅하다. 히다루이 경부가 지금까지 설명한 것만으로는 사건 발생 일시를 추정하기 어렵지만 얼마 전, 혹은 오늘 일어난 사건임에는 틀림없으리라. 하지만 그런 흉악 범죄가 신문이나 텔레비전, 인터넷 일대를 떠들썩하게 만들었다는 사실을 나는 모른다.

어떤 타이밍에, 어떤 장소에서, 어떤 식으로, 어떤 기발한 각도로부터 누명을 쓸지 모르는 나 같은 인간은 당연한 대비 차원에서 범죄 소식에는 평소부터 눈을 번뜩이는데(육법전서에 눈을 번뜩이듯이, 라고 말하면 또 히다루이 경부의 의심을 환기시킬지도 모르지만) 적어도 '명탐정, 강도 살인으로 체포!'라는 센세이셔널한 표제가 지면을 장식한 것을 본 기억은 없다.

혹시 보도 규제가 걸려 있나? 결국 경찰이 발표하지 않는 한 사건 보도란 좀처럼 세상에 나돌지 않으니….

"보도 규제라고 할 정도는 아닙니다. 지금으로서는 제 독단으로 막고 있습니다. 카쿠시다테 씨와의 일도 있었으니까요."

히다루이 경부는 말을 아꼈지만 요컨대, 과거 관할 안의 사건 수사에 관여했던 명탐정이 흉악 범죄의 범인으로 체포되었다는 뉴스가 이상한 형태로 나도는 일은 피하고 싶다는 뜻인 모양이다.

흐음.

엄격한 시각으로 보면 그것은 은폐적인 자기 보신이라고도 할 수 있겠지만 조직 보호의 관점에 서면 당연한 발상이기는 하다. 보도가 과열되어 최악의 케이스에 이르면 문제는 히다루이 경부가 속한 경찰서 안에서 끝나지 않게 된다.

그도 그럴 것이 쿄코 씨는 전국 방방곡곡의 경찰서에서 수사에 협력해 왔다. 조직 전체를 대략 총괄적으로 보면 경찰 기관은 카쿠시다테 야스스케에 필적하는 오키테가미 탐정 사무소의 단골인 셈이다.

경찰에 음으로 양으로 협력하던 명탐정의 정체가 실은 흉악한 살인범이었다는 것은 절대로 있어서는 안 될 불상사다. 지금까지 그녀가 해결에 이바지해 온 사건(다름 아닌 카쿠시다테 야쿠스케 안건을 포함하여)을 전부 재검토하지 않으면 안 된다.

신중에 신중을 기해도 여전히 부족하다.

어떤 의미에서는 경찰의 불상사보다도 사태는 막중하다.

그리고 '제 독단'이라고 말했지만 그것이 수사과 사람, 혹은 경찰서 사람 모두의 뜻임은 추리력이 전무한 나라도 쉽게 상상이 갔다.

너무 많은 것을 짊어졌다.

책임감이 강하다기보다 단순히 요령이 없는 것이리라. 이 순간, 자신을 오인 체포한 경부에게 나는 비로소 호감을 느꼈다.

그렇지만 사실 그의 염려는 기우다. 만약 그런 이유로 내게 '경향과 대책'을 듣고자 접촉했다면 걱정도 팔자라고 생각한다. 그도 그럴 것이 쿄코 씨는 망각 탐정이기 때문이다.

비공식적인 수사 협력이 표면화되면 확실히 곤란하지만, 그러나 그녀가 수사에 협력했다는 기록은 어디에도 없다.

증거 불충분이다.

바로 그렇기 때문에 일개 민간 탐정이 비밀리에라지만 경찰로부터 의뢰를 수주했다는 흐름이 있는 셈인데… 아무리 파헤쳐 봤자 그 어떤 대단한 미디어도 그 사실을 입증할 수는 없다.

전혀 걱정할 필요가 없다. 모르쇠로 일관하면 된다.

…그렇지만 굳이 그 사실을 일러 주어 히다루이 경부의 어깨

에 얹힌 짐을 내려 줄 만큼 경찰의 역성을 들 수도 없었다.

선량한 한 시민으로서의 의무를 다하지 않는다는 꾸지람을 들을지도 모르지만 '괜찮습니다, 안심하고 수속을 밟아 쿄코 씨를 검찰로 넘기십시오'라고 내 입으로 말할 수 있을 리 없다.

나 같은 놈의 지혜를 구하러 여기까지 온 히다루이 경부에게는 미안하지만 설령 쿄코 씨가 흉악 범죄의 범인이라 해도 나는 그녀 편이다.

적어도 사정을 알 때까지는.

쿄코 씨는 절대 무죄입니다, 라고 주장할 수 있을 만큼 이 전문가는 그녀를 속속들이 아는 게 아니지만, 그녀가 내 둘도 없는 은인임은 백 퍼센트 단언할 수 있는 사실이다.

하긴, 내가 지적할 필요도 없이 조만간 누군가가 깨닫겠지만 (일본 전체를 뒤지면 내 절반쯤은 쿄코 씨에 정통한 경찰도 없진 않으리라) 그때까지는 보도 규제 상태를 유지하고자 한다.

그 순간, 나는 수사상의 비밀을 무릅쓰더라도 혹은 보도 규제를 차치하더라도 기필코 알아내야만 하는 것이 생각났다. 오히려 제일 먼저 물어야 하는 것이었는데 강도 살인이라는 말의 임팩트가 너무 강렬하여 미처 생각하지 못했다.

"저기, 죄상인부[*]… 아니, 쿄코 씨는 강도 살인의 죄를 시인했

※죄상인부(罪狀認否) : 기소 사실에 관하여 피고인에게 유죄 또는 무죄의 답변을 구하는 절차. 우리나라의 인정신문 제도와 유사하다.

습니까? 사정 청취는 어디까지 진행되었습니까."

일반인이 괜스레 전문용어를 사용하려 들면 더 수상해질 뿐이
므로 나는 평이하게 고쳐 말하면서 히다루이 경부에게 그렇게
질문했다.

히다루이 경부는 대답할까 말까 조금 주저하는 듯했지만('경
찰은 시인 여부를 밝히지 않습니다' 패턴인가 싶어 긴장했지만),

"딱 잘라 부인했습니다. 온화하고도 단호하게."

라고 알려 주었다.

지금까지의 대화를 거쳐 조금은 마음을 연 것일까, 의외로 루
팡 3세의 칼리오스트로의 성 놀이가 먹혀든 느낌도 든다.

"현행범이므로 부인의 여지는 없는 것 같지만요. 하지만 본인
말로는 '탐정인 제가 범죄에 손을 댄다면 그것은 완전 범죄가 될
테니, 이렇게 체포된 시점에서 제 결백은 증명된 거나 마찬가
지'…라고 하더군요."

"하아…."

쿄코 씨다운 코멘트다.

참으로 넉살이 좋고 뻔뻔스럽다.

내가 늘 그렇듯이 쿄코 씨도 혹시 취조실에서 잔뜩 피폐해져
있지는 않을까 마음 졸였지만, 아무래도 그런 걱정은 안 해도
될 것 같다. 피폐해진 사람은 오히려 히다루이 경부인가.

그런데 그는 끝까지 자세한 이야기를 하지 않았지만, 그 코멘

트로 짐작하건대 쿄코 씨는 사건 당시의 기억을 이미 망각한 모양이다. '현행범'이라는 것도 히다루이 경부로서는 유출할 마음이 없던 정보겠지만, 고맙게도 그것까지 포함하여 추측하면 쿄코 씨는 잠에서 깨어나자마자 체포되었다는 건가… 흐음.

"카쿠시다테 씨에게 가장 묻고 싶은 것이 그 부분입니다. 이 경우 '탐정이기 때문에 체포된 시점에서 무죄다'라는 주장에는 대체 얼마나 신빙성이 있을까요?"

그 진지한 말투에 그만 웃음을 터뜨릴 뻔했을 만큼 기이한 물음이기는 하나, 이것은 '탐정은 정의의 편이므로 범인일 리 없다'라는 틀에 박힌 상투적인 표현과는 조금 양상이 다르다.

"…으~음."

설령 망각 탐정의 체포를 공표한다고 해도 그녀와 경찰 기관의 밀접한 관계가 표면화될 일은 없다, 라는 적절한 어드바이스를 하지 않은 죄책감도 있어서 나는 생각에 잠기고 말았다. 여기서 무책임한 대답은 할 수 없다.

쿄코 씨 프로로서도 인간으로서도.

"이 말은 대답이 안 될지도 모르지만… 상식적으로 말해 명탐정이라고 해서 완전 범죄에 성공할 수 있는가 하면 그렇지는 않다고 생각합니다. '법으로는 처단할 수 없는 악' 같은 것은 있어도 완전 범죄는 불가능하다는 것이 제 견해입니다."

"……."

"물론 개중에는 그에 성공해 버리는 명탐정도 있을지 모르지만 쿄코 씨는 가장 빠른 탐정이지 만능 탐정이 아니니까요. 못하는 건 못 합니다. 다만⋯."

하도 고민했더니 결국 말하면서 생각하는 모양새가 되어 버렸다.

"강도 살인이라는 범죄가 쿄코 씨**답지 않은** 건 틀림없습니다."

"⋯명탐정답지 않다, 고요?"

"아니요, 명탐정이 어떻다는 게 아니라, 설령 금전이 얽힌 문제라 해도 전혀 쿄코 씨다움이 없다는 의미입니다⋯ 잘 설명할 수 없습니다만."

이렇게 되면 결국 '쿄코 씨에 한해'라고 말하는 것과 크게 다르지 않은 느낌도 든다.

여기서 내가 말하고 싶은 것은 설령 돈을 노리고 충동적으로 혹은 폭력적으로 살인을 저지르더라도 쿄코 씨가 하면 죄명은 다른 것이 될 거라는 뉘앙스인데⋯.

그런데 이 전달할 수 없는 감각적인 표현이야말로 히다루이 경부가 바라던 답이었던 듯 "역시 그렇죠."라고 그는 깊이 수긍했다.

"자세히는 말씀드릴 수 없지만 참 조잡한 범죄라서요. 패셔너블한 쿄코 씨와는 어울리지 않아 위화감이 있었습니다. 이것은 지금 카쿠시다테 씨와 얘기하며 깨달은 사실이지만. 명탐정이기 때문에 체포되었다면 즉 오인 체포라는 바보 같은 논리를, 심리적으로라면 모를까 정식으로 채택할 수는 없습니다만, 카쿠시다테 씨의 그 감각은 믿을 수 있을 것 같습니다."

"벼, 별말씀을요."

그야말로 정식으로 채택할 수 없는 인상론印象論에 지나지 않는다. 또 단순히 시체에 화려한 드레스가 입혀져 있다거나 범행 현장이 산뜻하게 데코레이션되어 있다거나 할 경우 쿄코 씨다운가 하면 그 역시 수긍할 수 없는 면은 있다.

논리에는 맞지 않는 것이다.

본인의 부인 역시 '범행을 잊었을 뿐'이라고 보는 편이 훨씬 이해하기 쉽다.

"그럼 연달아 또 하나 여쭙겠습니다."

그 말을 듣자 취조에 익숙한 나는 문득 자신의 알리바이를 댈 뻔했지만 물론 그런 물음이 아니었다.

"망각 탐정은 지금까지 덫에 걸린 적이 있습니까? 그러니까… 진범에 의해 죄를 뒤집어쓸 뻔했다든지 또는 있지도 않은 죄를 날조당했다든지."

흐음. 여기는 망각 탐정 전문가로서의 카쿠시다테 야쿠스케가 아니라 누명 해설가로서의 카쿠시다테 야쿠스케가 나설 차례인지도 모른다.

뭐, 그와 비슷한 사례가 쿄코 씨의 신변에 없었던 것은 아니다. 워낙 이래저래 원한을 사기 쉬운 직업이기도 하고, 또 명탐정이 그 보기 드문 추리력을 마음껏 발휘하기 전에 누명을 씌워 입을 다물리고자 하는 범인도 있다.

…그러나 체포에까지 이른 사례는 내가 아는 한 없었다. 설치된 덫과 씌워질 뻔한 누명에서 쿄코 씨는 가뿐히 헤어났다.

이질적인 것은 그 점이기도 한가.

쿄코 씨가 누군가의 덫에 걸려 체포되었다면 '명탐정인데 그런 덫에 걸리다니, 그런 일은 있을 수 없다'라는 논리가 성립되고 만다. 그렇다면 이 사고 루트로 상정할 수 있는 가능성은 두 가지… 쿄코 씨는 역시 덫에 걸린 게 아니라 그녀가 진짜 범인이기에 체포되었다는 케이스.

상식적으로 생각하면 이 경우뿐이지만 또 하나, 무리하게 떠올릴 수 있는 추리가 있다. 쿄코 씨 전문가로서의 견해가 아니라 이것은 거의 쿄코 씨파派로서의 견해가 되어 버리지만.

"**덫인 줄 알면서도 스스로 걸려든 케이스**…입니다."

"스스로 덫에…?"

의아한 표정을 짓는 히다루이 경부에게,

"사건 해결을 위해 일부러 체포된다는 것은 참으로 더할 나위 없이 쿄코 씨답다고 생각합니다. 참으로 세련되고 스타일리시하고 근사해요."

라고 나는 덧붙였다.

"호랑이 굴에 들어가지 않으면 호랑이 새끼를 얻을 수 없다…
는 아니지만, 사건에 대한 정보를 얻기 위해서 쿄코 씨는 굳이
달아나려 하지 않고 현행범으로 경찰에 체포되었을지도 모릅니
다. 히다루이 경부님. 쿄코 씨는 취조 도중 수사에 협력하고 싶
다는 소리를 하지 않았습니까?"

"……."

아무래도, 한 모양이다.

다시 한번 망각 탐정 전문가로서의 견해를 말하자면, 분명히
쿄코 씨는 악착같이 의뢰비도 요구했으리라.

3

히다루이 경부는 카쿠시다테 청년과 헤어지자마자 곧장 경찰
서로 되돌아왔다.

오키테가미 쿄코의

뒤표지

제3화

오키테가미 코코의 유치장

1

히다루이 경부는 성난 발걸음으로 치쿠마가와 경찰서 지하의 유치장으로 향했다.

과거 자신이 오인 체포한 피의자 카쿠시다테 야쿠스케와의 면담으로부터 얻은 것은 많았다. 과거의 경위를 생각하면 서로에게 즐거운 재회였다고는 도저히 말하기 힘들지만, 마지못해 만난 만큼의 보람은 있었다. 적어도 이쪽에는.

'여전히 쭈뼛거리는, 거동이 수상한 새우등의 청년이기는 했지만… 망각 탐정에 대해 이야기할 때만큼은 묘하게 생기가 돌았지.'

그런 점에서 가장 거동이 수상했다고도 할 수 있다.

현재 무직이라고 들었을 때는 아무리 누명 제조기일지라도 마음이 아팠지만, 아무래도 그것은 히다루이 경부의 오인 체포와는 무관한 구직 생활인 듯했다. 그 후 수차례 누명을 뒤집어쓰고 수차례 직장을 전전했다고 한다.

그렇지만 원인原因은 아니더라도 원인遠因이기는 할 테니 강압적이 되지 않도록 주의하면서 식사비는 히다루이 경부가 냈다. 경비로 나올 리 없는 지출이므로 이것은 그의 부담이 되지만 얻은 정보에 비하면, 또 얼마간 속죄가 된다고 치면 너무도 싼 대가였다.

하지만 그런 '망각 탐정 전문가'가 시사한 가능성은 유익하기는 하나 참으로 불유쾌한 것으로… 히다루이 경부로서는 허용할 수 없다고 해도 좋은 가능성이었다.

'수사에 참여하기 위해 일부러 체포되었다고? 자신은 잊어버린 사건의 정보를 얻기 위해 굳이 쇠고랑을 찼다고?'

그게 진짜라면 어이가 없다.

지금 당장 따끔하게 말하지 않으면 직성이 풀리지 않는다. 취조실에서 멀어진 이후 어딘지 진력이 난, 심통이 난 형사 생활을 이어 왔는데 가솔린을 가득 주입당한 기분이었다.

아니, 불에 기름이 부어진 기분인가.

어쨌든 화가 머리끝까지 치밀고 분노가 하늘을 찔렀다. 형사 사건의 수사라는 것을 정면으로 모욕이라도 당한 듯하다.

물론 본인에게는 그럴 의도가 없으리라. 그녀는 그녀대로 잊어버린 사건의 개요를 알기 위해 또는 씌워진 혐의를 불식하기 위해 가장 효율 좋고 합리적인 수단을 과감하게 취하려 했을 뿐이다.

하지만 그것은 형사를 들러리로 세우는 행위다. 과거와 마찬가지로 히다루이 경부를 막간극의 바이플레이어*에 배정하려 하고 있다. 캐스팅이자 배역이자 촬영 계획이다.

※바이플레이어 : 연극이나 영화 따위의 조연 배우.

그 점을 참을 수 없다.

사건이 해결된다면 누가 해결하든 상관없다. 민간인이 해결한다 해도 좋지 않느냐는 발상에는 기본적으로 찬성한다. 공적을 가로채이는 게 싫은 것도 아니다. 그런 경쟁에서는 진즉에 물러났다.

'그렇건만 왜 이토록 그 탐정은 내 마음을 뒤흔드는 걸까, 열받아.'

카쿠시다테 청년 같은 축복받은 신봉자는 도저히 될 수 없을 듯하다. 그렇게 될 수 있다면 편할 것도 같지만.

'아니, 그건 그것대로 내 자세와 표리의 포지션이겠지.'

그에게는 그의 갈등이 있을 것임에 틀림없다.

한 장의 종이에서의 표리이기 때문에 종이 한 장 차이로 서로 간에 치명적으로 이해할 수 없을 뿐이다. 그렇지만 그저 분노에 몸을 내맡긴 채 망각 탐정을 꾸짖으려고 히다루이 경부가 지하 유치장으로 향하는 것은 아니다.

카쿠시다테 청년과의 대화 속(그의 '쿄코 씨 강의' 속)에 흥미로운 구절이 하나 있었다. 그것 역시 신봉자이기에 감각적인 구절, 아니, 가설이기는 했지만.

신중하게 정보를 숨기면서도 '망각 탐정은 왼팔에 비망록을 남겨 두었는데 현재 자신에 대해 파악한 프로필은 그것뿐인 모양이다'라고 히다루이 경부가 취조 시의 상황을 공개했을 때,

"아마 그건 거짓말일 겁니다."

라고 카쿠시다테 청년은, 조심스러운 자세는 유지하면서도 딱 잘라 그렇게 단정 지었다.

"프로필은 물론이거니와 그 밖에도 파악한 정보는 있을 겁니다. 단서라고 할까요, 힌트라고 할까요. 언제나 비장의 카드를 준비해 놓는 사람이거든요… 왼팔의 비망록을 스스로 드러냈다는 것은 **반드시** 그 밖에도 비장의 카드가 있다는 뜻입니다."

"그럼 몸 어딘가에 다른 비망록이 쓰여 있다는 건가요?"

그 가능성은 물론 고려했었다. 그러나 카쿠시다테 청년은,

"있었다, 라고 해야겠죠."

하며 고민하듯이 팔짱을 꼈다.

"체포되어 유치장에 들어가게 되면 아무래도 옷을 갈아입어야 하니까요. 그때 경찰에게 살갗이 보일 가능성을 우려했다면 이미 왼팔의 비망록 이외에는 지워져 있지 않을까요. '절대 지워지지 않는 매직펜'도 있는가 하면 '문지르면 지울 수 있는 매직펜'도 있으니까요."

설령 남겨진 메모가 있다 하더라도 그것은 이미 쿄코 씨의 머릿속에만 있다 이겁니다, 라고 전문가는 단언했다.

'그렇다면 그것을 캐물어야 한다… 오늘 중으로.'

내일까지 기다릴 수는 없다.

마음이 급하다는 이유도 있지만 내일이 되면 망각 탐정은 그

것을 잊어버리므로. 피의자에게 수사 협력을 의뢰한다는 것은 언어도단이지만, 천금과도 같은 그 정보만큼은 어떻게든 이끌어 내지 않으면 안 된다. 무슨 수를 써서라도.

'뭐, 어쩌면 그것은 그녀 자신의 유죄를 입증하는 '증거'로서의 메모일지도 모르니 자백을 받아 내기란 쉽지 않겠지만….'

그런데 카쿠시다테 청년은 이런 소리도 했다.

"히다루이 경부님의 입장에서는 거의 불가능한 이야기이긴 하겠지만, 얼마간의 지출을 각오하고서라도 일찌감치 쿄코 씨의 협력을 받아들이실 것을 권합니다. 그러면 72시간의 구류 기한 내에 **뭐가 되었든** 진상을 밝힐 수 있을 테니까요."

당신이 지금 구류한 사람은 가장 **빠른** 탐정이자 가장 **빠른** 용의자거든요, 라고.

설령 피가 거꾸로 솟지 않았다 해도, 확실히 불가능한 이야기였다. 뭣하면 구류 기한 따위는 연장에 연장을 거듭하여 23일, 총 552시간을 다 써도 좋을 정도다.

'아니, 안 되려나. 잘 때마다 기억이 리셋되는 망각 탐정이 상대라면 가령 철야를 거듭한다 하더라도 역시 72시간이 한도야.'

취조 내용까지 리셋되면 당해 낼 수가 없다. 그런 건 너무 무의미하다. 타임 리밋은 이렇게 되면 시한 발화 장치와도 같다.

그렇다면 단 1초도 헛되이 쓸 수는 없다. 그런 마음으로 히다루이 경부는 유치장, 그 독방으로 달리다시피 해서 도착했다.

이번에는 다른 피의자와의 불필요한 트러블을 피하기 위해 쿄코 씨를 이 방으로 안내하게 했는데, 원래는 같은 방 사람에게 위해를 가할 수 있는 위험인물을 격리하기 위한 곳이다.

그런 만큼 경비는 유난히 엄중하여 히다루이 경부라 해도 철창에 접근하려면 소정의 수속이 필요할 정도였다. 따라서 카쿠시다테 청년이 마지막에 불쑥 덧붙인 충고는 전혀 쓸데없는 걱정이라고 할 수 있으리라.

"만약에 수사 협력 의뢰를 받지 못하면 쿄코 씨는 탈옥을 해서라도 진상을 밝히려고 할 겁니다. 그 사람이 그런 선택을 하지 않도록 아무쪼록 조심하십시오."

유치장에서 도망치는 행위를 탈옥이라고 표현하는 것은 정확하지 않지만 카쿠시다테 청년은 진심으로 그런 가능성을 우려하는 듯했다.

어리석다.

아무리 명탐정이라지만 철창이라는 밀실에서 그리 쉽게 탈출하게 두겠는가. 그렇게 되면 명탐정이 아니라 요술쟁이다.

어쨌거나 조급한 몸으로서는 너무나도 번거로운 수속을 마치고 감시원에게 안내를 받는 형태로 쿄코 씨가 구류된 독방으로 이어지는 복도를 걸었다. 막다른 곳의 살풍경한 공간, 사방을 철창으로 에워싸인 채 그녀는 있었다.

"…어라?"

그 모습에 히다루이 경부는 할 말을 잃고 말았다.

2

물론 그녀는 규칙에 따라 옷을 갈아입은 뒤였다. 하지만 그 차림새는 구류자용으로 마련된 수수한 점프 슈트가 아니라 패셔너블한 드레이프 스커트에 오버사이즈의 서머 스웨터라는 것이었다. 심플하기는 하지만 도저히 철창 안에 어울리는 드레스 코드라고는 할 수 없다. 그런 모습으로 쿄코 씨는 독방 바닥에 앉아 독서에 열중하고 있었다.

독서? 저 책은, 그리고 의상은 대체 누가 넣어 준 거지?

히다루이 경부를 이곳까지 데려온 감시원을 힐끗 노려보자,

"채, 책은 제가 준비한 것입니다."

라고 그는 묻지도 않은 것을 털어놓았다. 누명 제조기의 진가를 발휘했다고도 할 수 있으나(설마 같이 일하는 사람을 자백시키게 될 줄이야), 그에게도 그 상황에 대해 켕기는 구석은 있었으리라.

"아니요, 그게, 유치장에서의 규칙을 차례로 설명하는 사이 **왠지** 준비해야만 하는 흐름이 되어서… 명탐정이라기에 대화를 이어 나가려고 제 딴에는 가볍게 추리소설 이야기를 했을 뿐인데, 어느 사이엔가 근처 서점으로 사러 가게…"

그게 무슨 소리야. 뭐가 어느 사이엔가야. 최면술에라도 걸렸나.

생각보다 사태는 심각한 듯했다. 노려볼 대상을, 농락당한 듯한 감시원에서 철창 안에 사로잡힌 탐정으로 바꾸자 딱 끊기 좋은 데까지 읽은 듯 탐정은 책갈피를 끼우고 책을 덮고는,

"역시 스나가須永 선생님의 글을 읽으면 마음이 깨끗해지네요."

라고 여봐란듯이 중얼거리더니 마치 지금 발견하기라도 한 듯 이쪽을 향해 "어머나, 히다루이 경부님." 하며 미소를 지었다(**지었다**).

마음이 깨끗해지기는커녕 젊은 감시원을 상대로 세뇌 비슷한 짓을 했을지도 모르는 탐정 앞에서 히다루이 경부의 경계심은 툭 불거졌다. 틀림없이 분노에 휩싸여 쳐들어왔을 유치장인데 그 격정은 급속도로 식어 갔다.

"지금부터 취조인가요? 아니면, 의뢰인가요?"

쇠창살로 에워싸인 그 방이 흡사 오키테가미 탐정 사무소의 별관이라도 된다는 듯한 말투는 어딘지 도발적이기까지 했다, 곤란하다.

이대로라면 히다루이 경부도 '어느 사이엔가' 쿄코 씨에게 의뢰를 해 버릴지도 모른다는 위험성을 느꼈다. 눈을 피하듯이 히다루이 경부는 다시 감시원을 마주하고,

"저 옷도 네가 마련했나?"

라고 물었다.

"딱 봐서는 남자의 센스가 아닌 것 같은데?"

"저, 저것은 옷을 갈아입을 때 몸수색을 한 여성 경찰이 준비…."

"그랬겠지. 하지만 책을 넣어 준 건 그렇다 치더라도 저 의상은 완전히 규칙 위반일 텐데. 누군지 몰라도 그 녀석은 벌을 받게 될 거야."

"아, 아니요, 그건 어쩔 수 없는 긴급 조치였다고 할까요… 보관되어 있던 여성용 점프 슈트가 전부… **누군가**가 커피라도 흘렸는지 흠뻑 젖어 있었거든요… 대체할 옷을 마련할 수밖에 없었습니다."

흠뻑 젖어 있었다고? 전부?

어떻게 된 일이지?

혼란스러운 히다루이 경부에게는 고작 한 가지 정도밖에 시나리오가 떠오르지 않았다. 즉, '같은 옷을 두 번 입은 모습을 아무도 본 적이 없다'라는 소문이 돌 만큼 멋쟁이 탐정인 쿄코 씨에게 수수한 점프 슈트를 입히지 않으려 하는 **세력**이 이 치쿠마가와 경찰서 안에 있다는 것이다. 한두 명이 아닌.

'카쿠시다테 야쿠스케와 마찬가지로, 신봉자….'

망각 탐정의 팬.

대체할 의상을 조달한 여성 경찰이 과연 그 일원인지 아닌지

는 확실하지 않지만… 뭐, 수사를 함께했었는지 어떤지는 둘째
치고 망각 탐정을 아는 사람이 이 경찰서 안에 꼭 히다루이 경
부 하나뿐이라고는 할 수 없으니까…. 게다가 그녀에 대해 비뚤
어진 콤플렉스를 품고 있는 히다루이 경부는 오히려 소수파이
리라.

적어도 상사는 그녀와의 접점을 가진 사람이 형사부에 히다
루이 경부 하나뿐이라고 판단한 모양이지만, 그 점 역시 확실한
것은 모른다. 안 돼, 안 돼, 의심에 사로잡히지 마라. 내부에 망
각 탐정의 편이 있다고 해도 어디까지나 쾌적한 구류 생활을 위
한 편의를 도모하는 정도의 '신봉자'다. 카쿠시다테 청년이 말
한 '탈옥'이 별안간 현실성을 띠기 시작한 느낌도 들지만, 그렇
게까지 본분을 일탈하는 경찰이 있다고는 역시 생각할 수 없다.

오히려 여봐란듯이 책을 읽거나 멋을 부리는 것으로, 쿄코 씨
는 히다루이 경부에게 압박을 가하고 있다고 생각하는 편이 맞
을 듯하다. 어서 의뢰를 하라는 노골적인 야유다… 그렇게 할
것 같은가.

오히려 열이 받으려고 한다.

또다시 분노가 솟구치려고 한다.

"…몸을 수색할 때 그 여성 경찰은 무언가 발견한 게 있었나?"

"네? 아니요, 별다른 말은 듣지 못했는데요… 왼팔에 자기소
개? ID? 같은 문구가 적혀 있었다는 것 말고는…."

흐음.

역시 다른 메모가 있었더라도 이미 소거되었나… 아니지, 카쿠시다테 청년의 예상은 어디까지나 예상이고, 반대로 담당자가 쿄코 씨 신봉자일 가능성을 생각하면 몸수색도 반드시 믿을 수만은 없는데.

사정은 봐주지 않았더라도 살살 다뤘을지도 모른다면 피의자 본인에게 어택해 보는 수밖에 없다.

"알았어. 이제 맡은 장소로 돌아가도 좋아."

"아, 아니요, 하지만….."

감시원인 그는 끈덕지게 뭔가 말하려는 듯했지만 히다루이 경부가 진심으로 노려보자 이쪽에 철창의 카드키를 건네고 자물쇠의 비밀번호를 작은 목소리로 고한 뒤 부리나케 도망치듯이 떠나갔다… 그런 모습을 보고,

"젊은 사람을 괴롭히면 안 되죠."

라는 쿄코 씨. 뻔뻔하기는.

"…상당히, 인심 장악에 능하신 모양이군요."

히다루이 경부는 비아냥조로 그렇게 말하며 철창에 다가섰다.

"그렇지도 않아요. 정작 히다루이 경부님께는 어쩐지 미움을 사고 만 것 같거든요."

능청스러운 얼굴로 그렇게 말하며 그녀는 어깨를 으쓱했다.

"미움을 사는 일을 두려워할 만한 성격으로는 보이지 않습니

다만…?"

"우후후. 그건 피차 마찬가지 아닌가요? 당신 같은 사람이 제일 골칫거리죠."

"……."

'골칫거리'인가.

그거야말로 피차 마찬가지였다.

철창 안에 있으니 백발 탐정의 뻔뻔함이 한층 더 심해진 듯 보인다. 하지만 그런 태도도 어쩌면 책략에 포함된 것인지 모른다.

"제일 제 취향이라고도 할 수 있지만요."

그 부분은 영원히 의견 일치를 볼 수 없을 듯하다.

넘어갈 것 같으냐.

"농담은 그 정도로 해 두시죠."

"아주 농담인 것도 아닌데요."

끝까지 너스레를 떠는 쿄코 씨에 아랑곳하지 않고 히다루이 경부는 철창 바로 앞으로 다가서서 발을 멈추었다.

자신의 직장 지하에 이런 어마어마한 곳이 있다니, 그야 알고는 있었지만 새삼 이렇게 지척에서 보니 참 소름 끼쳤다. 이것을 '감옥'인 양 표현한 카쿠시다테 청년의 마음도 모르는 바는 아니다.

하기야 그는 당시 독방에는 들어가지 않았을 테지만. 가장 빠른 탐정의 도움으로.

"편히 계신 것 같아 다행입니다."

말하면서 쇠창살 너머 쿄코 씨의 복장으로 눈길을 주는 히다루이 경부. 구류자에게 있을 수 없는 패션이기는 하지만 벨트나 밴드는 없고 액세서리류도 착용하지 않았다. 일단 그 정도 룰은 준수된 셈이다.

반대로 말해 법망을 교묘하게 빠져나왔다고도 할 수 있다. 인심을 장악하면서도 '젊은 사람'들에게 과도한 민폐를 끼칠 마음은 없는 망각 탐정 나름의 배려인가.

"네. 덕분에 쾌적해요. 계속 여기서 지내고 싶을 정도예요. 23일쯤."

"……."

뻔뻔스럽게 이쪽을 떠보듯이 말한다. 아까 전 분노에 몸을 내맡긴 채 그런 검토도 했었던 만큼 제대로 받아칠 수가 없다.

그건 그렇고 정말 편해 보였다.

복장이나 독서도 그렇지만 그것 이전에, 마치 이 독방이 그저 개인의 방인 듯, 더 나아가 자기 방인 듯 느긋한 모습이다. 낮에도 제4취조실에서 마치 자신의 방이라도 되는 듯 굴었는데… 대체 어떻게 된 신경 구조인지.

현대인이라면 유치되기 전에 스마트폰을 압수당하는 것만으로도 꽤 불안한 기분에 빠지는 법인데….

'아. 그렇지만 망각 탐정이니까 스마트폰은커녕 피처폰도 없으려나….'

지식으로 알고는 있어도 그런 기록 매체를 상비하지는 않는다. 따라서 '뇌의 일부'를 몰수라도 당한 듯한 불안감은 맛보지 않는 셈이다. 하긴, 기억이 하루마다 리셋된다고 하는 망각 탐정에게 있어 뇌의 몰수는 일상다반사 같은 일인지도 모른다.

"23일이 아니라 몇 년은 철창 안에서 지낸 경험이라도 있으신 것 아닙니까? 잊었을 뿐. 그렇지 않으면 그토록 느긋하게 있을 수가 없는데요."

"그럴지도 모르겠네요. 있을 법한 이야기예요."

"…어쨌든 그렇게 오래 계시는 건 곤란합니다. 여기는 호텔이 아니에요. 정 원하시면 교도소 쪽을 추천합니다."

"고마워요. 하지만 저희 집에는 제 귀가를 기다리는 어린 딸이 있어서요."

끝까지 농담으로 나올 셈인가 보다. 그쪽이 그럴 작정이라면 이쪽에도 다 생각이 있다.

"괜찮다면 히다루이 경부님, 저녁을 함께 드시는 거 어때요? 아까 그 젊은 사람이 백화점 지하에서 맛집 도시락을 사다 주겠다고 약속했거든요."

무슨 약속을 한 거야. 쫓아 버린 줄 알았는데 설마 그 감시원, 그런 특별 임무를 맡았을 줄이야.

그 말을 무시하고 히다루이 경부는 그 자리에 웅크려 앉아,

"당신에 대해 잘 아는 인물을 만나 이야기를 듣고 왔습니다."

라고 말했다.

그렇다. 저녁은 그 인물과 이미 먹었다.

"…네?"

미소는 사라지지 않았으나 눈빛은 달라졌다.

역시 망각 탐정에게 있어 '자신을 아는 자'는 요주의 대상인가 보다. 그런 까닭에 히다루이 경부를 높이 평가하듯 말했을 테고 이 정도 귀띔에도 본능적으로 반응하고 만다.

아마 자신의 '정체불명'을 최대한 활용하는 방법을 터득하고 있는 것이리라. 하루면 기억이 리셋되는 메리트를 사정없이 펑 펑 이용한다. 바로 그래서 그 입장을 위협하는 캐릭터의 등장에 는 민감하다. 역시 눈앞에 갇혀 있는 인물을 '사건 당시의 기억 을 잃고 영문도 모르는 채 구류된 가엾은 여자'로 여겨서는 안 된다.

"흥미진진하네요. 히다루이 경부님보다도 저를 잘 아는 사람 이 있던가요."

"네."

인정했으나 실은 히다루이 경부가 초장부터 내민 이 카드는 거의 허풍 같은 것이다.

카쿠시다테 청년은 확실히 망각 탐정 '전문가'일 테고 히다루

이 경부보다 그녀에 대한 견식이 깊었던 것은 사실이지만, 그래도 '잘 안다'라고까지는 말할 수 없다.

그 남자도 중요한 것은 아무것도 몰랐다.

오인 체포한 누명 제조기에게 누명 피해자가 속내를 전부 털어놓을 리도 없으니 모르는 척한 정보도 상당수 있겠지만, 적어도 형사의 눈으로 볼 때 그가 망각 탐정의 정체(라고 할 만한 정보)를 구석구석 안다고는 생각할 수 없었다.

손에 든 카드가 백지라는 것을 상투 수단으로 삼는 망각 탐정에 대해 허세에는 허세로 맞선 격이었지만, 이 카드가 유효했음에는 틀림없다.

실제로 편한 분위기가 조금 무너졌다… 아니, 다잡혔다.

비로소.

"제 혐의를 풀어 주실 증언자였다면 좋겠는데요. '쿄코 씨가 범죄 따위를 저지를 리 없다'라고 말해 주지 않았나요?"

"말해 주지 않았습니다."

"어머나, 그래요? 유감이네요."

쿄코 씨는 순간 입을 다물어 히다루이 경부의 다음 말을 기다리는 듯했지만, 그런 수법에는 걸려들지 않겠다. 카쿠시다테 청년이 무엇을 어떻게 말했는지, 카드는 이쪽의 타이밍에 맞춰 내밀 것이다.

'내가 예상한 것 이상으로 쿄코 씨는 무슨 일이 일어났는지를 알고자 하며, 바로 그래서 일부러 체포되었다는 카쿠시다테 청년의 짐작은 적어도 크게 빗나가지는 않았을지도 몰라. 그렇다 해도 이니셔티브initiative를 빼앗길 수는 없지.'

의심스러운 것은 피고인에게 유리하도록 판단하라지만 범인일지도 모르는 인물에게 수사와 추리의 주도권을 내어 준다는 것은 말도 안 되는 소리다.

백지 경력을 가진 그녀에게 백지 위임장을 내어 줄 수 있을 리 없다. 의뢰를 하기는커녕 수사 협력조차 받아서는 안 된다. 숨기고 있는 것이 있다면 필요한 정보만 이쪽에 넘겨주면 되는 것이다.

취조의 원점이다.

"똑똑히 말해 두지만, 쿄코 씨. 당신의 손을 빌릴 생각은 없습니다."

"어머나."

"이 사건은 제가 해결합니다. 그때까지 부디 있고 싶은 만큼 편히 계십시오. 뭐, 23일이나 걸리지는 않겠지만요."

만약 카쿠시다테 청년의 지적대로 쿄코 씨에게 모종의 히든 볼*이 있을 경우 이 타이밍에 이렇게 말하면 허겁지겁 그것을 내놓지 않을까 생각했다. 어차피 경부 따위는 명탐정의 들러리

※히든 볼 : 야구에서, 트릭 플레이를 시도하기 위해 주자 몰래 감추고 있는 공.

로 여기고 있을 것이다. 형사가 '제가 해결합니다'라고 선언하다니, 대실패의 예감밖에 들지 않는다고 단정 짓고 있을 것이다. 그러므로 자신이 진정 무고하다고 믿는다면 정보를 아까워하며 독점할 때가 아니다.

만약 비망록에 프로필 말고 다른 것도 적혀 있었다면, 공개하려면 지금….

"472193."

"…네?"

"472193."

"……? 쿄코 씨, 그 나열이 당신의 히든 볼…입니까?"

그렇다면 갑자기 히든 볼이 몸통을 노리고 날아온 기분이다… 체념을 했다고는 해도 너무 갑작스럽다. 472193? 무슨 숫자지? 어디선가 들어 본 것 같은데… 넘겨받은 사건의 자료 파일에 그런 숫자가 있었나….

그러다 순간 히다루이 경부는 반사적으로 벌떡 일어섰다.

'드, 들어 보다마다…!'

"쿄코 씨! 어떻게 그걸… 그건 **이 철창의 비밀번호 아닙니까**!"

"맞았나요?"

빙고, 하며 쿄코 씨는 손뼉을 쳤다.

시답지 않은 트럼프 카드 맞히기에라도 성공한 듯 신이 나 있는데, 그럴 때가 아니다. 그녀는 지금 자신의 사방을 에워싼 철창을 열 방법이 있다고 고백한 거나 다름없으니까.

책을 넣어 주고, 저녁으로는 도시락을 사러 갈 예정으로 보이는 그 젊은 사람인가? 그렇다면 그런 녀석은 이제 젊은 사람이 아니라 젊은 놈이다. 아니면 몸수색을 맡았던 여성 경찰이 얼떨결에 말했나?

그게 맞다면 그것은 더 이상 구류자에 대한 배려가 아니다. 누명 제조기에 필적할 만큼 의심할 여지없는 경찰의 부정이다.

"누가 가르쳐 준 게 아니에요. 직감이에요."

"직감이라니….."

형사의 직감이라는 말은 들어 봤어도 탐정의 직감이라는 말은 의외로 들어 본 적이 없다. 그런데 듣고 보니 직감이 형사의 전매특허라는 반론도 할 수 없다.

하지만 여섯 자리 비밀번호인데?

두말할 것도 없이 때려 맞혀서 맞힐 수 있는 숫자가 아니다. 수학은 특기 과목이 아니지만 그 정도 확률 계산은 할 수 있다.

10 곱하기 10 곱하기 10 곱하기 10 곱하기 10 곱하기 10. 요컨대 10의 6승으로, 100만분의 1이다.

맞힐 수 있을 리 없다.

"아니, 아니. 100만분의 1이 아니에요. 1000가지 더하기 1000가지로, 2000가지죠."

"……?"

2000가지? 어떻게 계산한 거지? 1000가지 더하기 1000가지?

영문을 알 수 없었으나 철창의 문 부분에 부착된 비밀번호 입력용 판을 보고 이해했다.

그래.

여섯 자리 비밀번호라고 해서 그 숫자를 구태여 하나하나 분해해서 개별적으로 외우는 녀석은 없다. 당연한 일이지만 딱 순서대로 나열해서 기억한다. 그러므로 쿄코 씨는 그 젊은 사람과 잡담하는 순간이나 몸수색을 받는 순간이나 아니면 그 모든 순간… '여섯 자리 비밀번호'를 **세 자리 비밀번호 두 개**로서 파악한 것이다.

앞부분의 세 자리 '472'를 맞히고 또 뒷부분의 세 자리 '193'을 맞혔다. 이거라면 과연 1000가지 더하기 1000가지로, 2000가지다.

뭣하면 젊은 사람과의 대화에서 앞부분의 세 자리를 맞히고, 뒷부분의 세 자리는 여성 경찰과의 수다 속에서 맞히면 되려… 나?

아니다, 그야 100만분의 1에 비하면 확률은 500분의 1만큼 높아지지만, 그래도 2000가지는 2000가지다.

100만이 주는 임팩트 없이 처음부터 그 숫자를 들었다면 역시 거의 맞힐 수 없을 것 같은 숫자다.

'그 또한 같은 방식으로 분할해 나가면 된다는 논리인가. 앞에서부터 차례로 한 자리씩 맞혀 나간다. 곱셈이 아니라 덧셈으로, 10가지 더하기 10가지 더하기 10가지 더하기 10가지 더하기 10가지 더하기 10가지, 즉 **60가지**….'

이거라면 뭐, 터무니없는 숫자이긴 해도 그럭저럭 현실감이 생긴다… 아주 불가능한 곡예는 아니다.

정보원情報源이 최소한 두 개는 있었으니까. 아니, 쇠창살을 사이에 두고 히다루이 경부와 지금까지 나눈 대화를 포함하면 최소한 세 개.

"느긋한 것이 자유로워 보일지 몰라도 이래봬도 말이죠, 저도 일단은 생각하고 있거든요?"

라는 쿄코 씨.

틀림없이 한순간 눈빛이 달라졌던 그녀는 이제 완전히 원래 상태로 돌아왔다.

생각하고 있다… 숫자 맞히기를, 은 아닐 것이다.

망각 탐정은 **히다루이 경부의 체면**을 생각하고 있다고, 그렇게 말한 것이다. '젊은 사람'들을 배려했듯이 히다루이 경부의 체면을.

이런 철창 따위는 언제든 있고 싶은 만큼 있다가 자신의 타이밍에 맞춰 '탈옥'할 수 있지만 당신들에게 민폐가 되지 않도록 얌전히 있어 주는 거예요… 라고.

협박 같기도 했으나 히다루이 경부는 속마음을, 그야말로 들 킨 기분이었다.

망각 탐정에 대한 일그러진 콤플렉스를 척 하고 간파당한 것 같아 할 말을 잃고 말았다.

창피했다.

조연 따위는 사양이다, 들러리는 되지 않겠다는 히다루이 경 부의 안간힘을 지금까지 이어진 대화 속에서 그녀가 쭉 지켜보 고 있었다고 생각하니 부끄럽기 짝이 없다. 이곳에 왔을 때는 그토록 분노로 불타올랐을 전신이 지금은 수치심으로 달아오른 다. 설마 명탐정이 형사의 낯을 세워 줄 줄이야.

'…이러면 마치 나 홀로 씨름이나 마찬가지다. 아니… 명탐정 압승 씨름인가.'

한편으로는 쿄코 씨의 숫자 맞히기가 곡예 수준을 벗어나지 못하는 추리인 것 또한 확실했다. 그녀를 에워싼 철창은 비밀번 호를 입력하는 것만으로는 열리지 않는다. 떠날 적에 젊은 감시 원이 히다루이 경부에게 맡기고 간 카드키와 함께 이중으로 잠 그게 되어 있다.

당연한 보안 장치다.

…하지만 그 사실도, 어디까지나 곡예 수준을 벗어나지 않는 추리가 '협박' 수준도 벗어나지 않는 추리임을 암시하는 탐정의 배려라고 할 수 있었다.

"……."

새삼 부아가 치밀었다.

아니, 여전히 창피한 채인지도 모르지만.

이렇게 되면 이제 긴말이 필요 없다. 탐정과 형사의 드라마틱한 탐색전은 여기까지다. 지금 당장 이 백발의 피의자를 취조실로 끌고 가서(제4취조실이든 어디든 좋다) 그녀가 기억하는 모든 정보를 온갖 수단과 방법으로 알아내겠다. 가진 테크닉을 전부 아낌없이 투입하겠다. 그렇게 결의하고 히다루이 경부는 카드키를 삽입구에 꽂았다.

그리고 비밀번호를 입력했다. 472193.

"…어라?"

잔뜩 벼르고 있었던 만큼 이만저만 맥빠지는 게 아니었다. 히다루이 경부의 잠금 해제 동작에 전자 잠금장치는 전혀 무반응이었다. 대결의 자세를 보인 만큼 꼴사나움만이 도드라진다. 서두른 나머지 비밀번호를 틀렸나?

"짐작하셨듯이 아무리 명탐정이라도 이런 철창에서 빠져나갈 수는 없어요. 하지만 농성籠城쯤은 할 수 있죠. 저 바스켓볼 잘하거든요, 아, 그건 농구籠球였나요? 그렇더라도 노후화와는 인연이 먼 듯한 감옥은 농성에 딱이네요."

그렇게 말하더니 쿄코 씨는 느긋한 동작으로 바닥을 기듯 이동하여 독방 구석에 마련된 침대로 향했다.

"저녁은 됐어요. 부디 혼자 드시라고 그 젊은 사람에게 전해 주세요. 일감을 얻지 못한 직업 탐정은 단식 투쟁에 들어갈 거니까요."

"엇…."

"Good Night. 히다루이 경부님."

그렇게 말하고 쿄코 씨는 침대에 드러누워 이불을 뒤집어써 버렸다… 커버 색이 하얘서 그렇게 하니 꼭 닌자처럼 보호색으로 모습을 감춘 것처럼도 보인다.

단식 투쟁? 아니, 아니.

아무래도 자물쇠 부분에 뭔가 수작을 부려 독방을 완전히 잠가 버린 모양인데, 확실히 열기는 어려울지라도 문을 **열리지 않게 하는** 수단이라면 얼마든지 있으리라.

요컨대 아주 망가뜨리면 된다.

정밀하고 완강한 잠금장치일수록 간단히 망가뜨릴 수 있을 것임에 틀림없다. 하지만 그런 건 너무나도 헛된 저항이다.

회색 뇌세포가 할 일로는 생각되지 않는다.

자물쇠가 기능하지 않게 되었을 경우… 억지로 망가뜨렸을 경우 억지로 비틀어 열면 그만으로, 설령 그녀가 강도 살인의 구속영장에 대해서는 무죄라고 해도 이로써 확실히 기물손괴죄에는 책임을 지게 된다. 체면을 지켜 주기는커녕 이쪽에 장기 구류의 구실을 주면 어쩌잔 말인가.

생각하며.

명탐정이 본색을 드러냈나? 여유를 부리고 있지만 역시 유치장에서의 생활이 사고방식에 악영향을 끼쳤나? 싶어 걱정까지했을 때 히다루이 경부는 '앗' 하고 깨달았다.

Good Night?

자려는 건가?

당치도 않은 소리, 숙녀의 다이어트 같은 단식 투쟁보다 그쪽이 훨씬 긴급 사태였다.

만약 쿄코 씨가 카쿠시다테 청년의 짐작대로 강도 살인 사건에 대해 뭔가 히든 볼을 가지고 있다면, 그 비망록은 이미 살갗에서 소거되었다면….

뻔한 일이다, 그녀가 잠에 빠진 순간 그 가느다란 '기억'은 영원히 사라지게 된다!

"쿄코 씨! 곤란합니다, 자지 마세요! 일어나요! 일어나세요!"

마치 설산에서 조난 중인 듯 히다루이 경부는 쇠창살에 매달려 있는 힘껏 크게 소리쳤다.

설마 망각 탐정이 기억을 인질로 삼을 줄이야.

이러면 입장이 반대다.

순간 히다루이 경부는 황급히 문을 따려고 했지만 그것은 아까 하려다가 이미 실패한 도전이다. 부랴부랴 사람을 불러 도구를 갖추고 억지로 문을 딸 무렵이면 쿄코 씨는 잠들어 있으리라.

1초라도 자면 그걸로 리셋이다. 오늘 있었던 일이 전부 백지로 돌아간다.

히다루이 경부와의 대화뿐만 아니라 현행범으로 체포되었을 때의 전말까지 깨끗하게 싹 사라지는 것이다.

'맙소사, '전문가'에게 이야기를 들었다고 귀띔한 것이 결국 역효과를 낳았다.'

그렇지만 비밀이 간파되자 즉시 그 간파된 사실을 무기 삼아 협상으로 이끌어 갈 줄이야. 히다루이 경부가 '그럼 난 몰라, 진상 따위는 아무래도 좋아'라면서 판을 뒤엎으면 어쩔 셈인가?

그냥 유죄가 되고 끝인데?

그게 불가능한 **성격**이라는 걸… 들러리 따위는 사양이라는 콤플렉스와 함께 배배 꼬인 그의 형사 정신까지 간파했단 말인가.

그렇다면 더 이상 인심 장악의 수준이 아니다.

사람을 꾀는 게 아니라 가지고 논다.

"내일 다시 잠에서 깨면 처음부터 죄목을 알려 주세요… 흠냐 흠냐."

"…………!"

이쪽을 얕잡아 보는 건지, 높이 평가하는 건지, 체면을 지켜 주는 건지, 얼굴에 똥칠을 하는 건지, 모욕을 하는 건지, 전혀 감을 잡지 못한 채… 히다루이 경부는 항복했다.

무릎을 꿇었다… 아니.

자백했다고 해야 할지도 모른다.

"알겠습니다! 의뢰하죠! 망각 탐정에게 의뢰하고말고요! 당신이 체포된 강도 살인 사건의 진상 규명을, 진실 추리를 아무쪼록 꼭 부탁드립니다, 쿄코 씨!"

"나중에 딴말하지 않을 거죠?"

당신의 증언은 모두 증거로 채택된다는 듯 쿄코 씨는 빙그레 미소 지으며 일어났다. 무장武裝으로서의 미소가 아닌 승자로서의 미소였다.

뒤이어 즉시, 벗었던 안경을 도로 꼈다.

"접수했어요. 부족하지만 가능한 한 모든 일을 하죠, 가능한 한 가장 빠르게. 그럼 우선은 사건의 경위를 모두 알려 주세요. 그리고 이쪽은 나중으로 미뤄도 상관없는데, 히다루이 경부님께서 오늘 만나고 오셨다는 제 전문가라는 분을 만나게 해 주시지 않겠어요?"

"엇… 카쿠시다테 씨를 말입니까?"

거침없이 쏟아져 나오는 말에 당황한 히다루이 경부는 무심코 전문가의 이름을 누설하고 말았다. 그러자,

"아하. 그분은 카쿠시다테 씨라고 하는 모양이죠?"

처음 듣는 성함이네요… 라고, 쿄코 씨는 이상하게도 어딘지 그리운 목소리로 그렇게 중얼거렸다.

3

　그런 이유로 나는 그날 심야에 쿄코 씨를, 가급적 두 번 다시 들르고 싶지 않았던 치쿠마가와 경찰서 안 아크릴 유리 너머로 면회하게 되었다. 구류자 면회 시간은 벌써 진즉에 끝났지만, 알다시피 쿄코 씨에게는 오늘밖에 없으므로.

오키테가미 쿄코의 뒤표지

제4화

카쿠시다테 야쿠스케의 저널리즘

1

　패밀리 레스토랑에서 (오인 체포되는 일 없이) 히다루이 경부와 헤어진 후 또다시 그의 호출을 받기까지 빈 시간 동안 내가 숨만 쉬고 있었는가 하면 그렇지는 않다. 나도 생각하거나 사고하거나 움직이거나 한다. 특히 대은인인 쿄코 씨가 가엾게도 사로잡힌 몸이 되었는데 태평하게 휴우, 하고 한숨을 돌릴 순 없다.

　내가 할 수 있는 일은 뭐가 있을까?

　딱 떠오른 것은 사건 해결을 위해 탐정을 부르는 일이었으리라. 주지하는 바와 같이 내 휴대전화의 주소록에는 현재 현역으로 활동 중인 거의 모든 탐정의 연락처가 등록되어 있다.

　거동이 수상한 내 신변에 설령 어떤 종류의 틀에 박히지 않은 누명이 씌워진다 해도 케이스 바이 케이스로 가장 알맞은 탐정에게 곧장 연락을 취할 수 있는 시스템을 구축해 두었다. 망각 탐정 쿄코 씨도 그중 한 명인데, 그 밖에도 온갖 전문 분야와 온갖 기능 영역에서 활약하는 탐정을 나는 망라해 두었다. 가령 휴대전화가 수중에 없다 해도 암기하고 있는 탐정 사무소의 전화번호가 얼추 백 개는 넘는다.

　만반의 준비가 되어 있다.

　따라서 피고인에게 강력한 변호사를 붙이듯 쿄코 씨에게 강력한 탐정을 붙인다는 것이 내가 할 수 있는 맥스이자 베스트라고, 그래, 처음에는 그렇게 생각했지만 곧 엄청난 착각임을 깨달았기에 허둥지둥 그 안을 스스로 폐기했다.

탐정이 사건에 말려들었다고 해서 다른 탐정을 부르는 일은 있어선 안 된다. 그 순간 쿄코 씨는 명탐정으로서의 자격을 상실하고 말 것이다.

프라이드의 문제이기도 하다.

그리고 그 이상으로 브랜드의 문제이기도 하다.

오키테가미 탐정 사무소의 간판에 돌이킬 수 없는 흠집이 생긴다.

무죄든 유죄든 탐정이 탐정에게 도움을 받는다는 전개가 되면 미래에 쿄코 씨는 탐정으로서 활동할 수 없게 된다(유죄인데도 탐정으로서 활약할 미래를 상정할 수 있는 케이스가 있는가 하면, 그것은 있다).

그런 의미에서 쿄코 씨는 자력으로 유치장에서 탈출하지 않으면 안 된다. 극단적인 말로, 변호사의 힘을 빌리는 일조차 탐정으로서는 받아들이기 힘든 것으로 여기고 있을지도 모른다.

무엇보다 다른 탐정을 부르고 싶어도 나는 쿄코 씨가 현재 말려든 (혹은 일으킨) 사건의 개요를 거의 모른다.

히다루이 경부에게 얻은 근소한 (1달러 상당의) 정보는 그 사건이 금전과 얽힌 강도 살인인 모양이라는 것뿐이다. 혹시 몰라서 일단 요 며칠간의 신문과 뉴스를 다시 살펴보았지만 역시 치쿠마가와 경찰서 관할 안에서 그와 비슷한 사건이 일어났다는 보도는 찾을 수 없었다.

보도 규제.

언제까지고 막을 수 있는 건 아니겠지만, 그 때문에 내가 쿄코 씨의 힘이 될 수 없다는 것도 참 아이러니했다… 라고, 상식적으로 생각하면 사태는 여기서 벽에 부딪친다.

이제 내게는 할 수 있는 일이 없다.

아니, 상식적으로 말해 이 시점에서 이미 도를 넘었다. 나는 어디까지나 오키테가미 탐정 사무소의 단골로, 즉 어디까지나 일개 클라이언트로 아무리 은인이라느니 대은인이라느니 말해봤자 쿄코 씨의 친구도 아니거니와 가족도 친척도 연인도 아니다.

그런데도 어떻게든 힘이 되고자 혈안이 되어 고생고생하는 모습은 제정신이 아니라고밖에 말할 방법이 없었다. 하물며 쿄코 씨는 의뢰인으로서의 내 존재조차 전혀 기억하지 못한다.

만날 때마다 '처음 뵙겠습니다'이다.

내가 무엇을 하든 그것은 아무 일도 안 한 거나 마찬가지다… 여기서는 얌전히 물러나 뒷일은 히다루이 경부에게 맡기기로 하자.

그런 현명한 결단을 여기서 내릴 수 있다면 내 누명 체질에도 마침내 회복의 조짐이 보이려 한다고 진단할 수 있겠지만 웬걸, 나는 한없이 우매했다. 호전 따위는 되지 않았다.

제정신이 아니었다. 제정신이 아닌 것이다.

현재 구직 중이라서 할 일이 딱히 없었다는 점도 이 경우엔 좋지 않았으리라… 내 수상한 거동을 멈출 요소가 내 생활에는 없었다.

소인小人은 한가하면 나쁜 짓을 한다*고 한다. 하물며 거한巨漢은 어떻겠는가.

본론으로 돌아가서, 내 휴대전화의 주소록에는 비단 탐정의 전화번호만 등록되어 있는 게 아니다.

각 업계를 전전하며 이직해 온 만큼(즉, 그만큼 많은 누명을 써 온 만큼) 지인도 꽤 있다. 나는 가장 빠른 탐정에게 심취해 있다고는 도저히 생각할 수 없을 만큼 장시간 주저한 끝에 휴대전화를 완만히 조작하여 어떤 전화번호를 선택했다.

신호음이 몇 번 흐르고.

역시, 신진기예의 저널리스트 카코이 토시코 씨는 내 전화를 받아 주었다.

2

※소인한거위불선(小人閒居爲不善) : 동양의 고전 「대학」에 나오는 구절.

과거에 자신을 오인 체포했던 경부와의 재회보다 내키지 않는 재회가 있다면 그것은 틀림없이 과거 자신에게 프러포즈를 거절당했던 여성과의 재회이리라.

히다루이 경부와 저녁을 함께 먹었던 곳과 같은 패밀리 레스토랑에서 만나기로 했는데, 테이블을 끼고 마주하는 것만으로도 마음이 뚝 부러질 것 같았다.

솔직히 말해서 이 상황은 괴롭다.

은인인 쿄코 씨를 위해서라면 내 마음이 좀 괴로운 것쯤이야 뭐, 하고 자기도취에 빠지는 것도 이 경우에는 어렵다. 왜냐하면 내 부름에 응한 카코이 씨는 나보다 훨씬 괴로울 것이기 때문이다. 이 시추에이션은 그녀에게 있어 굴욕적이기까지 할 것이다.

쿄코 씨의 백발과는 대조적일 만큼 짙은 색감의 흑발을 깔끔하게 묶고, 벌써 밤이 깊었는데도 단정한 슈트 차림으로 나타난 카코이 씨.

이곳에는 한 명의 저널리스트로서 왔을 뿐 별 뜻은 없어요, 라고 넌지시 (그리고 소리 높여) 주장하는 듯도 했다.

그간 격조했다는 분위기도 아니다.

말없는 내 앞에는 커피가, 과묵한 카코이 씨 앞에는 허브티가 놓였을 때 나는 단도직입적으로 이야기를 꺼냈다.

"저어, 쿄코 씨에 관한 일입니다만… 으음, 전화로 말씀드렸
듯이…."

"네. 확실히 체포된 모양이에요."

카코이 씨는 날카로운 분위기를 견지한 채 그렇게 말했다.

"단, 보도 규제가 걸려 있다는 건 정확하지 않아요. 정확히는
아직 경찰 발표가 이루어지지 않았을 뿐이에요."

같은 말 같기도 하지만, 아마 저널리스트 정신 앞에서 그 두
개는 전혀 다른 말이리라.

다만, 그 날카로운 말투는 물론 나에 대한 날카로움인 것도 있
겠지만, 망각 탐정이 체포되었다는 사태에 대한 카코이 씨 나름
대로의 반응이기도 한 모양이다. 카코이 씨는 일과 무관하게 망
각 탐정의 강연회에 참석할 만큼 열렬한 쿄코 씨의 팬이기 때문
이다. 과거에 사로잡히지 않는 쿄코 씨의 삶을 그녀는 진심으로
동경한다.

경애한다고 해도 좋다.

따라서 그처럼 과거에 사로잡히지 않는 쿄코 씨가 현재 유치
장에 사로잡혀 있다는 사태 앞에서는 도저히 냉정할 수 없으리
라, 한 명의 팬으로서는.

그러나 한 명의 저널리스트로서는 정보 제공자(나)를 취재하
지 않을 수 없다. 내게는 내 갈등이 있듯 카코이 씨에게는 카코
이 씨의 갈등이 있다.

무엇을 선택하는가다. 모두를 선택할 수는 없다.

그리고 무언가는 선택하지 않으면 안 된다.

동경을 하든 존경을 하든 '무엇도 선택하지 않는다'라는 선택이 망각 탐정이 아닌 우리에게 가능할 턱이 없다.

…뭐, 쿄코 씨 마니아이기 때문에 카코이 씨는 이렇듯 감정의 앙금은 접어 두고, 얼굴도 보고 싶지 않을 나와 만나기 위해 만사를 제치고서라도 달려왔을 테고, 무엇보다 엄포이며 연극이었음을 잘 알면서도 단순히 그녀가 살아 있어 주어 기쁘다는 마음도 내게는 있지만, 그것은 역시 꺼내면 안 되는 말이리라.

생각해서도 안 되는 말이다.

이에 관해 내게는 생각할 자유도 없다.

"아무래도 쿄코 씨니까요. 오키테가미 탐정 사무소가 비밀 유지 의무 절대 엄수에 초특급 비밀주의를 실천하고 있음은 이 건에서도 예외는 아니에요. 정말, 오키테가미 탐정 사무소는 일종의 비밀 결사네요. 제 꿈 같아서는 언젠가 망각 탐정에 대해 쓴 책을 출간하고 싶은 마음이라 전부터 이것저것 쿄코 씨의 주변을 캐 왔는데요… 그녀만큼 완벽하게 경력을 말소한 인물은 없어요."

직접 취재를 요청한 적도 있죠, 매몰차게 거절당했지만요, 라고 카코이 씨는 말했다.

존경스럽다.

그러나 쿄코 씨의 활약을 남몰래 글로 쓰고 있는 건 나도 마찬가지니 이번에 그녀에게 도움을 구한 것은 이적利敵 행위에 해당할지도 모른다. 뭐, 그런 앞날의 일을 생각해 봤자 별수 없으려나.

지금으로서는 서로에게 실현성이 낮은 이야기다, 쿄코 씨의 비밀주의로 미루어 보아.

"따라서 망각 탐정 그 자체에 직접 접촉하지 않고 각도를 바꾸어 사건 쪽부터 취재해 보았어요. 저 같은 약소하고 풋내 나는 저널리스트가 직접 접근해 봤자 경찰은 상대해 주지 않기에, 우선은 카쿠시다테 씨가 하셨듯이 기존의 보도 내용을 샅샅이 읽는 데서부터 시작했어요."

흐음.

일반인인 나와는 읽는 깊이가 다를 테니 그 속에 힌트 같은 게 있을지 모른다고 카코이 씨가 생각한 건 당연하다. 그런데 그 예상은 빗나간 모양이다.

경찰이 발표하지 않는 사건은 역시 겉으로는 좀처럼 드러나지 않는다는 건가. 현대 사회에서 비밀주의를 따르는 것은 비단 쿄코 씨뿐만이 아니다.

"그럼, 쿄코 씨가 어떤 사건의 범인으로 의심받고 있는지는 결국 현 상황에서는 불분명하다는 겁니까?"

"아니요, 그렇게 서둘러 결론짓지 마세요. 차근차근 순서에 따라 설명하고 있을 뿐이에요. 어쨌거나 혐의가 강도 살인이란 거였으니까요. 적어도 명백한 **피해자**는 실재하는 셈이에요… 어떤 상황에서 어떤 수단으로 살해되었는지는 확실하지 않지만, 사람이 죽었다면 소정의 절차가 필요해요. 비밀리에 처리하려 들면 두말할 필요도 없이 범죄가 되니까요."

그야 그렇다.

즉, 카코이 씨는 경찰과 언론에 접촉한 후 다음으로 병원과 장례업체에 알아본 모양이다. 그쪽도 프라이버시의 결정체 같은 정보원이므로 만만치는 않았겠지만, 그렇게까지 철저히 조사하는 것이 강력한 불굴의 저널리스트 정신인가 보다.

기존의 보도 내용을 한 번 읽기만 하고 철수해 버린 나는 아직 한참 어리숙했다.

"현 시점에서 다른 곳에 협력을 요청할 수는 없었기에 필연적으로 독점 취재가 아닌 독자獨自 취재가 되었지만요. 그런 느낌으로 조사해 나가는 사이 겨우 짐작했던 사건과 맞닥뜨렸어요."

카코이 씨는 순간 주위를 살피더니,

"다른 사람에게는 이야기하지 마세요, 카쿠시다테 씨."

라고 말했다.

귓속말까지는 하지 않았지만 어쩐지 데자뷔가 느껴졌다.

"여기저기 캐 본 결과, 어느 메가뱅크의 관계자가 어제 돌아가셨다는 정보를 얻을 수 있었어요. 연령으로 짐작하건대 자연사가 아닌 것 같아요."

자연사가 아니다. 즉, 변사인가.

병원에서 경찰에 연락할 의무가 발생하는 유형의… 아니, 잠깐만, 히다루이 경부는 쿄코 씨가 현행범으로 체포되었다고 했다.

그 이면의 사정은 섣불리 판단할 수 없다. 어디까지나 얻은 정보만을, 추측 없이 분석해야 한다.

"메가뱅크의 관계자, 은행원이라는 겁니까?"

금전이 얽힌 강도 살인.

그렇지 않아도 긴장되는 흉악 범죄인데 점점 돈 냄새가 짙어지는 느낌이다. 마음이 무거워져만 간다.

"은행원, 은 아니에요. 관계자라는 것은 직원이라는 의미가 아니라, 아무래도 대형은행의 창업자 일족 중 한 명이라는 의미 같아요…."

카코이 씨가 얻었다는 정보도 결코 백 퍼센트 확실한 건 아니라서, 세부 내용이 애매하다고 할 수 없게 신중히 말을 고르려 하고 있다.

그건 그것대로 저널리즘인가.

"저 역시 메가뱅크는 아니어도 신용금고에서 일한 적이 있는데, 그것과 같은 형태는 아닌 모양이군요."

그것은 카코이 씨를 처음으로 만나기 직전 즈음이었던가. 자신의 이력을 떠올리는 일은 내게 있어 그때그때의 트라우마를 상기하는 작업과도 같다.

"네. 그분은 점포에서 일한 게 아니에요. 단적으로 말하면 무직이죠. 그런 의미에서는 지금의 카쿠시다테 씨와 같아요."

괴롭군.

같은 무직자라도 목조 연립에 사는 무직자와 메가뱅크 창업자 일족의 무직자는 의미가 전혀 다를 텐데.

"화려한 일족에 꼭 한 명씩은 있는 한량 같은 이미지로 받아들이면 될까요."

"한량이라기보다, 그분은 애호가예요. …이름은 현 시점에서는 비밀로 하고 싶지만 계속 '그분'이라고 하면 이해하기 힘드니 가명을 설정할까요?"

"아, 네. 그 부분은 재량에 맡기겠습니다."

"그럼 카메이龜井 씨로 할게요."

"……."

농담인지 진담인지 구별이 안 가는 게 아니라, 이 사람은 너무 진지해서 재미있어져 버리는 타입일지도 모른다.

"카메이 카헤이加平 씨요."

카헤이 씨? 그건 어디에서 유래된 이름일까.

아무래도 '그분'은 남성인 모양인데….

"아, 알겠다. 은행 관계자라서 '카헤이'인가요?"

즉, 화폐. 말 그대로다.

그런데 뜻밖에도 카코이 씨는 "틀렸어요. 그렇지 않아요."라고 부정했다.

"어? 틀렸습니까?"

"아니요, '카헤이'의 유래가 머니money를 의미하는 '화폐'인 건 맞지만, 제가 그분에게 그런 이름을 붙인 이유는 카메이 카헤이 씨가 코인 컬렉터이기 때문이에요."

"코인 컬렉터? 라고요?"

"네. 그는 동전 수집가예요. 동서고금을 막론하고 전 세계의 온갖 코인을 모으는 애호가죠. 도락이라면 도락이지만, 그래도 그 업계에서는 이름이 알려진 분이었나 봐요. 물론 가문의 명성, 즉 가명이 있어서 수집할 수 있었지만."

가명假名이 카메이인 분은 가명家名을 이용해서 코인을 컬렉션했다는 건가… 헷갈릴 정도는 아니지만 그냥 이름을 비밀로 하는 것보다는 복잡해졌다*.

이런, 이런.

이러니 미디어가 실명 보도를 고집하지.

"단적으로 말해 카메이 카헤이 씨는 돈으로 돈을 사 모았던 셈이죠."

※가명(假名)과 가명(家名)의 일본어는 '카메이'이다.

단적으로 말했다기보다 조금 신랄하다.

맞는 말이기는 하겠지만 아마 고지식한 카코이 씨는 그런 '한량 놀음'이나 '애호'나 '도락'을 실감나게 이해하기 힘든 것이리라. 그래도 중립과 공정, 양쪽 주장의 병기를 중시하는 저널리스트로서는 다소 편향되었다고 생각했는지,

"컬렉션이라 해도 우습게 볼 수는 없고 우스운 것도 아니지만요. 세상에는 수백만 엔, 수천만 엔, 경우에 따라서는 억 단위가 붙는 코인도 있다고 하니까요."

라고 덧붙였다.

"토, 톱니가 있는 10엔짜리 같은 것 말인가요? 쇼와 64년에 나온 동전에는 꽤 높은 가격이 붙는다던데[*]…."

나도 지식이 있는 게 아니므로 맞장구를 친다 해도 이런 정도였지만, 카코이 씨는 "네, 그런 거요."라고 대꾸해 주었다. 고지식하고 딱딱하지만 결코 나쁜 사람은 아닌 것이다.

"계속 이야기할게요. 그런 카메이 카헤이 씨의 자택에는 수집한 코인을 죽 진열한, 박물관 같은 전시실이 있다고 해요…. 아무래도 사건은 그 방에서 일어났나 봐요."

"사건."

※테두리에 톱니가 새겨진 10엔짜리 동전은 1951~1958년에 발행되었는데 현재는 발행되지 않아 희귀하다. 또한 쇼와 64년(1989년)은 쇼와 천왕이 1월 7일 사망해 그 이후 연호가 바뀌기 때문에 7일밖에 되지 않아 이 시기에 발행된 동전은 숫자가 적다고 한다.

어쩐지 '금전이 얽힌 문제'의 얽힘 양상이 상식을 벗어난 감이 있다. 메가뱅크라느니 코인 컬렉터라느니, 사건의 사건성이 심상치 않다.

앞서 히다루이 경부에게 했던 말을 취소해야 할지도 모르지만 이것이야말로 수전노 쿄코 씨에게 어울리는 사건이라고도 할 수 있다.

"카메이 카헤이 씨와 쿄코 씨의 관계성까지는 미처 파악하지 못했어요. 하지만 하루면 기억이 리셋되는, 즉 어느 분과도 관계성을 유지할 수 없는 망각 탐정의 특성상 친구 관계나 연인 관계였을 리는 없다고 생각해요."

물론 그렇겠지.

연인 관계라는 말에 순간 동요했지만 그런 일은 절대로 있을 수 없다. 카메이 카헤이 씨가 은행원이었다면 오키테가미 탐정 사무소의 메인 뱅커였을 가능성도 있을지 모르지만, 그가 은행에서 일했던 게 아니라면 그것도 아니다.

"애초에 카메이 카헤이 씨는 쿄코 씨와 친구 관계나 연인 관계가 될 만한 연령입니까?"

자연사라고 할 만한 연령이 아니라고 했는데… 카코이 씨로서는 의도적으로 숨긴 부분일 테니 너무 캐물으면 묘하게 '연인 관계'에 연연한다고 오해할지도 모르지만, 묻지 않을 수 없었다.

"쿄코 씨나 우리보다 띠동갑하고도 여섯 살쯤 더 많을걸요."

역시 카코이 씨는 얼버무려 말했다.

뭐, 그 정도라면 어떤 관계든 이상하지 않은 연령 차이인가….

"참고로 애호가이므로 독신이에요."

딱히 애호가라서 독신인 건 아니리라….

"단, 전시실이 있을 만큼 으리으리한 집에 사셨으니까요. 고용인이며 돌봐주는 할멈과 같이 살았다고 해요."

고용인는 그렇다 쳐도 할멈이라니.

본격적인 부자다.

이렇게 되면 부자이자 코인 컬렉터라는 이중 의미를 그저 해학으로만 치부할 수는 없다.

"그렇지만 돈을 좋아하는 망각 탐정의 성격이 즉 부자를 좋아하는 성격을 뜻하는 건 아닐 테니까요, 그런 이유로 쿄코 씨가 카메이 카헤이 씨에게 접근했다고는 보기 힘들어요. 상식적으로 생각해서 쿄코 씨가 세상과 이어지는 패턴은 탐정과 클라이언트로서… 겠죠."

탐정과 클라이언트로서.

또는 탐정과 범인으로서, 인가?

분에 못 이겨 또는 분이 지나쳐 범인을 죽여 버리는 탐정. 그러나 어느 경우든 거기에는 강도 살인과 별개의 다른 사건이 필요하다.

어쨌거나 쿄코 씨가 탐정 활동의 일환으로서 카메이 카헤이 씨의 자택을 방문했다면 마침내 사태는 지극히 복잡해진다… 병원의 그것보다, 경찰의 그것보다 강고한 망각 탐정의 비밀 유지 의무가 가로놓인다.

강도 살인 속에 더 큰 사건이 숨겨져 있다면….

"제가 아는 망각 탐정이 무단 침입 강도가 될 거라고는 도저히 생각할 수도 없고요… 물건을 훔치러 들어갔다가 얼떨결에 강도가 되면 모를까."

"…그게, 실제로 카코이 씨는 쿄코 씨가 강도 살인 같은 죄를 저지를 거라고 생각하십니까?"

조금 주제넘은 질문이었지만 결국 참지 못하고 나는 카코이 씨에게 그렇게 물었다. 애당초 무단 침입 강도든 얼떨결에 된 강도든 용서받을 수 없는 흉악 범죄임에는 변함이 없다.

이 범죄는 쿄코 씨답지 않다는 애매한 논지가 히다루이 경부에게는 어느 정도 통한 듯하지만, 세간에 널리 통할지 어떨지는 의문이다. 저널리즘의 관점에서 그 점을 객관적으로 평가해 주길 바란다.

"쿄코 씨의 팬으로서는 믿고 싶지 않다는 것이 본심이에요. 하지만 제 보잘것없는 저널리스트로서의 경험으로 말하자면, 어떤 경우에도 사람을 죽이지 않는 성인군자 따위는 없겠죠. 오히려 성인군자이기 때문에 사람을 죽이는 경우는 있어요."

"……."

"쿄코 씨가 범인이 아니라면 진범을 밝히는 것이, 쿄코 씨가 범인이라면 범행 동기를 밝히는 것이 제 일이라고 생각해요."

어느 쪽이든 진실을 외면할 마음은 없다는 건가. 변함없이 장렬한 각오로 일하고 있다.

아니, 각오는 이전보다 한층 강해진 것 같다.

동기라….

보도 정신과는 무관한 나도 생각조차 하고 싶지 않은 가능성이지만 만약 쿄코 씨가 범인이라면 강도 살인이라는 죄명은 차치하더라도 역시 돈이 동기라고 생각하는 게 타당할 듯하다… 적어도 성인군자적인 이유는 상정하기 힘들다.

"단순히 강도 살인 같은 폭력적인 범죄가 여성인 쿄코 씨에게는 어울리지 않는다는 시각도 취할 수 있을 것 같은데요…?"

그런 카코이 씨의 각오에 비해 나의 쿄코 씨에 대한 시각은 실로 감각적이었지만, 이 점은 일반적인 감상이지 않을까. 물론 여성이라고 날붙이나 둔기를 사용하는 데 그리 큰 완력이 필요한 건 아니라지만.

"…참. 그 말을 들으니 떠올랐어요, 카쿠시다테 씨. 현 시점에서 판명 난 사실이 한 가지 더 있어요. 범행에 사용된 흉기 말인데요."

"흉기."

"칼이라고는… 하지만."

칼. 그것까지는 히다루이 경부가 알려 주지 않았다.

으~음, 글쎄.

쿄코 씨가 칼을 든 모습은 좀처럼 상상할 수 없는데… 그런데 '하지만'이라니?

"네. '하지만' 그 칼 역시 전시실에 수집되어 있던 카메이 카헤이 씨의 컬렉션 중 하나인 옛날 돈의 일종인가 봐요… 이른바 **도검형 화폐**예요. 즉, 바꿔 말하면 동기가 돈인지 어떤지는 몰라도 틀림없이 흉기는 돈인 셈이죠."

"……."

그런 흉기는 쿄코 씨답지 않다.

라고는 역시 말할 수 없겠군.

3

이후 히다루이 경부의 연락을 받고 카쿠시다테 청년은 홀로 치쿠마가와 경찰서로 향하게 되었다.

오키테가미 쿄코의

의

뒤표지

제 5 화

오키테가미 쿄코의 전기의자

1

피해자 : 쥬키모토 미스에+木本未末
　　　　고등실업자·수집가
용의자 : 오키테가미 쿄코
　　　　오키테가미 탐정 사무소 소장·망각 탐정
최초 발견자 : 쿠다하라 코토미管原壽美
　　　　고용인·동거인
신고를 받고 용의자를 확보한 경찰 : 라이세賴瀨(순경)
현장으로 달려와 용의자를 체포한 경찰 : 나카스기中杉(경부보)
사건을 넘겨받아 용의자를 취조한 경찰 : 히다루이(경부)

2

　…그런 '등장인물 일람' 같은 기록으로 시작되는 쓰다 만 보고
서, 자신이 체포된 사건의 수사 파일을 쇠창살 안에서 고개를
끄덕이며 읽는 쿄코 씨의 자세는, 아까 젊은 감시원이 넣어 준
스나가 히루베에須永晝兵衛의 추리소설을 읽을 때처럼 느긋했다.
　'자신이 주역인 추리소설이라도 읽는 느낌인가… 참 태평하
군.'
　사람이 하나 살해되었는데, 게다가 그 범인이 자신일지도 모

르는데 이 탐정은 떨리거나 또는 떨거나 하지 않는 것일까? 사건이나 범죄를 밥줄로 삼는 건 막말로 형사도 마찬가지므로 굳이 불경하다고는 하지 않겠지만, 자칫하면 자기 자신을 범인으로 고발해야 할지도 모르는 탐정 행위에 임하면서 저렇게 푹 퍼진 태도라니, 부적격이라는 생각이 든다.

'그런 자세도 역시 망각 탐정이라 그런가… 아니, 감정에 사로잡히지 않는 것은 그저 속도를 우선하기 때문인가? 아니면 그만큼 명확하게 있는 걸까… 자신은 절대 범인이 아니라는 확신이.'

그것이 카쿠시다테 청년이 시사하고 또 쿄코 씨가 '잠들어 버릴 거예요'라며 사랑스럽게 협박에 이용했던, 그녀의 머릿속에만 있는 '수사 파일'의 빠진 조각일까.

그렇다면 히다루이 경부로서는 아까 이상으로 무슨 일이 있어도 그 비밀을 알아내지 않으면 안 된다. 비망록을, 아니, 금서를 까발리지 않으면 안 된다.

그도 이제 뒤로는 물러설 수 없는 지경까지 왔다.

왜냐하면 구류된 피의자 본인에게 수사 정보를 보여 주었기 때문이다. 추리소설과 갈아입을 옷, 도시락을 제공한 수준이 아니다(결국 젊은 감시원이 백화점 지하에서 사 온 6천 엔짜리 도시락을 '배가 고프면 추리할 수 없거든요'라면서 쿄코 씨는 말끔하게 먹어 치웠다. 그동안 히다루이 경부는 파일을 가지러 갔고, 어째서인지 쿄코 씨가 면회를 희망한 카쿠시다테 청년에게

다시 연락을 취했다).

완전한 부정행위다.

그나마 철창의 비밀번호를 교묘하게 캐내어 알아맞힌 것뿐이라면 이중적인 의미로서 '상대가 나빴다'라고 우길 수 있지만, 수사 정보의 '제공'은 공무원으로서 명백히 부정이라고 해도 좋은 레벨의 있을 수 없는 악행이다.

'오늘 아침만 해도 일이 이렇게 될 거라고는 조금도 의심하지 않았다… 함락하는 데까지 함락하는 것도 눈 깜짝할 사이라는 건가.'

함락당했다, 라고 해야 하나.

취조실이나 유치장에서 '함락시키는' 것은 형사의 전매특허일 텐데….

"사인은 자상에 의한 심인성 쇼크… 자, 다 읽었어요."

자신의 판단에 자신감을 갖지 못하는 히다루이 경부를 아랑곳하지 않고 수사 파일을 구석구석 열람한 쿄코 씨가,

"감사합니다."

라고 인사를 건넸다.

예의는 바르다. 행동거지는 이제 사악한 수준이지만.

'은근히 무례한 정도가 아니야… 그런데 느긋하게 읽은 것치고는 읽는 속도가 빠르군.'

속독이라는 것인가? 가장 빠른 탐정이 하는 일이니 이제 와서

는 그것도 놀랍지 않지만. 하여간에 이로써 히다루이 경부는 카드를 완전히, 또는 과감하게 오픈한 상태다. 속마음까지는 오픈하지 않았지만 이제부터는 상대방의 반응을 기다릴 뿐이다.

"어떠셨습니까? 자신이 범인일지도 모르는 사건을 추리하는 기분이."

"좀처럼 할 수 없는 체험이라 설렜어요. 제 기억으로는 처음이에요."

어깨를 으쓱하며 빈정거림을 받아넘기는 망각 탐정.

하긴, 히다루이 경부도 심술 차원에서 그런 물음을 던진 건 아니다. 지금 쿄코 씨가 철창 안에서 대체 어떤 기분인지를 정말 알고 싶었다. 사건의 진상만큼이나.

'경위야 어쨌든 최종적으로는 이쪽에서 수사 협력을 요청한 이상, 사실은 장소를 바꾸고 싶을 정도지만….'

유감스럽게도 쿄코 씨는 꽤 기가 막히게 전자 잠금장치를 파손하여 아직 문을 열 수가 없었다. 부수는 건 간단할 거라고 단순하게 생각했건만 뭘 어떻게 하면 이토록 치명적으로 망가뜨릴 수 있는 건지, 이쯤 되면 기계치 수준이다. 그런 이유로 현재, 백화점 지하에 다녀온 젊은 사람이 망가진 자물쇠를 더욱 망가뜨릴 도구를 경찰서 안에서 찾고 있다.

유능한 일꾼이다. 속죄하려는 걸까.

"갇혀서 추리하는 탐정도 안락의자 탐정[*]이라고 표현할까요.

아하하, 씌워진 혐의를 생각하면 전기의자 탐정이라고 표현하는
편이 더 적절할지도 모르겠네요."

그 농담에는 웃을 수 없다.

실제로 죄목이 강도 살인인 이상 유죄가 확정되면 최저 무기
징역, 최고일 경우… 최고가 아닌 최고형일 경우 사형이 선고된
다.

"…전기의자가 아닙니다. 잊으셨을지도 모르지만 여기는 일본
이니까요."

"우리나라의 사형제도에 채택되어 있는 형벌은 교수형이었던
가요? 지금도 아직 바뀌지 않았나요? 제 기억이 맞다면, '아직'
맞다면 사형 집행 버튼은 여러 개죠. 마치 그것이 핵미사일 발
사 장치이기라도 한 듯 여러 명의 집행인이 동시에 버튼을 눌러
요. 지금도 그런가요?"

"지금도, 그렇습니다."

그렇게 대답했지만 조금 자신이 없었다. 그것이 히다루이 경
부에게 있어 마주하고 싶지 않은 현실이기 때문인지도 모른다.
자신이 체포한 사람이, 설령 살인귀였다 해도 사형이라는 이름
하에 죽는 현실.

그것만으로도 갈등되는데… 피해자 유족의 심정을 헤아리면

※안락의자 탐정 : 범죄 현장을 직접 살펴보거나 증인과 면담을 하는 등의 행동적 수사를 전혀, 또
는 거의 하지 않고서 주어지는 정보만으로 추리를 하는 가상의 탐정 유형.

사형제도에 반대라고까지 주장할 수 있는 인권파는 될 수 없지만, 그렇다고 해서 아무런 망설임도 없이 극형에 찬성할 수 있는 인권파도 될 수 없… 하물며 자신은 누명 제조기다. 만약 체포한 흉악범이 무고한 자였다면 어쩌나?

쇠창살을 사이에 두고 눈앞에 있는 피의자가 그렇게 주장하듯이.

그런 생각을 하니 원래 말주변이 없었을 그도 자연스레 말이 많아졌다. 이 또한 유도된 것일까.

"물론 핵미사일의 발사 장치와는 달리 동시에 누르지 않으면 교수형이 집행되지 않는 시스템이 아니라, 그렇게 함으로써 누가 집행인이 되었는지를 알 수 없게 하기 위한 방책이지만요."

"당연한 배려죠."

라는 쿄코 씨.

물론 당연한 배려이리라.

그렇지만 그것은 **이쪽**… 체제 쪽에나 '당연'할 뿐, 죽는 수형자 쪽 입장이 되면 자진해서는 받아들이기 힘든 시스템이라고도 할 수 있다.

그도 그럴 것이 그 또는 그녀는 자신이 누구 손에 죽는지도 모르는 채 죽어 가는 것이다. 원통함을 풀어 줄 탐정은, 또는 법집행 기관은 사형수 앞에 나타나지 않는다.

"진상은 어둠 속. 미궁 안이군요. 그 경우에는 알기 쉽게 취조를 담당했던 형사분을 원망하려나요? 귀신이 되어 나타난다면 기껏해야 그분밖에 떠오르지 않을 테니까요… 인간은 원망하기 쉬운 부분을 원망하는 법이잖아요."

"……."

이번에는 쿄코 씨가 빈정거리는 건가? 아니, 그녀는 단지 이런 응수를 가볍게 즐기고 있는 듯하다.

"그건 그렇고. 본론으로 돌아가서요, 히다루이 경부님. 경부님. 수사 자료의 제공, 진심으로 감사합니다. 그 고마움, 이루 말할 수 없어요. 이로써 히다루이 경부님께 도움이 될 수 있을 것 같아 저는 기쁨에 떨고 있답니다. 이 은혜는 평생 잊지 않을게요."

마지막 농담을 빼고 생각해도 지나치게 과장된 말이지만, 그래 주지 않으면 곤란하다. 이쪽은 사표를 쓰고 기다려도 좋을 만한 리스크를 무릅썼기 때문이다. 아무리 협박을 당했다고 해도….

'…아니.'

협박을 당하지 않았어도 결국에는 굴복했을지 모른다고, 평정을 되찾은 뒤 생각했다. 사람을 잘못 지목하여 처형대로 보내는 것보다는 그나마 부정을 저지르는 편이 덜 부정할 테니까.

어쨌거나 수사 파일을 모두 공개한 이상 더는 피의자의 '비밀 폭로'를 기대할 수 없다. 원래 그것은 망각 탐정에게서는 기대할 수도 없는 일이었지만, 앞으로의 논의는 베테랑 형사 히다루이 경부에게 있어서도 미지수의 영역으로 돌입하게 된다.

"이 파일을 열람한 바로는."

하고.

비로소 탐정은 말을 꺼냈다.

"범인은 저네요, 틀림없이."

3

"그… 그것은 자백입니까, 쿄코 씨? 범행을 인정했다고 받아들여도 좋겠습니까?"

무심코 쓸데없이 정중한 말투로 확인해 버렸는데,

"아니요, 그런 게 아니에요. 어디까지나 '이 파일을 열람한 바로는'이라고요."

하며 쿄코 씨는 고개를 저었다.

"오해를 부를 만한 표현을 써서 죄송합니다. 결코 일부러 그런 건 아니에요."

거짓말이다. 일부러 그랬다.

떨떠름하게 그렇게 생각했지만 안도하는 마음 쪽이 더 강했다. 여기서 '제가 범인이에요'라고 결론지어 버리면 모든 의미에서 자신이 설 자리가 사라진다. 현실적으로는 히다루이 경부 한 사람의 사표로는 끝나지 않으리라⋯ 거짓말 안 보태고 이미 이 경찰서의 존망이 달린 큰 규모의 사건이 되고 말았다.

"어머나. 제 탓처럼 말씀하시는데요, 히다루이 경부님, 원래 사건의 규모는 대규모 아니었나요? 여기 이 돌아가신 피해자 쥬키모토 씨는 일본 유수의 부자잖아요."

이 지역에 있어 보물이라고도 할 수 있는 VIP였을 텐데요, 라고 쿄코 씨는 지적했다.

그 말이 맞다.

부잣집의 방탕한 아들이자 도락가 아들을 과연 보물이라고 표현해도 될지 어떨지는 논의의 여지가 있을지라도, 그 일족이 이 지방에 내는 세액으로 따지면 쥬키모토 미스에가 VIP였음은 틀림없다.

다루는 사건의 섹션이 달라서 조직 안에서의 횡적 연결고리가 적은 데다 소문에도 어두운 히다루이 경부가 불손하게도 몰라뵈었을 뿐, 아무래도 꽤 유명인이었던 모양이다. 좋은 의미에서 유명인이었는지 어떤지는 둘째 치고, 적어도 망각 탐정보다는 훨씬 지명도가 높았다. 그런 VIP가 살해된 안건이라면 설령 용의자가 옛 수사 협력자가 아니었을지라도 취급에는 요주의 태그가 붙었으리라.

"정확히는 일본 유수의 부자의 친척이죠. 절연을 당했다고는 못 해도 거의 교류가 없었나 봐요. 사건에 대해 알리고 말씀을 여쭙고자 연락을 취하려 해도 비서실에서 막힐 정도라, 지금 현재 약속도 잡지 못한 모양입니다."

"'갈 수 있으면 가겠다'라는 태도인가 보군요. 하긴, 메가뱅크의 창업자 일족쯤 되면 바쁘실 테니까요. 부러울 따름이에요. 저도 언젠가 은행을 경영해 보고 싶어요."

거대한 꿈을 꾸고 있다.

적어도 쇠창살 안에 들어갈 꿈은 아니다

"아니면 코인 컬렉터가 되어 보고 싶어요."

그거라면 벌써 된 거나 마찬가지 아닐까. 쇠창살 안에서도 컨설턴트 요금을 뜯으려 한 수전노의 귀감이다.

"수전노, 라고요? 이유는 전혀 모르겠지만 저에 대해서는 그런 인상이 강한가 보죠? 이 수사 파일에 따르면 저는 쥬키모토 씨의 컬렉션을 노리고 쥬키모토 씨의 사저私邸에 침입한 모양이거든요."

"네… 사저… 뭐, 사저죠."

예스러운 표현이라고 할까, 미스터리 용어로서 그렇게 말한 듯도 들리지만, 자료를 보건대 쥬키모토 미스에의 자택은 그렇게 표현하는 것이 적당한 사이즈와 디자인의 건축물인 듯하다.

다른 표현을 찾자면 사택이라고 할까, 저택이라고 할까.

그도 그럴 것이 내부에 동전 컬렉션이 진열된 전시실까지 있다고 하니까. 히다루이 경부가 사는 원룸 맨션보다도 훨씬 넓은 바닥 면적을 그윽하게 자랑하고 있을 전시실.

그리고 그곳이 처참한 사건 현장이기도 하다.

"그 큐트한 형사분이 그린 줄거리에 따르면 컬렉션을 훔치기 위해 사저로 숨어든 이 불초 소생이 타이밍 나쁘게 전시실에서 사저 주인과 조우하는 바람에 찔려 죽이게 되었다, 라나 보네요. 제가 보기에는 이 시점에 이미, 마치 어떤 서술 트릭이 쓰이기라도 한 듯 모순이 산더미처럼 쌓여 있는데요."

"쌓여 있습니까?"

정면으로 그렇게 평가하니 동료를 감싸고 싶은 마음이 솟구쳤다.

"뭐, 아직 집필 도중이던 파일을 상사의 명령으로 제게 인계한 형태인걸요. 그 부분은 너그러이 봐주십시오."

연재 작품을 폄하당한 소설가를 감싸듯이 말해 버렸는데(완결까지 지켜봐 달라는 식의 호소다) 쿄코 씨는 "하긴, 그러네요."라며 가볍게 인정했다.

"이건 아직 잊지 않은 기억이라 만약을 위해 확인하겠는데요, 저를 체포한 큐트한 형사분이 이 파일에 등장하는 작성자 나카스기 경부보임에 틀림이 없는 거죠?"

"네, 그리고 맨 처음으로 신고를 받은 라이세라는 자가 피해자의 집 앞에 설치된 폴리스 박스에서 당시 근무 중이던 순경입니다."

"폴리스 박스요? 그렇게 말하니 부자 느낌이 물씬 나네요."

과연 그렇다.

히다루이 경부는 그곳에 그런 시설이 설치되어 있는 줄도 몰랐지만… 뭐, 설령 눈알이 튀어나올 만큼 고가의 컬렉션이 없더라도 그 일족 출신이라면 그 이유만으로도 신변의 위험으로 직결될 수 있다.

어떤 의미에서는 정치가보다 훨씬 목숨을 위협받기 쉬운 입장이다. 폴리스 박스가 설치되었을 뿐만 아니라 순찰관에게는 사저 주변을 중점적으로 순시하라는 지시가 평소부터 내려져 있었다고 한다.

VIP 취급.

사건을 미연에 방지해야 한다는 게 취지라면 딱히 특별대우 등의 문제로 발전하는 건 아니다. 문제가 있다면 사건을 미연에 방지하지 못했다는 것이다.

"최초 발견자 쿠다하라 씨로부터 신고를 받은 문 앞의 라이세 순경이 '피해자와 범인'을 눈으로 확인했고, 그 후 다시 경찰서에 연락하여 나카스기 경부보가 출동하게 된 거군요. 모순되어 있어요."

"…어디가 말입니까?"

동료 의식에 의해 여기서도 반사적으로 옹호하듯이 말하고 말았으나, 히다루이 경부도 그 수사 파일에서 위화감을 느끼지 않은 것은 아니었다.

다만 그 감각은 '아무래도 이렇게 되면 망각 탐정이 너무 의심스럽다'와 같은 막연한 것이었다. 이상하다고 생각하면서도 구체적으로 어디가 어떻게 이상한지는 지적하기가 어렵다.

굳이 말하자면 그래서 너무 절묘하다고 생각했던 것이다.

너무 **조잡하게** 절묘하다.

작위적인 영화라도 보는 듯한, 도처에서 아귀가 **너무 잘 맞아서** '현실은 이렇게 매끄럽게 굴러가지 않는데'라고 말하고 싶어지는 듯한. 매끄럽게 굴러가는 것에 이것저것 트집을 잡는 행위야말로 원래는 이치에 맞지 않지만.

"어디가, 라고 물으신다면… 예를 들어."

쿄코 씨는 히다루이 경부의 질문에 대답했다.

"그토록 엄중히 경비되고 있었다면 애초에 저라는 강도가 침입하는 일이 가능할 리 없잖아요."

"아… 그렇지만."

그건 그런, 가?

분명 파일 안에서는 그 견고한 경비라는 요소가 '그 외에 범인으로 보이는 인물은 출입하지 않은' 증거로서 제시되었던 것 같은데 과연, '쿄코 씨가 어떻게 경호원의 눈을 뚫고 저택에 침입했는지'에 대해서는 지금 현재 아직 다루어지지 않았다.

그 부분은 앞으로 쓸 예정이었던 건지, 아니면 발견 당시에 그녀가 저택 안에 있었던 이상 사실상 경로는 별로 중요하지 않다고 판단했던 건지.

"제가 명탐정이기 때문에 어떻게든 경비를 뚫었을 거라고 판단하셨을지도 모르는데, 그렇게 생각할 바에는 '명탐정이 이처럼 뻔한 흉악 범죄를 저지를 리 없다'라고 결론을 내려 주셨더라면 좋았을 거예요."

지나치게 주제넘은 폭언 같지만 그건 그렇다고 인정할 수밖에 없다. 논리의 근거는 거의 같다. 다만, 쿄코 씨가 사건 현장에서 '발견'되었다는 현실이 확고하게 있는 만큼 추론으로서는 나카스기 경부보의 생각이 타당하다고도 할 수 있다.

'작위적….'

하긴, 경찰서의 심층부에 이토록 당당히 침입하는 망각 탐정의 솜씨를 고려하면 경호원의 눈을 뚫고 저택 안에 침입하는 일도 꼭 불가능하다고만은 정의할 수 없는데.

"'발견'이라고요? 최초 발견자로서 이름이 기재된 쿠다하라 씨는 고용인으로 되어 있는데, 이것은 보디가드나 보안요원으로서의 동거인이 아닌 메이드 같은 포지션으로 생각해도 될까요?"

"네. 피해자 쥬키모토 씨는 '할멈'이라고 불렀다고 합니다. '할멈'은 쥬키모토 씨를 '도련님'이라고 불렀고요."

"전형적인 부잣집이네요."

아무래도 쿄코 씨의 미소가 살짝 굳은 것처럼도 보였다. 뭐,

마흔이 넘은 중년 남성이 아무리 식솔에게라지만 '도련님'으로 불렸었다는 사실을 어떻게 받아들일지는 저마다 다를 것이다.

"쿠다하라 씨는 나이가 어떻게 되시죠? 파일에는 쓰여 있지 않던데요. 큐트한 형사분은 젠틀하게도 여성에게 나이를 묻는 행위는 매너 위반이라고 생각하셨을까요?"

"네? 쓰여 있지 않던가요?"

그래서 '메이드'라고 했나.

그것은 단순한 실수다. 매너를 갖춘 것도 아니다.

"저도 넘겨받을 적에 최초 발견자는 '할멈'이었다고 들었을 뿐, 그곳에 쓰여 있지 않은 걸 파악하고 있었던 건 아닙니다 만… 고령임에는 틀림없을 겁니다. 그런데 중요한 사항입니까?"

"'최초 발견자를 의심하라'는 철칙이니까요. 노인을 의심하고 싶진 않지만 잘못 봤거나 착각했을 가능성도 있을지 모르잖아 요."

범인으로서 의심하는 게 아니라 목격자로서 의심하는 건가. 하지만 그 부분이라면 '큐트한 형사분'에게 들은 바로는 연세가 드셨지만 아직 한창 현역이라는 인상을 받았는데.

"'도련님께서 훌륭한 분이 되실 때까지 이 할멈은 안심하고 편히 쉴 수 없답니다'라는 느낌이려나요?"

쿄코 씨는 너스레를 떨었는데, 완전히 맞지는 않아도 크게 틀리지도 않을 것이다. 적어도 노인의 증언이라 불확실했을 리는 없을 것이다.

"맞아요. 그것도 미스터리의 철칙이죠. '아이와 노인의 증언은
올바르다'."

"그런 식으로 말하면 오히려 모가 날 것 같은데요…."

마치 '정치적으로 올바르다'라고 말하는 듯하다. 그런 풍자야
말로 미스터리와는 가장 먼 것이리라. 하긴, 조금 전 무심코 반
발해 버렸듯이 '형사가 작성한 보고서에는 허점이 있다'라는 철
칙을 그대로 적용하면 대꾸하기가 곤란해진다.

"물론 꼬투리를 잡을 생각은 없어요. 분명 입장이 다르다면
저도 비슷한 보고서를 쓰겠죠. 망각 탐정이기에 보고서 같은 건
쓴 적이 없지만, 그럼, 어디 좀 볼까요."

일단 배려를 보이면서도 쿄코 씨는 보고서의 해당 페이지를
펼쳤다.

그리고 주석을 덧붙여 가며 낭독한다.

"사건 당일 아침, 즉 오늘 아침… 정확히 정시에 기상하신 '할
멈' 쿠다하라 씨는 평소대로 '도련님' 쥬키모토 씨와 다른 고용
인들의 아침 식사를 준비했어요. 목가적인 호칭으로도 알 수 있
듯이 아마 엄격한 주종 관계가 형성되어 있었던 건 아닌 모양이
라, 식사는 주인이나 고용인이나 다 함께 먹는 게 관례였다고
해요. 그런데 식사 준비를 마치고, 역시나 평소대로 깨우러 가
니 침실에 '도련님'의 모습은 없었어요…."

그 대목에서 일단 뜸을 들인다.

식사 준비는 그렇다 쳐도 '평소대로' '할멈'이 깨워야 일어나는 성인 남성의 모습에 느끼는 바가 있었는지도 모른다.

다만, 피식 웃을 수 있는 건 거기까지였다.

"…분명 여느 때처럼 전시실에서 컬렉션을 재배열하고 있을 거라는 생각에 그쪽으로 향한 '할멈'. 하지만 전시실 문은 잠긴 채 열리지 않았어요. 순간 '그럼 여기가 아닌가 보다'라고 판단한 '할멈'이었지만, 고용인이 총출동하여 저택 안을 찾아도 '도련님'은 보이지 않았죠. '도련님'이 혼자 집 밖에 나가는 일은 있을 수 없으므로 그럼 역시 전시실인가, 안에서 정신이 팔린 채 잠들어 버렸나… 해서 작정하고 '할멈'은 문을 억지로 땄어요."

액티브한 노인이시죠, 라는 쿄코 씨.

"그랬더니 전시실 안에는 흉기로 한 차례 왼쪽 가슴을 찔린 '도련님'과, 피투성이가 된 흉기를 움켜쥐고 새근새근 곯아떨어진 안경을 낀 백발 미녀가 쓰러져 있었다… 이런 경위로 이해하면 좋을까요?"

"네."

은연중에 망각 탐정이 '미녀'임을 시인하고 말았으나 뭐, 그에 대해 좋지 않다고는 도저히 말할 수 없다.

그 후의 전개는 앞서 말한 대로다.

즉각 폴리스 박스에서 근무하는 순경에게 신고했고, 현장을 보존한 그가 경찰서에 보고했다. 그동안 쭉 곯아떨어져 있었다고 하니 백발 미녀도 보통 신경이 아니다.

잠에서 깨었을 때 완전히 포위되어 있었다… 꼭 흉악범 같다.

흉악범 맞나, 강도 살인의 현행범이니까.

"흉기를 오른손에 움켜쥐고 잠들어 있었다… 흉기는 전시실에 진열되어 있던 옛 도검형 화폐. 사람을 해치는 용도의 칼일 것 같지는 않지만 뭐, 소재가 금속이고 끝이 날카로우면 살상 능력은 있겠죠."

"…남의 일처럼 말씀하시는데, 살상 능력이 있는 흉기를 오른손에 움켜쥐고 잠들어 있던 사람은 당신이거든요, 쿄코 씨?"

설마 그 사실을 잊었을 것 같진 않으나 만약을 위해 그렇게 설명해 두었다. 결코 추리소설을 읽고 있는 게 아니라고.

"현실과 공상을 구별 못 한다고 하시니 명탐정으로서는 할 말이 없네요. 추리란 공상 같은 것이니까요."

"…뭐, 현실과 공상을 구별 못 하는 사람은 비단 명탐정뿐만도 아닙니다. 요새는 사이버 공간에서의 다툼이 온갖 범죄에 얽혀 드는걸요."

아저씨 형사가 취조실에서뿐만 아니라 현실에서도 철수해야만 하는 날이 그리 머지않았다.

"그런데 공상가로서 말씀 드리자면 그 점도 모순 가운데 하나라고요. 제가 명탐정이 아닌 그저 얼빠진 여자아이였다 해도."

"어쩐지, '미녀'는 그렇다 쳐도 역시 '여자아이'는 무리수 같은 데요."

"그저 얼빠진 여자아이였다 해도 범행 현장에서 흉기를 움켜 쥔 채 곯아떨어지지는 않았을 거예요."

충고는 무시되었지만, 그렇다고 해서 무시로 대응할 수도 없 는 지적이기는 했다… 그렇다, 작위적인 부분이다.

"말하자면 문이 잠긴 밀실 안에 시체가 있고, 그 옆에는 본 적 이 없는 수상한 자가 칼을 들고 잠들어 있다. 누가 어떻게 봐도 **너무 범인이라서**, 그런 등장인물은 오히려 수상하지 않으세요?"

"…일단 말해 두겠는데, **오히려 수상하지 않다**는 이유만으로 당신을 무죄 방면할 수는 없다고요. 저도, 그리고 나카스기 경 부도 그 사실을 결코 이상하지 않다고 생각하는 건 아닙니다. 그래서 이렇게 당신 이야기를 듣고 있어요. 하지만 반대로 말 해 이 정도 '이상한 일'은 어느 사건에나 있게 마련입니다. 이보 다 더 영문 모를 행동을 취하는 피의자도 있죠. 도둑질을 하러 들어간 살인 현장에서 잠들어 버리는 범인은 물론 처음 듣지만 요."

"도둑질을 하러 들어간 살인 현장에서 흉기를 움켜쥔 채 잠들 어 버리는 범인, 말이군요."

"네, 흉기를 움켜쥔 채."

연연하는군.

그 점은 그렇게까지 중요하지도 않은 것 같은데.

"하지만 거듭 말씀드리지만 그것은 현실에 있었던 일이니까요. 공상과는 차이가 있습니다. 명탐정의 눈에는 공을 세우는데 안달이 난 어리석은 형사의 설레발로 보일지 모르지만, 그 상황에서 당신을 체포하지 않을 형사는 없습니다."

"물론 그렇겠죠. 저는 딱히 소리 높여 부당한 체포임을 주장하는 게 아니에요. 오히려 그 상황을 유일하게 설명할 수 있는 입장일 제가 하루 만에 기억이 리셋되는 망각 탐정인 만큼, 위화감 탓에 합리적인 해석을 내놓지 못해 죄송하게 생각했을 정도예요."

절대 그렇게 생각하지 않았다.

일관되게 그녀는 뻔뻔스러웠다.

"그렇기 때문에 선량한 한 명의 시민으로서 협력을 제안한 것이고요."

아니다. 한 명의 경영자로서였다.

"그런데 덕분에 꽤 정리가 되었어요."

"정리… 추리가 아니, 라요?"

"지금으로서는 아직 공상조차 아니에요. 현 상황의 모순점 내지 의문점에 대해 대강 체크가 끝난 참이니까요."

가장 빠른 '체크'다.

아니면 대강 체크했나.

"'할멈'의 증언을 역시 쿄코 씨로서는 받아들일 수 없다는 뜻인가요?"

"그래요. 저택 안에서 쥬키모토 씨의 모습이 눈에 띄지 않는다고 해서 '도련님'이 혼자 외출할 리 없다는 판단은 좀 그렇지 않나 싶어요. 너무 속단했다는 느낌을 지울 수 없어요."

"아니, 그건 그야말로 개인의 생활 습관 문제로….."

개인의 생활 습관 문제라기보다 고인의 생활 습관 문제라는 느낌이지만.

"네. 문제죠."

쿄코 씨는 상냥히 그렇게 받아쳤다.

만약 상냥한 쿄코 씨에게 부잣집 도락가 아들에 대한 르상티망*이 있다면 범행 동기로 이어질 수도 있기에 그것을 표명하는 것은 상책이 아니라고 묘하게 걱정하고 마는 히다루이 경부였다.

"농담으로 하는 말이 아니라, 확신을 가지고… 잠긴 문을 부술 만큼 확신을 가지고 '도련님'이 전시실 안에 있지 않을까 하고 판단한 '할멈'의 행동을 어디까지 자연스러운 것으로 받아들여야 할지에 관한 이야기예요."

※르상티망 : 약자가 강자에게 품는 원한. 복수의 심리를 뜻하는 말.

"…듣고 보니 지당한 말씀이라고 할까, 말씀대로이긴 하지만, 이 경우에는 한 지붕 밑에서 오랫동안 생활하며 시중을 들어 온 '할멈'이니까, 말로는 설명하기 힘든 직감이 작용했다고 해도 그리 부자연스럽지는 않다고 생각하는데요…?"

시각을 달리하면 형사의 직감이나 탐정의 직감보다 훨씬 신빙성이 있을지도 모르는 '할멈'의 직감이다.

"실제로 그건 적중한 셈이고요… 아니면 '할멈'은 '도련님'이 전시실 안에서 살해되었음을 미리 알고 있었다는 말씀이라도 하시려는 겁니까?"

"경우에 따라서는요."

극단적인 의견을 제시하여 명탐정의 반응을 살피려고 했을 뿐인 히다루이 경부였으나, 뜻밖에도 쿄코 씨는 그 가능성을 완전히 부정하지는 않았다.

그렇다면 '최초 발견자를 의심하라'라는 클리셰가 말 그대로의 의미가 되어 버린다… 그런데 무리를 해서라도 쿄코 씨가 무고하다고 생각한다면 그런 셈이 되려나?

"예컨대, 밤사이 전시실에서 '할멈'이 '도련님'을 죽인 뒤, 어떤 수단으로든 잠재운 쿄코 씨를 그 살해 현장으로 옮겨 칼을 쥐여 주고는 시체 옆에 눕히고 문을 닫아 밀실로 만들었다… 기회를 보아 '도련님'이 사라졌다며 소란을 피우고 자신이 최초 발견자인 척했다…?"

성립하지 않는… 것도 아니다.

고용인을 전원 끌어들이면 전시실뿐만 아니라 저택 자체가 밀실이나 마찬가지가 되니까. 취조실만큼이나 닫힌 공간이다.

"참고로 여쭙겠는데요, 히다루이 경부님, 저택 안… 이를테면 전시실에 방범 카메라나 적외선 센서 같은 보안 장치가 설치되어 있지는 않나요? 수사 파일에는 그 부분이 언급되지 않았던데요."

언급되지 않은 이유는 없었기 때문이다. 있었으면 기록했으리라. 뭐, 경비원을 고용할 필요도 없이 경찰이 저택 주변을 경호해 주고 있다. 내부 경비가 느슨해지는 것은 어느 정도 당연하다고도 할 수 있다. 자산가도 집 안에서만큼은 쉬고 싶다.

철창 안에서 쉬는 쿄코 씨도 그 부분은 공감이 가는 듯 "그렇겠네요."라고 동의를 표했다.

"전시실 문에 자물쇠가 달려 있었던 것만으로도 행운이겠죠. 탐정으로서도 밀실이 등장하면 가슴이 설레요."

"가슴이 설렐 때가 아닙니다. 그 때문에 당신에게 씌워진 혐의의 농도가 짙어진 셈이니까요."

"그랬죠. 그놈의 밀실."

여전히 웃을 수 있는 여유를 보이고서 쿄코 씨는 "밀실 안에서 한 명이 살해되었다면 다른 한 명이 범인. 이것은 미스터리의 철칙도 클리셰조차도 아니에요."라고 말했다.

"이른바 '등장인물이 세 명 이상 되지 않으면 미스터리는 성립하지 않는 문제'예요."

후기 퀸 문제[*]처럼 말하는데 좀 더 스마트한 명칭은 없었던 걸까. 그런데 네이밍은 둘째 치고 그 개념 자체는 히다루이 경부에게도 지식이 있었다.

사람이 한 명뿐일 경우 누군가에게 살해당할 일은 없다. 두 명 있을 경우 어느 한쪽이 살해당하면 다른 한쪽이 범인이라고 논리적으로 추정할 수 있다. 따라서 사람이 세 명이 되어야 비로소 '살인 사건'은 성립한다. 방금 쿄코 씨의 농담을 비틀어 말하자면 이것은 '세 명 이상 되지 않으면 성립하지 않는 문제'가 아니라 '두 명일 경우 성립하는 평화'라고 해야 하려나.

"물론 이런 논리 퍼즐과도 같은 패러독스 자체가 성립하지 않지만요. 왜냐하면 두 명일 경우 확실히 살인 사건은 발생하지 않을지도 모르지만."

이라는 쿄코 씨.

"서로 죽고 죽이는 일이라면 발생하니까요."

오히려 단둘인 편이 훨씬 발생하기 쉬울지도 몰라요.

※후기 퀸 문제 : 추리작가 엘러리 퀸의 후기 작품들에 전형적으로 나타나는 두 가지 문제를 일컫는 말로, 추리작가이자 평론가인 노리즈키 린타로가 자신의 논문 「초기 퀸론」에서 다룬 개념을 바탕으로 한다. 첫 번째는, 작중에서 탐정이 최종적으로 제시한 해결이 진짜 해결이 맞는지를 작중에서는 증명할 수 없는 문제. 두 번째는, 작중에서 탐정이 마치 신처럼 행동하며 등장인물의 운명을 결정하는 문제다.

4

혹시 에둘러 정당방위를 주장하는 걸까, 그렇다면 확실히 '결백'하기는 한데… 라는 생각에 히다루이 경부는 당황했다.

밀실에 단둘.

죽을 것 같아서 죽였다. 강도 살인이라는 단어에서 일단 앞 두 글자의 해석을 차치하면… 뭐, 있을 수 없는 케이스는 아니다.

켕기는 구석이 없기에 현장에서 도주하지 않고 오히려 당당하게 그 자리에서 새근새근 잠이 들었다. 아니, 이 부분의 논리를 아무리 매만져도 '새근새근 잠이 들었다'라는 대목은 납득이 안 간다 쳐도 살인 사건 그 자체는 그로써 설명이 된다.

"강도 살인 혐의로 체포된 이유는 쿄코 씨가 침입자였다는 것, 장소가 컬렉션 전시실이었다는 것, 그리고 흉기이기도 한 옛 화폐를 꼭 쥐고 있었다는 것…이겠지만 그 흉기를 '몸을 지키기 위해' 쥐고 있었다면 마지막 한 가지는 생각하지 않아도 됩니다. 그럼 앞의 두 가지를…."

"**어떻게** 침입했는지도 생각해야 돼요. 단, 히다루이 경부님. 저는 정당방위를 주장해서 기소 내용을 두고 다툴 마음이 없어요, 기소될 마음부터가 없거든요."

"네?"

그렇단 말인가.

맥이 빠지는 기분이지만… 아, 그래, 이건 망각 탐정의 주특기라고도 할 수 있는 마구잡이식 망라 추리가 시작된 거구나, 하고 이해했다.

초고속의 메리트.

장기를 두는 AI 소프트웨어처럼 모든 가능성을 심상치 않은 처리 속도로 검토한다. 아까 언급한 최초 발견자 '할멈'이 범인이라는 설도 어디까지나 그 일환에 지나지 않으리라.

"밀실 안에서 남성과 죽고 죽이는 싸움을 벌여 이길 수 있을 것 같지도 않고요. 그런데 문은 억지로 땄다고 하셨는데요, 히다루이 경부님, 이것은 역시 성급한 감이 있어요. 실내에 있다는 추정은 직감으로 가능하다 쳐도 굳이 망가뜨리지 않아도 열쇠 수리공을 부르면 됐을 텐데… 보고서에는 그 점도 언급되지 않았더라고요."

그 속도로 턱턱 물으면 질문을 따라갈 수 없다. 히다루이 경부도 그 수사 파일에 쓰인 내용 이상의 정보는 아직 모르기 때문이다. 그런데 듣고 보니 부자연스러운 행동이기는 하다.

이렇게 되면 아무리 쿄코 씨가 안락의자 탐정이 아닌 전기의자 탐정으로 행세하려고 해도 수사를 넘겨받은 히다루이 경부로서는 역시 한 번은 현장을 확인할 필요가 있을 것 같다. 관계자로부터 직접 이야기를 듣거나 하는 공정은 생략할 수 없다.

왠지 모르게 완전히 피의자에게만 휘둘리고 있는데, 형사의 기본은 발이다. 발이 닳도록 현장을 종횡무진하기는 커녕 한 번도 현장을 방문하지 않고 유치장에서 구류자와 재잘대는 것은 전혀 본의가 아니었다.

다만, 아무리 망라 추리 도중이라 해도… 아니, 도중이기 때문에 온갖 가능성을 타진하기 전에 이것만은 꼭 물어야 하는 것이 있었다.

쿄코 씨는 **무엇을** 감추고 있는가.

백발 머릿속의 비망록.

'잠들어 버릴 거예요' 하고 협박에 이용한 카드에는 대체 무엇이 적혀 있었을까.

이대로 가능성 속에서 얼렁뚱땅 넘어가는 것은 참을 수 없다. 수사 협력을 의뢰했지만 아직 형사가 탐정에게 항복한 것은 아니다.

들러리가 되기로 한 것은 아니다.

히다루이 경부가 먼저 사건의 진상을 규명해 버리면 들러리를 맡는 것은 탐정 쪽이다. 추리 싸움 같은 건 요즘 시대에는 미스터리에서도 벌이지 않겠지만, 그 때문에라도 조건은 공평하게 갖춰져야 한다.

"아~ 그거 말인가요? 네, 네, 네, 네. 있었죠, 있었죠, 그런 것도. 그런 아무래도 좋은 것도. 하도 사소한 거라서 저도 참,

자고 일어난 것도 아닌데 잊고 있었네요."

"……."

왜 그런 수상한 대응을.

어? 아니, 잠깐만.

설마 이제 와서 그것은 공수표였다고 지껄일 셈은 아니겠지. 아니, 그야 확실히 그럴 가능성을 포함해서 이쪽은 수사 협력을 부탁했지만, 한 시간 전과 지금은 시추에이션이 극적으로 다르다.

이토록 빼도 박도 못 하는 역경으로까지 사람을 몰아넣어 놓고 사실 그것은 허풍이었습니다, 기억하는 것 따위는 없고 살갗에 쓰인 다른 비망록 따위는 없었습니다… 라는 말이 통할 리없다.

"쿄, 쿄코 씨… 농담이죠? 탐정 특유의 조크로, 또 형사를 우습게 보고…."

"그런 식으로 히다루이 경부님은 자신의 직업을 비하하시지만, 그런 건 별로 좋지 않거든요? 저는 셜록 홈스를 물론 굉장히 좋아하지만 형사 콜롬보도 마찬가지로 굉장히 좋아하니까요. 그런데 알고 계세요? 일본에는 경부로 알려진 콜롬보 씨지만 어원을 따지면 경부보래요."

그렇게 느닷없이 흥미를 일으키는 잡담을 꺼낸들 그냥 넘어가질 리 없다. 그것이야말로 형사 콜롬보의 수법이다.

탐정을 내놔. 탐정다움을.

"워워, 그렇게 서두르지 마세요. 서두르는 형사는 퇴직금이 적다고요."

"퇴직금?! 왜 제가 잘리는 것을 전제로 이야기를 진행하려는 겁니까?!"

쇠창살에 매달리고 싶어졌다.

하긴, 이쯤 되면 이제는 쿄코 씨가 유죄든 무죄든 간에 그녀를 편들 수밖에 없는 공동 운명체 신세의 히다루이 경부이긴 하지만. 오히려 무죄이지 않으면 곤란한 입장이기까지 하지만.

그렇다고 해서 기가 죽어 보이는 것도 굴욕적이다. 공동 운명체 신세인 것은 그쪽에서 봐도 마찬가지임을 잊으면 곤란하다.

정말로 곤란하다, 잊으면.

"아니, 아니, 저는 당신을 속이거나 하지 않아요, 히다루이 경부보님."

"은근슬쩍 저를 강등하지 마십시오. 제 계급은 어원을 따져도 경부입니다."

"그러네요, 지금으로서는."

"쿄코 씨."

"아니, 아니, 이번의 괄목할 만한 활약으로 출세할 게 틀림없다는 말을 하고 싶은 거였어요. 트러스트 미예요."

"……."

탐정이 아니라 정말 사기꾼을 상대하는 듯한 기분이 들기 시작했다. 이런 지능범을 상대하는 것은 원래 전혀 수사1과의 일이 아니다.

'…그렇지만.'

여기서 포기했다가는 누명 제조기라는 이름에 먹칠을 하게 된다. 아니, 그런 이름이라면 한시라도 빨리 먹칠이 되는 편이 좋지만.

"저는 머릿속에 숨겨진 비망록에 쓰인 메모를 근거로 당신이 자신의 무죄를 보증하고 있다고 굳게 믿었는데… 아니었습니까?"

"물론 그렇고말고요. 그렇지 않았더라면 설령 저 자신이라 해도 용의자 후보에서 제외하진 않았고말고요…. '내가 그런 일을 할 리 없다'라는 확신은 제 머릿속에 있어요. 단… 지금 그것을 여기서 말한다 해도 그것이 히다루이 경부님께 유효한 수사 정보가 될 수 있는가 어떤가 하면, 꼭 그렇지는 않다고 주장하고 싶네요."

그래서 나중으로 미루고 있어요, 라고 쿄코 씨는 말했다. 잊고 있었던 것은 정말로 아닌 모양임을 알고 일단 안심했다. 하지만 그럼에도 공수표가 아닐까 하는 의심은 지우기 힘들어 남아 버린다… 뒤로 미룬다니, 언제까지 미룰 셈이지?

"그러게 **전문가가 오시면**이라니까요. 그것도 나중으로 미루겠다고 했잖아요? 제 전문가, 즉 카쿠시다테 야쿠스케 씨인가 하는 분이라면 분명 제 기억의 의미를 올바르게 해석해 주시겠죠."

말하자면 저로서는 제삼자에 의한 검증을 요청하고 싶은 거라고요, 라는 쿄코 씨.

명랑한 말투를 하고 체념한 채 숙연히 자백하는 분위기를 자아내는데, 히다루이 경부로서는 찰싹 하고 한 대, 강렬한 왕복 귀싸대기를 맞은 듯한 기분이 들었다.

왕복 귀싸대기면 두 대인가.

'요컨대 이 유치장 안에서 비장의 카드인 수사 정보를 공개하면, 어떤 의미에서 '비밀 폭로'를 해 버리면 그것을 내가… 나아가서는 경찰이 조직적으로 은폐할지도 모른다는, 그런 리스크를 노련하게 계산한 건가.'

협력을 의뢰하는 조건으로서 전임자로부터 넘겨받은 수사 파일을 제공하는 건 당연하다 쳐도 어째서 쿄코 씨가 카쿠시다테 청년과의 면회를 요구하는지는 납득할 만한 설명이 없는 채였는데… 왠지 모르게 자신의 정체를 파악하고자 수사와는 무관한 부분에서의 조건을 제시했다고 생각했는데… 아무래도 전문가라기보다는 공평한 제삼자로서 그 청년이 진술에 입회해 주길 바라는 모양이다.

설령 그것이 '오인 체포'한 경찰서로서는 아무리 불리하고 아

무리 받아들이기 힘든 정보일지라도 그리 간단히는 덮을 수 없
도록, 은폐 공작이 불가능하도록.

'생글생글 재잘재잘 떠들고, 느긋하게 굴며, 뻔뻔하게도 갈아
입을 옷을 준비시키거나 저녁을 준비시켜 놓고 이 사람은 조금
도 경찰을 신용하지 않는다.'

아니, 신용하지 않는 건 아니리라. 부당한지 어떤지는 둘째
치고, 불우하다고 해도 과언이 아닌 철창 환경을 생각하면 오히
려 전폭적으로 의지하고 있다고 해도 좋다. 그렇지만 정작 주도
권은 지갑의 끈처럼 움켜쥔 채 전혀 놓으려고 하지 않는다. 한
정된 선택지 안에서 끊임없이 연속으로 최선의 답을 골라 나간
다.

자신에게 있어 최선의 답을.

별것 아니다, 인심을 장악하는 데 능한 명탐정은 자신의 마음
이야말로 가장 강하게 움켜쥐고 있다는 뜻이다. 으스러뜨릴 기
세로 틀어쥐어 제어하고 있다. 정보는 공개했어도 탐정에게 마
음은 열지 않을 거라 생각하는 히다루이 경부였지만, 탐정 쪽은
히다루이 경부에게는 물론이고 자기 자신에게마저 그 마음을 열
지 않는다.

이렇게 되면 애처롭기까지 하다.

확신에 찬 말을 하기는 했고, 그것을 히다루이 경부도 지금껏
곧이곧대로 믿고는 있었지만 의외로 체포된 명탐정의 무죄를 가

장 믿지 않는 건 이 사람이지 않을까…?

뒤의 뒤는 앞, 인가.

'······.'

그런 탐정의 자세를 동정하는 건 절대 금물이고 오히려 탐정이 괘씸하기까지 했지만, 히다루이 경부가 뭐라고 하면 좋을지 알 수 없게 된 그 순간, 주머니 속에 넣어 두었던 휴대전화로 연락이 왔다.

철창 문을 억지로 딸 만한 도구를 찾으러 간 채 돌아오지 않는 젊은 감시원에게서 온 것이었다. 자로 잰 듯한 좋은 타이밍이라고 할 수 있을지 아니면 잘못 잰 듯한 나쁜 타이밍이라고 할 수 있을지.

그런데 용건은 [안성맞춤인 도구를 찾았으니 지금 가겠습니다.]가 아니었다. 아마 접수처나 어디서 만났으리라, 전문가·카쿠시다테 야쿠스케가 경찰서에 도착했음을 알리는 문자였다.

'…본인에게는 그럴 의도가 없지만… 오키테가미 쿄코의 전문가인 그 거동이 수상한 새우등의 청년이라면 혹시 당장에라도 으스러질 듯한 이 사람의 단단히 굳은 마음을 조금은 풀어 줄 수 있으려나…?'

이때만큼은.

이때만큼은 사건을 떠나 히다루이 경부는 그렇게 생각했다.

5

이리하여 겨우 나와 쿄코 씨는 면회라는 이름의 재회를 이루었다.

또는 첫 대면을.

오키테가미 쿄코의 뒤표지

카쿠시다테 야쿠스케의 면회실　제6화

&

오키테가미 쿄코의 비밀 폭로　제7화

1

치쿠마가와 경찰서의 면회실을 방문하기에 앞서 나는 나름대로 각오를 하고 있었다. 이렇게 말하면 좀 그렇지만 나는 유치장이라는 장소를 치쿠마가와 경찰서의 것이 아니더라도 얼추 알고 있다. 그 말은 즉, 과연 지금 쿄코 씨가 얼마나 가혹한 상황에 놓여 있는지를 알고 있다는 의미다.

숙지하고 있다는 의미다.

누명을 쓴 것이든 아니든 그곳은 마음이 꺾이는 환경이다. 나와 달리 꿋꿋한 쿄코 씨라면 그런 가혹한 대우 속에서도 분명 우아하게 지내고 있지 않을까 생각하고도 싶지만 낙관적으로 볼 수도 없다.

특히 같은 옷을 두 번 입은 모습을 아무도 본 적이 없다는 탐정계의 패션 리더 쿄코 씨에게 획일적인 오렌지색 점프 슈트가 입혀져 있진 않을까 생각하면 이 전문가는 여간 속이 타는 게 아니었지만, 그런 사태도 상정하여 마음의 준비를 해 두어야 했다.

틀림없이 쿄코 씨라면 경찰서 안의 누군가를 포섭하여, 그래, 여성 경찰을 자기편으로 만들어 특별히 근사한 옷을 준비시켰을 것이다… 라고 무리하게 자신을 다독이며 나는 흠칫흠칫 심야의 면회실에 발을 들이게 되었는데, 과연 망각 탐정은 내 각오를 넘어서 있었다.

아크릴 유리로 나뉜 건너편에.

쿄코 씨는 제복 차림으로 나타났다.

언젠가 탐정 활동 중에 해군 사양이 아닌 세일러복을 착용한 적도 있는 쿄코 씨였으나 이번 제복은 학생용이 아니라 경찰용 이었다. 즉, 제복 경찰이다.

모자까지 쓴, 완벽한 여성 경찰 패션이었다. 흘러내린 백발이 없었더라면 한눈에는 쿄코 씨임을 알 수 없었을 만큼 인상적인 차림새였다.

어라?

쿄코 씨의 뒤에서 손을 등 뒤로 돌려 문을 닫는 히다루이 경부 에게 눈길을 주었다. 경부는 벌레를 씹은 듯한 얼굴을 하고 있 었다. 아니, 자신이 그 씹힌 벌레라도 되는 듯한 그런 깊은 맛이 있는 표정이다.

"처음 뵙겠습니다. 탐정 오키테가미 쿄코입니다. 혹은 용의자 오키테가미 쿄코입니다. 혹은 폴리스우먼 오키테가미 쿄코입니 다."

의자에 앉아 모자를 옆에 두고서 꾸벅 고개를 숙이는 쿄코 씨. 아크릴 유리로 나뉜 면회실이지만 어쨌거나 저쪽에 있는 사람이 제복 경찰이므로 창구에 상담하러 온 듯한 기분이 들었다.

"카… 카쿠시다테 야쿠스케입니다. …처음 뵙겠습니다."

그렇게 말해야 할 것이다.

대략 몇 백 몇 천만 번째의 처음 뵙겠습니다이다.

나도 자리에 앉아 물끄러미 쿄코 씨의 의상을 관찰했다. 이번에는 피의자로서가 아니라 망각 탐정 전문가로서 경찰서에 초대된 나이기는 하나, 내 본업은 누명 마스터이므로 당연히 경찰 제복에는 꽤 빠삭하다.

바느질 상태를 보니 진짜인 듯하다. 정해진 양식을 따랐다.

코스튬 플레이 같은 레플리카도 경비원의 제복도 아니다.

"이런 모습이지만 실례하겠습니다. 뒤표지용입니다."

"네?"

뒤표지용?

앞표지든 뒤표지든 간에 원래부터 숨겨진 존재인 망각 탐정이 대대적으로 어떤 표지를 장식하는 일은 있으면 안 될 텐데.

"아니, 변장입니다. 부끄러울 따름이지만 아무래도 '영업시간'을 대폭 일탈한 면회라서요. 유치장에서 면회실까지 이동하려면 변장을 하지 않을 수 없었습니다."

경찰서 안이니 경찰로 변신할 수밖에 없죠, 라며 쿄코 씨는 동의를 구하듯 히다루이 경부를 돌아보았다.

히다루이 경부는 시선을 피했다.

마치, 동의하지 않은 공범의 참으로 마지못한 태도 같다.

그럴 만도 하다, 확실히 심야에 구류자를 철창에서 꺼냈다는

소문이 돌면 좋지 않고, 그 구류자에게 비밀리에 수사 협력을
부탁했다면 몰래몰래 움직이지 않으면 안 되겠지만, 어디까지나
경찰서 안에서의 일이므로 굳이 제복을 대여할 필요는 없다.

그쪽이 더 문제가 된다.

보나마나 쿄코 씨가 억지를 썼으리라. 카코이 씨와의 정보 교
환을 마친 후 히다루이 경부에게 경찰서로 초대된 단계에서 그
녀가 얌전히 사로잡혀 있는 게 아님을 알았지만(어떤 경위로 히
다루이 경부가 쿄코 씨에게 추리를 의뢰하는 '처지'가 되었는지
까지는 듣지 못했지만, 지금 이 상황을 보건대 악질적인 협박이
이루어졌을 거라고 이 전문가는 분석한다) 예상 이상으로 망각
탐정은 횡포를 부린 듯했다.

실수했다. 해야 하는 건 다른 각오였다.

부르는 대로 이곳에 온 것은 역시 경솔했나… 상황을 알아 버
린 이상, 그저 누명을 쓰는 정도가 아니라 나 또한 이 부정행위
의 공범과도 같다.

공범共犯이라기보다 종범從犯인가.

그런 나(와 히다루이 경부)의 심정은 아랑곳없이 좀처럼 입어
볼 수 없는 (보통은 절대 입어 볼 수 없는) 경찰 제복을 입은 쿄
코 씨는 옆에서도 알 수 있을 만큼 신나 보였다. 도저히 이 방에
들어오기 직전까지 수갑을 차고 포승줄에 매인 상태였다고는
생각할 수 없다. 그나저나 계속 시선을 빼앗긴 채 있을 수도 없

었다.

구류자와의 면회에 관한 규칙 따위는 지금은 완전히 유명무실해졌지만 그래도 시간은 한정되어 있다. 패션 체크는 적당히 하고 나는 말머리를 꺼냈다.

"쿄코 씨, 지금 얼마나 졸리십니까?"

2

히다루이 경부는 카쿠시다테 청년이 꺼낸 말에 적잖이 감탄했다.

입실했을 때는 면회실의, 평소와는 반대 사이드에 앉는 일에 불안한 기색을 내비쳤던 그지만 과연 '전문가'라고 해야 할까, 쿄코 씨의 모습을(제복 차림을) 본 순간 바짝 긴장한 인상을 주었다.

그리고 히다루이 경부가 변변히 공개하지 않은 사건의 세부 내용을 묻는 것도 아니고, 혹은 이런 심야에 자신이 불려 온 이유를 묻는 것도 아니고 우선은 망각 탐정의 수면 컨디션에 대해 물었다.

"쿄코 씨, 지금 얼마나 졸리십니까?"

단적이기는 하나 과연 물어야 할 질문이었다. 시키는 대로 제복을 대여해 준(물론 수갑과 권총, 경찰봉이라면 히다루이 경부가 반대하여 빈틈없이 회수했다. 몇 안 되는 승리다) 성과인지, 보기에는 잔뜩 들뜬 망각 탐정이기는 하지만 사로잡힌 입장에서는 히다루이 경부에게 결코 약한 모습을 보이지 않으리라.

사실은 졸린데 참고 있을 뿐인지도 모른다.

'신용하지 않는다, 아무것도.'

씩씩하고 발랄해 보여도 그녀에게는 오늘이란 날이 하드한 날임에는 틀림없는 것이다.

그리고 그런 '오늘'은 아직 끝나지 않았다.

무엇보다도 우선 '졸음'에 착안점을 둔 카쿠시다테 청년은 전에 히다루이 경부가 받았던 인상과는 달리 못 미더운 남자가 아닐지도 모른다. 그런 식으로 그를 다시 보았으나, 정작 쿄코 씨의 반응은,

"글쎄요, 별로, 전혀요."

라는 쌀쌀맞은 것이었다.

히다루이 경부에게 보여 온 것과 그리 다르지 않은 보통의 미소로 차갑게 대꾸했다. 전문가를 앞에 두고도 쿄코 씨의 아성은 무너지지 않는다는 건가.

뭐, 아무리 오키테가미 탐정 사무소의 단골이라 해도 '오늘의 쿄코 씨'에게는 어디까지나 철저하게 '처음 뵙겠습니다'이니 대응이 대체로 같은 건 당연하다면 당연하지만… 기묘한 것은 그런 쌀쌀맞은 태도에도 카쿠시다테 청년이 전혀 동요하지 않는다

는 점이다.

오히려 어딘가 안심한 것처럼도 보인다.

기분 나쁘다.

그 수상한 태도에 형사의 피가 술렁이지만 이곳은 면회실이지 취조실이 아니다… 게다가 아마 카쿠시다테 청년은 쿄코 씨가 유치장 안에서도 평소와 다르지 않아 안도했을 뿐이리라.

누명 제조기라지만 같은 사람을 두 번이나 오인 체포할 마음은 없다. 지금은 추이를 얌전히 지켜보기로 하자.

'추이를 지켜본다'. 그 결단이 제4취조실에 가라는 명령을 받은 단계에서 가능했더라면 이런 경찰서 차원의 불상사에 관여하지 않아도 되었을 텐데….'

뭐, 됐다. 그 부분은 포기했다. 이건 일이다.

그렇게 따지면 일도 아닌데 결국에는 어슬렁어슬렁, 한때는 자신이 사로잡혔던 경찰서에 모습을 드러낸 카쿠시다테 청년이야말로 좋은 근성을 가졌다고 할 수 있으리라.

늘 생글생글 웃는 얼굴의 쿄코 씨에 반해 늘 쭈뼛쭈뼛해 보이는 태도의 카쿠시다테 청년. 저쪽에서는 어떻게 보일지 몰라도 이쪽에서 보니 어느 쪽이 피의자인지 알 수가 없다.

시원스러운 대답은 아니었지만 어쨌든 질문의 답을 받은 순간 카쿠시다테 청년은 또다시,

"그러면 저는 대체 무엇을 하면 좋을까요? 저라도 도움이 될

수 있다면 좋겠는데요….”

라고 쿄코 씨에게 말했다.

보통은 맨 처음에 던질 법한 종류의 질문이지만 '왜 불렀는가'
가 아니라 '뭘 하면 좋은가'를 물은 것으로 보아 반쯤 일을 떠맡
은 거나 다름없다. 망각 탐정에게는 조수가 없다고 들었는데 혹
시 카쿠시다테 청년은 이처럼 망각 탐정의 일을 도운 경험이 전
에도 많이 있는 것일까?

의뢰인으로서도 아니고 전문가로서도 아니라.

'그렇다면 부질없는 짓이다.'

아무리 헌신해도 쿄코 씨는 그 사실을 잠들 때마다 잊어버리
니까.

그런 생각이 든 탓인지,

“카쿠시다테 씨. 그보다 먼저 사건의 내용을 묻지 않아도 되
겠습니까?”

라고, 추이를 지켜보기로 했던 히다루이 경부는 쿄코 씨가 대
답하기 전에 반사적으로 끼어들고 말았다. 원래는 무관한 그가,
히다루이 경부 자신뿐만 아니라 이제는 사실상 치쿠마가와 경
찰서의 전 직원이 그렇게 되었듯이 아무것도 모르는 채 망각 탐
정의 방약무인함에 어이없이 휘말려 드는 꼴을 참을 수 없었는
지도 모른다.

카쿠시다테 청년에게 전화를 건 장본인은 히다루이 경부지만

상황은 이미 그때와도 또 달랐다. 망각 탐정은 공평한 증인으로 삼고자 카쿠시다테 청년을 불렀음이 판명되었다.

아무것도 모르는 채 그런 입장에 놓이면 참을 수 없으리라. 그렇게 생각하여 띄운 구조선인데,

"아니요, 일단 제 쪽에서도 알아봤습니다. 쿄코 씨가 체포된 사건이 어떤 사건인지… 가능한 데까지지만."

하며 카쿠시다테 청년은 히다루이 경부를 향해 힘없이 웃었다.

흐음. 이것도 뜻밖이다. 이미지와 달리 그저 휘말리고만 있는 남자가 아닌 모양이다.

생각해 보면 명탐정과 연결된 강한 파이프라인을 가진 그가 모종의 정보원을 가지고 있지 않다고 생각하는 편이 더 무리인가. 아직 보도되지 않은 강도 살인 사건을 파악하기 위해 다른 탐정을 고용했나?

그런 히다루이 경부의 심중을 알아차린 건 아니겠지만 카쿠시다테 청년은 "괜찮습니다, 쿄코 씨. 다른 탐정에게 의지하진 않았습니다. 중립적이고 공정한 저널리스트에게서 알아냈습니다."라고 묻지도 않았는데 말했다. 참 취조하기 편할 것 같은 남자다.

실제로는 편하지 않았지만.

행동은 대조적이지만, 겉모습에 속으면 안 된다는 것은 망각

탐정에 대해서든 망각 탐정 '전문가'에 대해서든 마찬가지일지도 모른다.

"그러시군요. 배려에 몸 둘 바를 모르겠어요."

쿄코 씨는 그렇게 인사하고는 고개를 들어 "중립적이고 공정한 저널리스트, 라고요." 하고 카쿠시다테 청년과 히다루이 경부, 둘 중 누구에게랄 것도 없이 중얼거렸다.

"하지만 뭐, 저널리스트에게로 정보가 샜다면 너무 한가하게는 있을 수 없겠네요. 가장 빠른 탐정이 아니더라도 멍하니 있지 말고 서두르는 편이 좋을 것 같아요. 그건 그렇고, 저널리스트께서 진정 중립적이고 공정하다면 당신에게… 으음, 야쿠스케 씨라고 불러도 될까요?"

"그, 그럼요! 부디!"

"저널리스트께서 진정 중립적이고 공정하다면 야쿠스케 씨에게 사건의 전부를 말씀하시지는 않았을 테죠? 프라이버시나 정보원에 대한 배려는 당연히 이루어졌을 거예요. 따라서 사건 당사자인 제 쪽에서 좀 더 심도 있는 내용을 알려 드려 자초지종을 공유하기로 하죠. 급할수록 돌아가랬어요."

제 쪽에서고 자시고 그것은 아까 보고서를 읽고서 얻은 따끈한 지식일 테지만 쿄코 씨는 더 간단히, 자신이 체포된 사건을 콤팩트하게 요약하여 카쿠시다테 청년에게 이야기했다.

다이제스트판.

3분이면 알 수 있는 강도 살인이다.

그런데,

'…야쿠스케 씨?'

어째서 성이 아닌 이름으로?

그리고 어째서 청년은 그만한 일로 저리도 확연하게, 딱 보면 알 수 있을 만큼 들뜬 것일까?

3

야쿠스케 씨라고, 쿄코 씨에게 그렇게 불린 기쁨을 미처 감추지 못했는지 히다루이 경부가 나를 의아한 얼굴로 쳐다보고 있다. 무슨 상관인가, 나는 딱히 쿨한 남자로 보이기를 바라 마지않는 게 아니다.

그러기는커녕 이 건에 한해서는 이로써 의심을 사 오인 체포를 당하더라도 상관없을 정도다. 한편으로는 '카쿠시다테 씨'로 불릴지 '야쿠스케 씨'로 불릴지는 사행성 높은 도박에라도 빠지는 것 같아, 이 기쁨에 맛을 들이면 좋지 않다는 생각도 든다.

그건 그렇고 쿄코 씨가 어카운터빌리티accountability를 발휘하여 면회실에 들어오기 전보다도 상황은 어느 정도 말끔히 정리되었다. 카코이 씨에게 받은 정보와 대조하면 사건의 개요는 거의 전부 파악되었다고 해도 좋지 않을까?

카메이 카헤이 씨 = 쥬키모토 미스에 씨.

애초에 가명 쪽으로 외워 버렸기에 다시 인풋하느라 조금 고생스럽지만 뭐, 망각 탐정 전문가로서 호칭의 리셋 정도도 못하면 어쩌겠는가.

그 희귀한 성을 들으니 카메이 씨… 쥬키모토 씨가 어느 메가뱅크의 창업자 일족 출신인지는 대충 짐작이 갔는데, 그것도 좋다 치자… 으~음, 점점 구렁텅이로 빠져드는 느낌이다.

너무 많이 알아서 제거되면 어쩌지.

망각 탐정은 잊음으로써 몸을 지키지만 그것이 내겐 불가능하다. 무사히 경찰서에서 나갈 수 있을지 어떨지 새삼 다시 걱정되기 시작했다. 살아 있는 정보를 갖고 카코이 씨에게 돌아가기 위해서라도(그런 비즈니스 같은 협약이 맺어져 있다) 나는 무사히 이 면회실을 퇴실하지 않으면 안 되는데.

"어떤가요? 야쿠스케 씨. 우선 솔직한 감상을 들려주셨으면 하는 바인데, 전문가로서 제가 범인이라고 생각하시나요?"

대답하기 힘든 질문이다.

무엇보다, 내 의견을 채택할 마음도 참고할 마음도 쿄코 씨에게는 있다고 생각할 수 없다. 그런 걸 묻기 위해서 불러낸 게 아니라는 것쯤은 안다.

그렇지만 명탐정이 조수에게 힌트를 구하는 장면인지도 모른다고 생각하니 무시할 수도 없었다. 내가 쿄코 씨를 무시하는 전개라는 건 좀처럼 상상하기 힘들지만 여하튼 묻는 말에는 대답했다.

"다양한 각도에서 의혹이 생기는 것은 분명합니다. 단, 적어도 강도 살인일 가능성은 낮지 않을까요…? 가령 전시실에 숨어들었다 해도 그곳에서 잠든 채 발견되었다는 것은 곧 아직 아무것도 훔치지 않았다는 뜻이니까요."

"수완이 좋은 악덕 변호사 같은 착안점이군요."

라고 히다루이 경부가 옆에서 치고 들어왔다.

이야기를 듣고 생각한 것을 말했을 뿐 체포 혐의를 걸고넘어질 의도는 없었지만, 형사로서는 간과할 수 없는 변명이었던 모양이다.

악덕이라는 소리를 듣고 말았다. 악한 덕. 굉장한 표현이다.

"하지만 흉기인 칼이 수장품의 일부인 이상 그것을 손에 쥐고 있던 시점에서 쿄코 씨의 강도 혐의는 성립하는 것 아니겠습니까?"

본인은 뒷전으로 밀려나고 법정 싸움처럼 흐르기 시작했다. 나는 악덕은커녕 변호사도 아니고 히다루이 경부 역시 추상과도 같은 검사가 아니지만… 뭐, 그것도 맞는 말이다.

다만, 전시실이 밀실이었다면 현장에서 갖고 나가지 않았으니 역시 미수인 게 아닐까. 값어치에 따라 또 다르겠지만.

그 옛 도검형 화폐가 과연 얼마나 값어치가 나가는 물건일지.

고고학적인 가치야 어쨌든 간에 그것이 고등실업자의 컬렉션 중 가장 비싼 코인이라고는 생각할 수 없다. 뭐, 히다루이 경부가 지적할 필요도 없이 이 접근은 포석이라고 할까, 생각을 정리하기 위한 시간 끌기 같은 것이다.

"어떤 인물이 어떤 범죄의 범인이 아님을 증명하는 것은 악마의 증명* 같은 구석이 있지만, 여기서는 반대로 쿄코 씨가 무죄이기 위해서는 어떤 요건이 필요한지를 따져 봐야 한다고 생각합니다. 쿄코 씨를 주요한… 혹은 유일한 용의자로 만드는 요건은 무엇인지."

"무엇일까요, 탐정님."

쿄코 씨가 내 연설조를 야유하듯이 애정 없는 추임새를 넣었다. 정말 긴장감이 없는 사람이다.

"말해 두지만, 악마의 증명은 편리한 구실이 아니거든요? 제가 듣고 싶은 건 탐정의 증명이라고요, 탐정의 QED*요."

"하나는…."

나는 쿄코 씨의 훼방에 개의치 않고 계속했다. 꿋꿋이 계속했다.

※악마의 증명 : 어떤 사실이나 인과가 존재하지 않음을 증명하는 일은 불가능에 가까우므로 반대로 존재한다고 주장하는 자가 입증해야 함을 비유적으로 표현하는 말. 악마가 존재하지 않는다는 증거가 없으므로 악마는 존재한다는 식의 논리로 무지에 호소하는 논증이라고도 한다.
※QED : 라틴어 문장 'Quod erat demonstrandum'의 약자로 수학에서 증명을 마칠 때 자주 사용되는 말. 직역하면 '이상이 내가 증명하려는 내용이었다'라는 뜻이다.

"하나는 어떻게 쥬키모토 씨의 저택에 들어갔는지 알 수 없다는 점. 늘 순경이 순찰하는 저택에 들어갔으니 불법 침입을 의심받아도 어쩔 수 없습니다. 하지만 **불법 침입이 아니라면…** 이를테면 탐정으로서, 쥬키모토 씨에게 어떤 사건의 해결을 의뢰받아 초대된 것이라면 불법 침입이 아닙니다."

세상과 관계성을 끊고 지내는 망각 탐정의 경우 의뢰인을 통하지 않으면 세상과 이어질 수 없다, 라는 생각의 연장선상이다.

"흐음. 어딘지 억지스럽네요."

라고 트집을 잡듯 말한 사람은 히다루이 경부가 아니라 당사자인 쿄코 씨다. 좀 봐주시죠.

명탐정 같은 연설은 둘째 치고, '하나는' 하며 망라 추리를 흉내 내는 것이 마음에 드시지 않는지도 모른다. 또는 아무래도 자신의 테크닉인 만큼 근거리에서 보니 아크릴 유리 너머에서도 결점이 눈에 띄는 걸까.

"하지만 이거라면 순경들의 눈을 뚫을 수 있었던 이유도 설명이 되지 않습니까. 내부에 협력자가 있었다면, 하물며 그 협력자가 저택의 주인이었다면."

"정식으로 초대되었다면 살금살금 들어가야 할 이유도 없다고 생각하는데요? 폴리스 박스에서 근무하는 순경에게 인사를 하고 정면으로 들어가도 좋을 것 같아요."

으. 그건 그런가.

왜 본인에게 지적을 받아야 하나 생각하면서 나는 히다루이 경부 쪽을 보았다. '이쪽 보지 마'라는 듯한 표정이 날아왔다. 이 역시, 그건 그런가.

하지만 본바탕은 악인이 아닌 듯(애초에 악인이 아닌 듯),

"가령, 쥬키모토 씨가 의뢰인이었다면 비밀 유지 의무를 절대 엄수하는 오키테가미 탐정 사무소를 의뢰처로 선택한 이상 그 의뢰 내용도 가급적 숨기고 싶었을 거라 추정할 수 있겠죠. 같이 사는 고용인들에게도 경호하는 경찰에게도 의뢰한 사실 자체를 들키고 싶지 않았다면 호출한 탐정을, 들키지 않도록 남몰래 불러들였을지도 모르겠군요."

라고 히다루이 경부는 전문가 뺨치는 해석을 보여 주었다.

훌륭해! 욕심 같아서는 그 수완, 나를 오인 체포했을 때도 보여 주길 바랐다!

"즉, 반대로 말해 의뢰 내용을 알면… 쥬키모토 씨가 제 클라이언트였음이 판명되면 저를 용의자로 만드는 요소 중 하나의 체크 박스를 비울 수 있다는 거네요. 뭐, 마음은 좀 쓰리지만 크게 양보해 드려도 좋은 걸로 하자고요. 제가 물러 터져서 다행이네요, 야쿠스케 씨."

완전히 채점자의 시점에 서 있는 쿄코 씨.

이 사람, 무슨 자전축인가.

"두 번째는요?"

백발의 자전축이 재촉하여 나는 어깨너머로 배운 망라 추리를 계속한다.

"두 번째는 말할 필요도 없이 밀실입니다. 전시실이라는 밀실 안에 두 명이 있을 경우, 한 명이 살해되었다면 다른 한 명이 범인이라는 삼단 논법은 확실히 심플하고 허점이 없어 보이지만, 쿄코 씨가 지금까지 밀실 문을 백 번이나 이백 번은 따 왔음을 생각하면 절대 그렇다고만은 말할 수 없지 않을까요?"

전시실이 밀실이 아니게 되면 쿄코 씨는 유일한 용의자가 아니게 된다.

"손에 들고 있던 흉기는? 어떻게 설명하실 겁니까?"

이것은 히다루이 경부의 질문.

법정 싸움에서 어째 브레인스토밍 분위기로 흐르기 시작했다. 아크릴 유리로 나뉘어 있으므로 나vs용의자 & 형사 콤비의 이색적인 브레인스토밍이 되었지만.

"흉기… 발견 당시 잠든 상태였던 쿄코 씨가 쥐고 있던 피투성이 흉기 말이군요. 네, 확실히 너무 수상합니다. 하지만 그것은 바꿔 말해 잠든 쿄코 씨에게 누군가가 쥐여 주었다고 볼 수도 있지 않을까요."

"반대로 말했다가 바꿔 말했다가, 야쿠스케 씨도 참 바쁘시네요."

옹호하는 대상의 지원은 어째 바랄 수 없을 것 같다. 어깨너머로 배운 쿄코 씨 흉내가 마음에 드시지 않는 게 아니라 여기서는 단순히 재미있어하는 눈치다.

바꿔 말한 사람은 나지만 반대로 말한 사람은 쿄코 씨인데도.

그런 용의자에 비하면 히다루이 경부는 압도적으로 진지했다.

"잠든 사람에게 무언가를 쥐여 준다는 게 가능할까요…? 무리하게 쥐여 주어도 금방 놓쳐 버릴 것 같은데요."

윽. 날카로운 지적이다. 아마 흉기인 옛 화폐보다도 날카로우리라. 글쎄, 실제로 해 본 적이 없어서 알 수 없지만, 확실히 잠든 사람에게 물건을 쥐여 준다는 게 절대 불가능하지는 않더라도 그리 손쉬운 일 같지는 않았다.

무리를 했다가는 깨워 버릴지도 모르고, 끈으로 동여매어져 있었던 것도 아닌 이상 본인이 자신의 의지로 쥐었다는 생각이 타당할까. 아니, 그것도 타당한 것 같지는 않다. 어째서 자신과 살인을 (혹은 강도질을) 연결시킬 만한 흉기를 강하게 움켜쥔 채 잠들지 않으면 안 되는가. 설마 피를 보고서 훅 실신한 것도 아닐 테고.

'어차피 내일이 되면 잊으니까'라면서 구역질이 날 듯한 처참한 사건 현장에도 태연히 발을 들이는 쿄코 씨다.

그 점은 전문가로서 보증할 수 있다. 장담할 수 있다.

"그럼 어째서 저는 흉기를 움켜쥐고 있었는지와 마찬가지로 어째서 저는 잠들어 있었는지도 생각해야 할지 모르겠네요."

쿄코 씨는 힌트 같은 소리를 했다. 그런데 그 힌트의 의미를 생각하기도 전에 "어쨌든 야쿠스케 씨로서는 저택 전체의 밀실성과 전시실의 밀실성에 중점을 두고 추리하시는 셈인가요."라고 망각 탐정은 내 견해를 한마디로 정리했다.

"이른바 이중 밀실이네요. 그것이 열쇠란 말씀이죠."

"…네."

경찰이 경비하던 밀실과 자물쇠가 걸린 밀실.

그 방들을 열 수 있다면 쿄코 씨**만**이 용의자인 현 상황은 타파되는 셈이다.

하지만 사건에 관한 그런 내 견해는 합격점을 받지 못한 듯 쿄코 씨는 입을 삐죽이며,

"영 시원치 않네요. 정말로 야쿠스케 씨는 제 전문가인가요?"라고 신랄한 평점을 내리셨다.

매우 실망한 듯 짐짓 큰 한숨을 쉬어 보인다.

아니, 그건 원래 히다루이 경부가 꺼냈던 말인데, 나는 처음 말했던 사람 쪽을 쳐다보았으나 히다루이 경부는 내게서도 눈을 돌리고 있었다.

이쪽 보시지.

그런데 이 실망에 관한 한 내 책임인가… 은인인 쿄코 씨의 기대에 부응하지 못했다면 더할 나위 없이 유감이다. 괜히 논리

를 갖다 붙이지 말고 '당신은 무죄임에 틀림없습니다! 무슨 일이 있어도 저는 당신 편입니다!'라고 뜨겁게 단언하는 편이 좋았을까.

하지만 구차하게도 전문가의 견해를 말하건대, 그랬다면 더 큰 노여움을 샀을 것 같다… 이 사람은 늘 상대방이 신용할 만한 인물인지 아닌지 눈을 빛내고 있다. '의뢰인은 거짓말을 한다'를 항상 유념하는 탐정인 것이다.

이렇듯 사람을 심야에 불러 놓고 막상 용건을 말하지 않는 이유는 내가 기댈 만한 사람인지 어떤지 판가름하기 위해서리라. 지금으로서는 상황이 썩 좋다고는 말할 수 없을 듯하다.

다만, 시키는 대로 한다고 해도 좋을 만큼 쿄코 씨 신봉자인 나이기는 하지만, 여기서 망각 탐정(과 누명 경부)에게 실망을 안긴 채 맥없이 돌아가는 것은 본의가 아니다.

할 수 있음을 보여 주어야 한다.

은인을 구하는 데는 자격이 필요하다.

"전문가 맞습니다. 언젠가 당신의 활약을 쓴 책을 출간할 계획입니다."

"그 시점에서 이미 제 전문가가 아닌 것 같은데요…."

하긴. 카코이 씨에게도 그렇게 전하고 싶지만 그 사람은 저널리스트니까.

어쨌거나 "증거를 보여 드리죠."라고 한 나.

"저는 당신이 지금 무슨 생각을 하고 계신지, 이다음에 무슨 말을 하실지 정확히 알아맞힐 수 있습니다."

"또 마술인가."

라고 히다루이 경부가 작은 목소리로, 그러나 들릴 만한 목소리로 불만스럽게 중얼거렸다. 아무래도 유치장에서 무슨 일인가 있었던 모양이다.

그런데 이 말은 어째 탐정의 호기심을 자극한 듯 쿄코 씨는 "재미있겠네요. 해 보세요."라고 말했다.

나는 헛기침을 했다.

하지만 그렇게 우쭐할 만한 일도 아니다. 지금까지 몇 백 몇 천만 번은 들어 온 말을 앵무새처럼 앞질러 말할 뿐이다.

"쿄코 씨는 지금 이렇게 생각하며 이렇게 말하려고 합니다…
'저는 이 사건의 진상을'."

"'처음부터 알고 있었어요'."

과연 가장 빠른 탐정.

앞지르려다가 앞질리고 말았다.

쿄코 씨는 씩 웃으며,

"좋아요. 제 전문가로 인정하죠, 야쿠스케 씨."

라고 말했다.

히다루이 경부는 경악했다.

'이 사건의 진상을 알고 있었다고?!'

당치도 않은 일 아닌가.

어째서 이 두 사람은 아크릴 유리 너머로 서로 통했다는 분위기를 자아내고 있는가. 지금이 우쭐하여 서로에게 검지를 들어 보일 때인가. 처음부터 알고 있었다면 그로써 사건 해결이지 않은가. 그것이 쿄코 씨의 머릿속에만 있는 비밀 메모였단 말인가. 그런 건 이제 메모로 치부할 수 없다.

이제 와서 뜻밖의 소외감을 맛보고 말았는데 어쨌든 따져 물어야 한다. 경우에 따라서는 아크릴 유리 너머의 카쿠시다테 청년을 이쪽으로 연행할 필요가 있을지도 모른다.

공범으로 체포해야만 한다.

그런 불온한 공기를 감지한 것이리라, 카쿠시다테 청년은 문득 깨달은 듯 히다루이 경부를 향해 "아, 아니요, 이것은 여느때의 말입니다! 여느 때 하던, 익숙한 말입니다! 정말로 처음부터 알고 있었던 게 아닌 말입니다!" 하고 황급히 해명하듯이 말했다. 뭐야, 그런 거였나.

망각 탐정의 캐치프레이즈였단 말인가.

그렇다면 괜찮을 것 같아 누명 제조기는 심리 무장을 해제했지만, 그런 '폭로'가 쿄코 씨는 아무래도 불만이었던 듯,

"하아~"

하고 크게 탄식했다. 아까보다 큰 한숨이다. 본인의 의도와는 반대로 카쿠시다테 청년에 대한 실망이 더 커졌다는 의미일까.

"유감이네요. 이 스타일리시한 멘트가 설마 절차상 하는 것으로 보였다니. 야쿠스케 씨, 전문가에서 문외한이 된 것 아닌가요?"

신랄하다.

그러나 카쿠시다테 청년이 쓴웃음을 짓고 있는 것을 보건대 여기까지 포함하여 '여느 때의 말'인지도 모른다, 라고 히다루이 경부는 생각했는데,

"그렇다면 저야말로 증거를 보여 드리죠."

라며 쿄코 씨는 한 발짝도 물러서지 않았다.

오기가 발동한 걸까? 라고 생각했지만 그녀는 이쪽에 등을 보인 채 더 이상 돌아보는 일도 없이,

"히다루이 경부님. 그럼 아직은 좀 이를지도 모르지만 약속을 지키도록 할게요."

라고 말했다.

"약속?"

"모든 수사 정보와 맞바꾸어 제 머릿속에 든 것을 일부 공개하겠다는 약속. 제가 무엇을 숨기고 있는지 가르쳐 드리겠어요."

이크.

페이크 뒤에 진짜가 왔다, 드디어.

그쪽도 허풍은 아니었나 보다. 그 부분에서는 문외한, 아니, 전문가가 짐작한 대로 쿄코 씨는 비장의 무기를 숨기고 있었다.

"그럼 역시 카쿠시다테 씨가 지적했던 대로 원래 쓰여 있었던 비망록은 왼팔의 프로필뿐만이 아니었던 거군요?"

협상에서 안달이 난 듯 보이면 곤란할 것 같아 되도록 침착하게, 그야말로 처음부터 알고 있기라도 했던 듯 그렇게 말했으나 목소리가 격앙되는 것은 미처 막을 수 없었다. 반대로 쿄코 씨는 어디까지나 평온하게,

"엄밀하게는 글자로 남겨져 있었던 게 아니에요. '어제의 저'로부터의 다잉 메시지는."

이라고 대답했다.

글자가 아니라고? 그럼 뭔데?

다잉 메시지? 카쿠시다테 청년도 이 말에는 의아한 표정을 짓고 있었다.

"무슨 말씀입니까? 쿄코 씨."

카쿠시다테 청년이 상체를 내밀었다.

아무래도 여느 때와 같은 '여느 때의 말'이 아니라고 그도 생각한 모양이다.

"눈치가 꽝이네요, 야쿠스케 씨. 감이 안 오세요?"

라면서 또 한숨을 쉬더니,

"아까 전부터 야쿠스케 씨가 의문을 제기하셨던 '어째서 제가 흉기를 움켜쥐고 잠들어 있었는가' 하는 질문의 답이 그거예요."

라고 귀띔한다.

귀띔하며 아크릴 유리 너머로 검지를 들어 보였지만 이번 제스처는 서로 통하지 않아 카쿠시다테 청년은 의아한 얼굴을 할 뿐 검지를 마주 들지는 않았다.

"…흉기가 다잉 메시지였다는 겁니까? 피투성이 흉기가 그 자체로 메시지성을 띠고 있었다는 말인지…?"

말하면서 스스로도 그건 아니라고 생각한 듯 카쿠시다테 청년은 말을 멈추었다. 그야 그럴 거라고 히다루이 경부도 생각했다.

흉기가 정보였다면 딱히 손에 쥐고 있을 필요는 없다. 싫어도 주목하게 된다, 그것은 증거 물품이니까. 그렇지만 쿄코 씨는 잠들어 기억을 잃을지언정 그 칼만큼은 굳게 움켜쥐고, 오른손으로 움켜쥐고… 오른손?

"…그럼, 요컨대 중요한 것은 오른손이 아니라 **왼손**이었다는 건가요?"

카쿠시다테 청년은 머뭇머뭇 말했다.

"네."

라며 쿄코 씨는 보자기 모양으로 편 왼손을 높이 치켜들었다.

그렇다.

매지션이 오른손을 보일 때에는 왼손이 주목받기를 바라지 않을 때. 즉, 쿄코 씨가 피투성이 흉기를 오른손에 움켜쥐고 있었던 이유는 단순히 최초 발견자나 달려온 경찰에게 왼손을 주목받고 싶지 않았기 때문이다.

메시지는. 다잉 메시지는.

비망록은… **그쪽 손에 쥐어져 있었다.**

"물론 속임수로서는 완벽하다고 할 수 없죠. 오른손에 증거물품이 쥐어져 있었으니 왼손에도 무언가 있지 않을까 싶어 만약을 위해 살펴본다면 끝장이니까요. 그래도 뭐, '어제의 저'는 피로 물든 칼의 임팩트가, 소동이 벌어진 뒤 제가 깨어날 만큼의 시간은 벌어 줄 거라고 판단했겠죠."

어쨌든 궁여지책이겠지만요, 하며 쿄코 씨는 치켜든 왼손으로 주먹을 만들었다가 보자기를 만들었다가 가위를 만들었다.

면회실에서 V 사인을 치켜든 피의자를 히다루이 경부는 처음 보았다.

"펜으로 살갗에 쓰는 타입의 스탠더드한 비망록이라면 잠든 사이 그것이 누구의 눈에 띌지 모르니까요… 그에 비해 '무언가'를 손안에 움켜쥐는 타입의 비망록이라면 적어도 제가 손을 펼 때까지는 남의 눈에 띄지 않아요."

거기까지 설명하니 장황할 정도다. 문제는 감싸 쥐고 있던 '무언가'가 무엇인가다. 손바닥에 글을 적은 게 아니라면… 편지 같은 것인가? 아니, 그거라면 결국 체포될 때 몰수된다.

흉기인 칼과는 달리 잠을 깬 그 순간 손에 쥐고 있지라도 않으면 그것이 다잉 메시지인지 알 수 없을 만한 물체 X로 추정되는데… 과연?

"……."

히다루이 경부는 마른침을 삼키며 이어질 쿄코 씨의 말을 기다렸지만 쿄코 씨는 왼손을 위로 치켜든 포즈 그대로,

"애초에 저는 펜을 가지고 있지 않았던 모양이에요. 망각 탐정이라 메모장도 펜도 휴대는 말자는 주의거든요. 추측이지만. 피해자의 혈액을 잉크 대신 사용하는 방법도 있긴 하지만 역시 그건 좀…."

하고 장황한 해설을 이어 나갔다. 구구절절하게.

'음…?'

가장 빠른 탐정답지 않게 이야기를 질질 끈다.

역시 되도록 히다루이 경부에게는 비밀로 해 두고 싶은 정보인 걸까? '일부 공개'라는 구차한 말을 했으니. 이제 슬슬 각오를 다져 주기 바란다. 혹시 전문가인 카쿠시다테 청년에게만 '다잉 메시지'의 내용을 가르쳐 주고 싶은 건지도 모르지만 그렇게는 안 된다.

이쪽에도 오기가 있다. 형사 정신이 있다.

설령 아무리 희미한 목소리로 지껄인대도 놓치지 않겠다. '어제의 쿄코 씨'는 '오늘의 쿄코 씨'에게 대체 무슨 말을 전하려고 했을까?

그녀는 흉기를 쥔 손의 반대편 손에 대체 무엇을 움켜쥐고 있었나?

"당연히 저를 발견하신 분들은 오른손에 주목할지도 모르지만, 평소 비망록을 왼팔에 써 두는 것으로 보아 저는 잠이 깨면 우선 레프트 사이드를 주목하는 습관이 있는 것 같거든요. 기억은 리셋되어도 신체적인 습관은 또 별개라고 할까요…."

장황하다. 그리고 늘어진다.

언제까지 마냥 변죽을 울려 댈 셈인가.

마치 유괴범에게서 온 전화를 역탐지라도 하려는 듯하다. 그야말로 시간 끌기와도 같은, 미스디렉션*….

"…앗!"

매지션이 오른손을 보일 때에는 왼손이 주목받기를 바라지 않을 때. 그렇다면 **왼손을 보일 때에는 오른손이 주목받기를 바라지 않을 때**! 지금 그렇듯 왼손을 V자로 만들어 치켜들고 있는 반대편에서 쿄코 씨는 대체 오른손으로 무엇을 하고… 늦었다.

히다루이 경부가 앞으로 돌아들었을 때 쿄코 씨는 그 오른손

※미스디렉션(misdirection) : 사람들의 주의를 다른 곳으로 돌리는 기술로, 주로 마술에서 쓰인다.

으로 아크릴 유리를 말끔히 닦아 버린 뒤였다. 몇 번이고 여봐
란듯이 실망한 것처럼 한숨을 쉬어 부예진 아크릴 유리를.

당연히, 닦아 버리기 전에.

오른손 검지로… 그곳에 적었으리라, 메시지를.

아크릴 유리 너머의 전문가에게.

'묘하게 과장된 제스처도, 미스디렉션이었나…!'

흡사 칠판을 대신하여 전철 창문으로 대화를 주고받는 고등
학생 커플처럼, 히다루이 경부 몰래 '무언가'를 전달했다.

'이, 이 SNS 전성시대에 그런 구식 대화를… 이놈들!'

그래서 쿄코 씨는 처음부터 면회실에서 만나고 싶다고 주장한
건가. 규칙으로 따지면 그것이 당연하기에 딱히 이상히 여기지
도 않았는데, 그러고 보니 비밀리에 이루어지는 면회라면 유치
장에서 하는 편이 비밀성은 더 높았을 것이다.

유리가 필요했던 건가.

원래는 피의자와 면회자를 가로막기 위해 존재하는 아크릴 유
리를 알림판으로 삼다니, 어쩐지 중간부터 히다루이 경부를 한
번도 돌아보지 않는다 했다. 그것은 여유로운 태도 같은 게 아
니라 그저 자신의 등으로 메시지를 가리는 행동이었다. 어리석
게도 히다루이 경부는 등도 아니라 높이 쳐들린 왼손의 V 사인
을 보고 있었는데, 그렇다면 그 핸드 제스처는 그 모양대로의
의미였는지도 모른다.

빅토리. 형사에 대한 탐정의.

"···카쿠시다테 야쿠스케!"

이번에야말로 체포하겠다는 생각으로 격분하여 쏘아보자 카쿠시다테 청년은 황급히 일어섰다. 물론 이것은 쿄코 씨가 멋대로 벌인 일이겠지만 그 행위를 히다루이 경부에게 알리지 않은 시점에서 공범 관계는 성립한다.

그런 진심이 전해진 듯 카쿠시다테 청년은,

"그, 그럼 실례하겠습니다, 쿄코 씨··· 오늘 중으로!"

하며 면회실에서 후닥닥 도망치듯이 나갔다. 도망치듯이라기보다 정말로 도망친 것이리라. 당장에라도 쫓아가고 싶었던 히다루이 경부지만 이번에는 아크릴 유리가 본연의 역할을 다했다.

누구 사람을 보내어··· 아니, 면회 자체는 비공식이다, 지원 인력은 부를 수 없다. 카쿠시다테 청년을 면회실까지 안내했던 젊은 감시원도 지금은 본래 자리로 복귀했다. 간신히 연 유치장 독방의 문을 수리 중이다.

"네. 오늘 중으로, 기억이 있는 동안에. 힘써 주세요, 야쿠스케 씨!"

쿄코 씨는 더는 모습이 보이지 않게 된 카쿠시다테 청년의 등을 향해 그처럼 성원을 보냈다.

'힘써···?'

힘쓰다니, 무엇을 힘쓴다는 거야.

그렇다면 그저 히다루이 경부에게 체포될 것이 두려워서 도망친 게 아닌데. 그 청년… 망각 탐정에게 대체 무엇을 부탁받았지?

5

이리하여 나는 또 망각 탐정의 조수를 맡게 되었다. 공범도 종범從犯도 아닌 탐정 조수를, 거의 강제로, 경찰에 쫓기면서.

전언을 받고 쏜살같이 도망친 곳은.

아니, 일심불란하게 향한 곳은 코인 컬렉터, 카메이 카헤이 씨(가명)의 자택… 쥬키모토 저택이었다.

1

히다루이 경부는 분통이 터진다기보다 참으로 기가 막혔다. 아니, 물론 직후에는 망각 탐정의 노골적일 정도의 배신행위에 화를 내기는 했으나, 조금 시간을 두고 냉정을 되찾고 보니 그 당한 듯한 느낌을 동반하는 배신이 너무나 무의미함을 깨닫지 않을 수 없었기 때문이다. 무의미한 정도가 아니라 역효과다.

전혀 한 방 먹이지 못했다. 찬밥을 먹게 된 쪽은 그녀.

카쿠시다테 청년을 보내서 어쩌려고?

아크릴 유리 너머로 무슨 말을 전했든 그가 대체 무엇을 할 수 있단 말인가. 경찰을 신용하지 못하는 것은 뭐, 이해한다. 경찰이라고 해서 창설 이래 단 한 번도 부정 공작을 꾀한 적도 잘못을 저지른 적도 없는 공명정대한 조직인 것만은 아니다.

실제로 유죄든 무죄든, 자신의 신병을 구속하고 있는 상대에게 모든 것을 적나라하게 맡긴다는 것은 위험하다. 그렇기 때문에 묵비권이 설정되어 있다. 취조에 입을 다무는 일 자체는 죄가 되지 않는다. 히다루이 경부를, 또는 경부라는 그 직함을 신용할 수 없다면 그건 됐다.

충분히 누릴 수 있는 범위 안이다.

속은 이쪽이 바보였다, 탐정소설에 등장하는 형사처럼.

애당초 적당히 넘어가 주는 것 같아도 이러나저러나 민간인인 사립 탐정에 대해 이쪽은 공권력을 가진 입장이다… 그 점만 놓고 보더라도 전폭적으로 신뢰하라는 것은 무리다.

하지만 그렇다 해도… 그를 대신할 의지처가 '초면'인 면회 상대라는 것은 과연 어떤가? 확실히 그는 망각 탐정 전문가일 테고 그 점에 있어 쿄코 씨의 감식안에 든 것은 확실한 듯하지만, 그렇더라도 그 정체는 현재 구직 중인 청년이다.

아무도 아니다.

이것은 전혀 망각 탐정답지 않은, 있을 수 없는 선택 실수. 원숭이도 나무에서 떨어진다는 격이 아닐까?

"'원숭이도 나무에서 떨어진다'? 아니요, 히다루이 경부님, 이건 굳이 말하면 '원숭이는 나무를 가려 타지 않는다'예요. 게다가 히다루이 경부님과의 약속을 소홀히 한 것도 아니고요. 이것은 저로서는 당연한 양면 작전이거든요."

다시 철창 안으로 돌려보내진 쿄코 씨는 여전히 주눅이 든 낌새가 없었다. 반성의 빛이 없을뿐더러 순조롭게 목적을 달성해서인지 한결 느긋해 보이기까지 한다.

의상은 경찰 제복인 채다.

철창 안에 경찰이 갇힌 것 같아 어쩐지 못된 장난이라도 보는 듯하지만 이것도 과연 언제까지 갈 수 있을지….

"쿄코 씨. 솔직히 말씀드리죠. 당신의 행동은 이제 더 이상 감쌀 수 없습니다."

"어머나. 저 히다루이 경부님께 보호받고 있었나요? 어쩜, 민폐만 끼쳤네요."

그러게 말이다.

하지만 그런 끊임없는 농담도 이제 더 이상 상대할 수 없다. 모든 것에는 한도가 있다.

망각 탐정은 히다루이 경부의 도량을… 아니, 재량을 완전히 넘어섰다.

"과거에 당신과 함께 수사한 적이 있다는 이유로 저는 이처럼 전임자에게 사건을 넘겨받았습니다. 당신이 지금까지 세운 공적을 감안하여 가급적 배려했다고 생각합니다."

"공적. 그런 게 있었군요. 잊어버렸지만."

"하지만 이제 무리입니다. 불가능합니다. 내일 아침 정시부터 사건 수사는 또 다른 자한테 넘어가게 되겠죠. 미스터리 소설 같은 농담은 여기까지입니다. 명탐정이 특권 계급이 아님을 당신은 잘 알게 될 겁니다. 그런 식으로 좋아하는 의상을 입을 수 있는 것도 이제 몇 시간뿐입니다. 자고 나면 잊는다고요? 앞으로는 잠을 자 가면서 취조받을 것을 기대하지 마십시오."

"어머, 무서워라."

"……."

위협할 생각도 없었지만 겁먹은 기색도 없었다. 바로 그렇기 때문, 이겠지만 이렇게 되니 찜찜한 사람은 오히려 히다루이 경부 쪽이었다. 그녀가 앞으로 어떤 꼴을 당할지 알면서도 그는 아무것도 해 줄 수 없다.

누명 제조기로서도 기능 부전을 일으켰다고 해도 좋다. 적어도 카쿠시다테 청년이 대체 어디로 도망쳤는지, 그가 망각 탐정에게 어떤 사명을 받았는지, 그것만이라도 알면 좋을 텐데.

일단 젊은 감시원을 시켜 뒤쫓게 했지만 그토록 출발이 늦었으니 따라잡을 수 있을 것 같지는 않다.

"어머나. 포기하시는 건가요? 히다루이 경부님. 그럼 곤란한데요."

"곤란요? 뭐가 곤란하다는 겁니까."

"'원숭이는 나무를 가려 타지 않는다'라는 건 '모든 나무를 탄다'라는 의미라고요. 야쿠스케 씨를 보내는 한편, 다른 한편으로 히다루이 경부님도 움직이지 않으면 저는 초고속을 달성할 수 없어요."

"······."

"전기의자 탐정은 앉은 채로도 가장 빠르거든요. 제가 히다루이 경부님께 왼손에 쥐고 있던 '무언가'의 내용을 숨긴 이유는 일부러 정보 격차를 마련하여 히다루이 경부님은 야쿠스케 씨와 다른 방향으로 보내고 싶었기 때문이에요. 가 주지 않으면 곤란하다고요. 말씀드렸죠? 이것은 양면 작전이에요. 이중 밀실을 하나씩 해결하는 게 아니라 동시에 해제하지 않으면."

내일 아침 정시까지 끝낼 수 없으니까요.
가장 빠른 탐정은 그렇게 말했다.

2

뭐가 양면 작전인가, 그냥 양다리가 아닌가.

그렇게 생각하면서도, 이제 할 수 있는 일은 아무것도 없다는 무력감에 꺾여 있던 히다루이 경부로서는 아직 할 일이 남아 있다는 귀띔에 가만히 있을 수 없었다. 타임 리밋까지 잠자코, 혹은 속절없이 철창에 붙어 있을 마음은 들지 않았다.

안타깝게도 망각 탐정이 히다루이 경부에게 무엇을 시사했는지는 모른다. 그녀는 구태여 많은 것을 이야기하지 않음으로써 이쪽을 컨트롤하려고 한다. 정보를 조금씩 내놓음으로써 취조 담당관을 지배하에 두려고 한다. 참으로 무시무시한 피의자다.

그렇지만 처음부터 그럴 셈이었던 것은 아니리라. 카쿠시다테 청년과의 대화를 거치며 도중부터 양면 작전인지 뭔지로 전환한 것임에는 틀림없다.

같은 양의 정보를 주면 히다루이 경부도 카쿠시다테 청년도 같은 행동을 취해 버릴지 모르니 적당히 정보 격차를 설계하여 다른 방향으로 보내고자 했다. 경찰을 배신한다는 터무니없는 리스크를 무릅쓰고서라도 높은 성공률을 택했다. 가령 그것이 작전으로 성립한다 쳐도 이 경우 성공이란 무엇일까?

자신이 석방되는 것인가? 불기소로 몰아가는 것인가?

적어도 기소 내용을 바꾸는 것… 아니면 집행유예를 얻어 내는 것인가?

그러나 쿄코 씨는 애당초 그런 단계의 이야기를 하지 않은 것 같기도 하다… '기소될 마음은 없다'라는 말이 어디까지 진심이었는지, 아니면 이미 시작된 법정 전술이었는지는 둘째 치고 그녀는 일관되게 탐정으로서 사건의 해결만을 항상 내다본 것 같은데.

따지고 보면 사건 해결을 위해 히다루이 경부의 의뢰를 강압적인 수완으로 따낸 것인지도 모른다. 그렇다면 그야말로 '무엇을 위해서?'다.

'스스로 덫에 걸렸다.'

여전히 혼란스러운 머리로 어쨌거나 할 수 있는 일, 아직 하지 않은 일부터 시작하자는 생각에서 히다루이 경부는 우선 쿄코 씨가 독방에 들어가기 전에 몰수당했던 의복과 소지품을 자신의 눈으로 체크하기로 했다.

쿄코 씨가 히다루이 경부에게 어떤 것을 원하는지, 무엇을 원하는지 입 밖으로 내어 분명히 말하지 않는 이상 더는 그녀에게 기대지 말고 당연한 일을 하는 수밖에 없다(하긴, 입 밖으로 내어 분명히 말했을 경우 반대로 그대로는 하고 싶지 않았을 것을 생각하면 이건 이것대로 손바닥 안이라고 할 수 있다).

다만, 이 소지품 체크가 꼭 매뉴얼에 따른 형식적인 행동인 것만도 아니다. 일단은 망각 탐정과 그 전문가의 면회극에 따른 수사 행동이다. 중요한 순간 제동이 걸렸으나 '흉기를 쥐고 있었던 이유는 반대쪽 손에 쥐고 있었던 '무언가'를 감추기 위해'라는 가설 자체는 경청할 만하다.

본인으로부터의 다잉 메시지.

만약 발견 당시 쿄코 씨가 왼손에 '무언가', 구체적인 '무언가'를 감싸 쥐고 있었다면 그것을 처분할 여유가 없었으리라. 깨어나 보니 그 시점에 이미 경찰에 에워싸여 있었다면 뜻대로 버릴 수도 감출 수도 없었으리라.

말 그대로 떼려야 뗄 수 없는 것.

감싸 쥐고 있을 수밖에 없었다. 그렇기 때문에 망각 탐정은 저항하지 않고 얌전히 붙잡혔다고도 할 수 있으리라. 그렇다면 그 다잉 메시지, 혹은 '물적 증거'는 그녀의 소지품 중에 있다고 봐야 하지 않을까….

"얼빠진 형사 역'다운 억지 추리지만 가능성은 제로가 아닐 것이다.'

하지만 결론부터 말하면 계산은 빗나갔다.

물론 대놓고 수상한 물건이라면 역시 몸 수색 때 발견되었을 테니 사소한, 살인 현장에서 용의자가 쥐고 있지라도 않으면 다른 물품에 섞여 버릴 만한 물건일 거라고는 예측할 수 있었지만, 그 이전에 쿄코 씨는 그 '사소한' 물건조차 갖고 있지 않았다.

거의 빈손으로 체포되었다고 해도 좋다.

비밀 기관의 스파이라도 좀 더 무언가, 퍼스낼리티를 표현하는 소지품이 있을 것 같은 철저함이다. 이것이 비밀주의의 정점, 비밀 유지 의무를 절대 엄수하는 망각 탐정의 참모습인가.

'휴대전화를 갖고 있지 않다거나 메모장을 갖고 있지 않다거나 하는 레벨이 아니다.'

옷과 현금 이외에 아무것도 갖고 있지 않다.

그 옷도 물론 패셔너블한 그것이지만, 조합의 묘를 해체하여 각각의 단품을 보면 전 세계 어디서라도 손에 넣을 수 있을 법한 기성복이다. 어디서 언제 샀는지 특정할 수 있는 한정품이 아니다. 게다가 태그류는 신중히 제거되어 있다. 어떻게 세탁하면 되는지 알 수 없게 하려고, 가 아닐 것이다.

현금 또한 지갑조차 없는 판이다. 세련되게 머니 클립에 끼워진 지폐와 약간의 잔돈이 스커트 주머니에 들어 있었다. 그리 큰 액수가 아니다. 하지만 인간이 **만 하루**를 생활하는 데는 충분한 액수라고 할까. 소액이지만 외국 돈이 섞여 있는 이유는 여차하면 해외로 튈 작정이었기 때문이라고 억지로 추측할 수도 있을 듯하다… 만반의 태세라고 봐야 하나.

달러가 아니라 유로라는 게 멋스럽다.

어쩌면 단순히 유럽에서 일할 때 받은 거스름돈인지도 모른다.

'돈과 패션 이외에 아무것도 믿지 않는다는 느낌이군… 이런 사람과 대등하게 정보를 교환하겠다는 쪽이 무리였어.'

이 접근은 빗나갔다.

필시 길바닥에 버려도 부자연스럽지 않을 만한 '무언가'였음에 틀림없다.

헛발질을 했다. 괜찮다, 헛발질을 하는 것은 형사의 주특기다. 형사는 발로 벌어먹는다. 현장을 종횡무진. 이렇게 되면 이제 살인 현장인 쥬키모토 저택으로 향해야 할까? 이만저만 비상식이 아닌 심야 시간대지만 히다루이 경부가 이 사건을 담당할 수 있는 건 내일 아침까지다. 망각 탐정도 아닌데 타임 리밋이 설정되어 있다. 이러쿵저러쿵할 수는 없다.

그래, 게다가 경찰서를 뛰쳐나간 카쿠시다테 청년이 향할 데가 있다면 그곳은 쥬키모토 저택이지 않을까?

한번 그렇게 직감하니 그렇게밖에 생각되지 않는다.

현장 검증을 할 수 없는 사로잡힌 망각 탐정(전기의자 탐정)이 자신의 전문가를 현지로 파견했다면… 그렇다면 따라잡을 수 있다.

체포할 수 있을…지 어떨지는 미묘하지만(가만 생각해 보니 대체 무슨 혐의로 체포하면 좋은가).

쿄코 씨의 입을 열 수 있다고는 이제 생각되지 않지만 그 청년이 높은 레벨로 비밀주의를 관철할 거라고도 생각되지 않는다. '히다루이 경부가 카쿠시다테 야쿠스케를 체포한다'라는 전개가 망각 탐정의 속셈대로일 리는 없지만 이렇게까지 단서가 없으면 역시 그렇게 할 수밖에 없는 듯한데.

애당초 이중 밀실을 동시에 해결하겠다는 건 무리….

'…….'

가령 아크릴 유리에 손가락으로 적은 메시지가 카쿠시다테 청년을 쥬키모토 저택으로 보내는 것이었다면 그에게 맡겨진 밀실은 안쪽에 있는 것이리라, 즉 전시실 밀실이다.

왜냐하면 왼손에 감싸 쥐고 있던 '무언가'를 축으로 해결할 수 있는 밀실이 있다면 그쪽밖에 없기 때문이다. '어제의 쿄코 씨' 또한 비밀 유지 의무를 절대 엄수하는 망각 탐정이다. 첫 번째 밀실, 폴리스 박스에 있는 경찰이나 순회하는 경찰차에 들키지 않고 쥬키모토 저택으로 침입할 수 있었던 이유가 '피해자가 의뢰인이었기 때문'이라면 그 의뢰 내용을, 설령 어떠한 형태일지라도 스스로 밝히는 일은 없으리라.

경찰을 상대로든 전문가를 상대로든.

따라서 역설적으로 메시지를 전달받은 카쿠시다테 청년에게 맡겨진 것은 전시실 밀실이라고 해석할 수 있다. 그렇다면 뺄셈에 의해 히다루이 경부가 맡은 것은 바깥쪽 밀실. 즉 쥬키모토 미스에 씨가, 자택으로 쿄코 씨를 남몰래 불러들인 의뢰인임을 증명하는 일. 욕심을 부리자면 의뢰 내용까지 파악하는 일.

파악할 수만 있다면.

망각 탐정의 신의 성실 원칙에 어긋나므로 협력을 기대할 수 없는 것은 당연, 하려나.

불안은 남지만, 쥬키모토 저택으로 향하기 전에 할 일이 생겼다. 생각해 보면 만약 카쿠시다테 청년이 쥬키모토 저택으로 향했다 해도 바로 그 첫 번째 밀실… 경찰에 의한 경호를 돌파할 수 없다.

하물며 살인 사건이 발생한 직후의 경호 태세다. 그것을 돌파할 수 있다면 그는 더 이상 누명 피해자라고는 할 수 없다.

3

돌파하고 말았다.

물론 별생각은 없었다. 쿄코 씨의 재촉으로 쥬키모토 저택을 향해 무작정 달린 나이기는 하나 공권력에 의해 보호받는 저택 안으로 어떻게 들어가는가 하는 점에 대해서는 유감이지만 아무런 아이디어도 얻지 못했다.

노 아이디어이자 노 플랜.

아무리 가장 빠른 탐정일지라도 바로 뒤에 선 히다루이 경부의 허를 찌르는 형태로 그 한순간 전달 가능한 정보에는 한계가 있었던 것이다. 아니, 그런 게 아닐지도 모른다. 전하고자 했다면 쿄코 씨는 더 구체적인 힌트를… 아니, 아예 명확한 해답을 그 면회실에서 내게, 나아가 히다루이 경부에게도 공표할 수 있었으리라.

왜냐하면 '저는 이 사건의 진상을 처음부터 알고 있었어요'… 그 '여느 때의 말'은 확실히 여느 때와 같은 '여느 때의 말'이기는 하나, 전문가로서 말하자면 쿄코 씨가 그 정형 문구를 입에 올릴 때는 거의 틀림없이 '처음부터 알고' 있었던 것 따위는 전무한데('왜 그런 거짓말을 하세요?'라고 받아치는 부분까지 포함하여 나 같은 조수와의 기본 대화다), 한편 그 정형 문구를 **입에 올린 시점**에서는 이미 수수께끼가 풀려 있다는 것도 거의 틀림없는 사실이기 때문이다.

처음부터 알고 있었던 게 아니더라도 쿄코 씨는 이미 사건의 진상에 도달해 있다. 그렇다면 왜 그것을 공개하지 않는가?

경찰서라는 밀실 안에 구속된 상태로 아무리 '사건의 진상'을 연설한다고 해도 그것이 묻힐 우려가 있기 때문에. 뭐, 역사를 돌아보면 실제로 그런 억울한 사건은 많이 발생했으니 지나친 걱정이라고는 말할 수 없다. 그렇기 때문에 나라는 제삼자를 증인으로 불러들였을 테고, 게다가 신뢰할 만한지 어떤지를 판단한 다음 심부름을 보낸 것이리라.

증거 확보를 위해.

카쿠시다테 야쿠스케는 적어도 심부름을 보내도 좋을 정도로는 쿄코 씨의 신임을 얻은 셈이다… 그 부분은 솔직히 기뻐하자.

그러나 쿄코 씨의 조심성은 끝이 없었다.

나는 쥬키모토 저택으로 오긴 했으나 이 행동이 옳은지 어떤지에 대한 확증 역시 없었다. 히다루이 경부에게 등을 보인 채 아크릴 유리 너머로 메시지를 전한다는 방식의 불확실함도 그녀는 알고 있었고, 따라서 왼손에 감싸 쥐고 있던 '무언가'가 '무엇인가'를 다이렉트로 적은 게 아니었다.

암호화되어 있었다.

구체적으로는 다음과 같이.

'1234'.

…쿄코 씨가 자신의 숨결로 부예진 유리에 자신의 검지로 적은 것은 이 네 자리 숫자뿐이었다. 천이백삼십사?

…아니, 히다루이 경부가 알아차린 속도는 뜻밖에도 빨랐다.

어쩌면 쿄코 씨는 적던 도중 부득이하게 아크릴 유리를 닦았을지도 모른다. 따라서 '네 자리 숫자'라는 보장은 없다, 다섯 자리 숫자를 적던 도중이었는지도 모르지만, 이 경우 이 전개에서 '숫자의 나열'이 시사하는 바는 명백했다.

비밀번호다.

아마 살인 현장인 쥬키모토 저택 안에 있는 전시실의.

물론 '1234'라는 것은 생일이나 전화번호와 나란히 '비밀번호로 설정하면 안 되는 숫자'의 대표 격이므로 무언가 방정식을 이용하여 이 숫자를 다시 최적화할 필요는 있으리라. 그러기 위해서는 억지로 땄다는 전시실 문을 실제로 보지 않으면 안 된다.

현장 검증이다.

…여기까지는 나와 쿄코 씨의 (일방적인) 이심전심으로 예측할 수 있었지만, 그럼 어떻게 그 전시실에 입실할 것인가에 이르니 이것은 난관이었다.

어쩌라는 건가.

이중 밀실의 바깥쪽은 내게 난공불락의 벽이다. 누명 체질의 청년에게 있어 패트롤과 폴리스 박스는 너무 궁합이 나쁘다. 가뜩이나 다가가는 것만으로도 체포될지 모르는데 내 도피처를 짐작한 히다루이 경부가 연락을 해 났다면 나는 지명 수배자다. 회람이 돈 상태다.

하지만 그렇다고 해서 한가히 있을 수도 없었다.

그토록 노골적으로 반기를 든 쿄코 씨가 언제까지고 근사한 드레스 체인지를 즐길 수 있다고는 생각할 수 없고, 또 히다루이 경부가 나를 쫓아왔다면 (혹은 쫓게 했다면) 어서 목적을 달성하지 않으면 언젠가는 잡힌다.

체포된다.

나는 자신을 알고 있다. 쿄코 씨가 내게 무슨 말을 전했는지 물으면 대답하고 말리라. 더군다나 상대가 그 히다루이 경부라면.

궁극적으로는 그것도 불가피하지만, 딱히 쿄코 씨가 '사로잡힌 몸으로는 경찰을 완전히 신용할 수 없어서' 정보를 완전히 공개하지 않았다고만은 할 수 없는 만큼 최대한 버티고 싶다.

망각 탐정에게 무언가 생각이 있는 거라면, 그 생각을 그녀가 잊기 전에 나는 가급적 모든 일을 해야만 한다.

…뭐, 내게 부여된 정보에도 검게 지워진 부분이 많으므로 단순히 쿄코 씨는 생글생글 웃으면서 아무도 신용하고 있지 않을 뿐이라고도 말할 수 있지만. 그도 그럴 것이 '1234'를 뜻하는 구체적, 물체적인 '무언가'가 무엇인지조차 듣지 못했기 때문이다.

쿄코 씨의 손바닥에 들어갈 만한 사이즈의 물건으로, 아마 갖고 있더라도(소지품 검사에서 압수되더라도) 의심받지 않을 물건… 또는 근처 어딘가에 내던져 섞여 들더라도 부자연스럽지 않은 물건….

조만간 알게 되려나.

아니면 그 방면은 히다루이 경부에게 수사를 맡기려는 심산일까. 쿄코 씨가 히다루이 경부에게 완전히 마음을 연 것은 아니라지만 역시 어느 정도 신임하고 있음은 전문가가 보기에 분명하다.

멋대로 대하고 있을 뿐, 인 것도 아니리라… 그에게는 그 나름대로 맡기고자 하는 역할이 있다.

역할 분담.

이라기보다 어째 전체의 일을 따로따로 분할하고 지시하여 각각의 인원에게는 자신이 무엇을 하고 있는지 파악할 수 없게끔 하는 경향이 있다… 완전히 비밀 기관의 방식이다.

어쩌면 터무니없는 범죄에 가담했을 위험성이 있음을 생각하면 중립적이고 공정한 저널리스트 카코이 토시코 씨에게는 더 이상 기댈 수 없었다.

아무리 그래도 그녀를 불법 침입의 공범자로 만들 수는 없지 않은가.

따라서 쥬키모토 저택의 주소를 알아내어(이 정도 수사라면 내게도 식은 죽 먹기였다, 주택지도를 이용했다) 이렇게 달려왔으나, 나는 완전히 옴짝달싹 못 하고 있었다.

그러나 옴짝달싹 못 한 것은 체감적으로 한순간의 일이었다.

"혹시. 당신, 카쿠시다테 야쿠스케 씨 아냐? 같이 좀 가 줘야겠어."

하고.

현실이라는 벽, 아니, 현실이라는 산에 등반할 방법이 떠오르지 않아 우두커니 서 있던 중에 나는 그런 말을 들었다. 끝났다고 생각했다.

발견되지 않도록 쥬키모토 저택에서는 적정 거리 이상 떨어져 있다고 생각했는데, 그럼에도 나는 아직 자신의 누명 체질을 얕보고 있었다. 필시 초소인 폴리스 박스나, 혹은 현장 보존과는 무관하게 통상적으로 심야 순찰을 도는 불심검문 순경에게 발견되었을 거라는 생각에 나는 절망했지만(그렇게 되면 몇 시간은 꼼짝도 할 수 없다) 웬걸, 그게 아니었다.

뒤에서 내게 말을 건 사람은 뭐랄까, 간소한 기모노 차림의 노파였다. 신장이 내 절반 정도 되어 보이는 왜소한 할머니다.

그러나 할머니라고 해서 안심할 수는 없다. 아무래도 순경은 아닌 모양이지만, 일전에 나는 '사람 좋아 보이는 할아버지'를 상대로 방심했다가 말도 못 하게 고생한 적이 있다. 망각 탐정이 아니기에 그런 트러블을 잊을 수가 없다. 할아버지가 아닌 할머니라고 가슴을 쓸어내릴 수 있을 턱이 없다.

하긴, 이 할머니는 '사람 좋아 보이는 할머니'가 아니었다. 참으로 의심스럽게 나를 물끄러미, 값이라도 매기듯 머리끝부터 발끝까지 째려보다시피 했다.

내 전신을 째려보려면 힘들 텐데도.

그러는가 싶더니 노파는 발길을 돌려 걷기 시작했다. 다릿심이 좋다고 할까… 체구만 보면 상상이 안 가는, 외의일 만큼 빠른 걸음이었다. 고속도로를 질주하는 타입의 할머니일까.

아, 따라오라고 했던가?

평소라면 심야에 느닷없이 말을 걸어온 노파를 훌쩍 따라간다는 것은 긴급 상황이 아니라 해도, 도시전설을 믿지 않는다 해도 안 될 일이지만 그녀는 내 이름을 콕 집어 불렀다.

카쿠시다테 야쿠스케.

나로서도 동성동명의 다른 사람과 착각했다고는 생각할 수 없었다.

어쨌거나 이대로 옴짝달싹 못 하고 있으면 조만간 정말로 불심검문의 아픔을 겪을 것은 뻔했고, 뭐든 좋으니 이벤트가 일어나기를 바랐을 만큼 난관에 부딪쳐 있었던 것도 확실하다. 나는 노파의 꼿꼿한 등을, 새우처럼 등을 움츠린 채 따라나섰다.

쥬키모토 저택을 정면에서 크게 우회하듯 이동하며 노파는 "나는 쿠다하라야. 쿠다하라 코토미. 도련님의 유모지."라고 말했다.

유모?

현대에는 좀처럼 들어 볼 수 없는 직함이다. 고전 지식을 필요로 한다.

요즘 말하는 베이비시터 같은 것인가? 도련님이라는 건, 그래도… 음?

내가 머리회전의 둔함을 유감없이 발휘하는 동안 노파, 쿠다하라 여사는 나를 쥬키모토 저택 뒤편으로 이끌었다.

그리고,

"사정이 있는 자는 이 부엌문으로 들어가게 되어 있거든."

하며 쿠다하라 여사는, 얼핏 보면 그냥 담장의 연속으로밖에 생각되지 않는 곳의 이음매를 옆으로 당겼다. 벽이 움직였다.

"……."

벌어진 입을 다물 수 없었다.

부엌문이라기보다는 뒷문, 아니, 개구멍이라고 해도 좋으리라. 면회실에서 신나게 밀실, 밀실, 하면서 미스터리 담화에 꽃을 피웠던 우리를, 탐정과 형사와 전문가를 비웃기라도 하는 듯한 전개였다.

개구멍이라니.

반칙 중의 반칙이리라.

하지만 뒤늦게나마 이로써 동시에 노파의 정체도 판명되었다. 유모라고 해서 이해하기 힘들었는데 요컨대 대화에 나왔던 사건의 최초 발견자, 쥬키모토 저택의 '할멈'이다.

'할멈'.

'유모'도 그렇지만, 전혀 꿀리지 않는 양갓집의 느낌을 전면으로 주장하는 직함이다. 그것만으로도 주눅이 들고 만다.

그처럼 주눅이 든 내게,

"자, 얼른 들어가. 다른 사람이 봐도 괜찮겠어?"

하며 한발 먼저 담장 너머로 들어간 그녀는 퉁명스럽게 손짓해 왔다. 그 무뚝뚝한 태도에서는 별로 양갓집의 느낌을 받지 못했지만… 뭐, 뒷문으로 안내되고 있는 시점에서 나는 '손님'이 아니기에 이 모양인 것이리라.

하지만 그렇다면 어째서 노파는 나를 불러들이는가?

순경보다도 그녀에게 먼저 발견된 이유는 뭐, 알겠다. 저택에 너무 다가가지 않도록 조심한다고 한 나였으나 그 위치는 저택의 2층이나 3층의 각도에서는 오히려 부감하면 발견하기 쉬운 포지셔닝이 된다.

무엇보다 몸집이 큰 나는 은밀한 행동에 적합하지 않다.

그러나 그런 수상한 자를 바로 근처에 있는 경찰에 신고하지 않고 하필이면 몸소 저택 안으로 맞아들이려 하는 그녀의 속마음을 나로서는 아무래도 이해할 수 없었다.

게다가 어떻게 내 이름을.

역시 문제는 그 점에 봉착한다.

혹시 히다루이 경부에게서 저택 안으로 직접 연락이 간 걸까? 카쿠시다테 야쿠스케라는 수상한 자가 그쪽으로 향했다고. 그랬다 해도 당연하지만, 아니, 그렇더라도 나를 구속하는 사람은 왜소한 노파가 아닌 건장한 경찰이어야 할 것이다.

호랑이 굴에 들어가지 않으면 호랑이 새끼를 얻을 수 없지만,

이 개구멍으로 뛰어들어도 좋을지 어떨지 나는 선뜻 판단할 수 없었다. 젠장, 가장 빠른 탐정인 쿄코 씨라면 이런 상황에서 일일이 망설이거나 하지 않겠지.

부끄러운 마음을 품은 채 내가 멀뚱히 서 있자 그런 나를 보다 못했는지 쿠다하라 여사는 한심하다는 듯이 어깨를 으쓱하더니,

"당신 이야기는 도련님께 들었어. 손해 볼 건 없어. 잡아먹거나 하지 않으니 꾸물대지 말고 서두를 수 있는 만큼 서둘러, 망각 탐정의 파트너."

라고 말했다.

도련님께 들었다고?

히다루이 경부에게서가 아니라?

이 문맥에서 '도련님'이라는 것은 물론 피해자인 고등실업자, 코인 컬렉터인 쥬키모토 미스에를 가리킬 수밖에 없을 텐데… 그가, 조금 아까까지 카메이 카헤이 씨로 통했던 그가 **나를 알고 있었다고**?

망각 탐정의 파트너, 로서?

"……."

수수께끼는 깊어질 뿐이지만, 그렇다면 전문가로서는 아무래도 초대에 응할 수밖에 없을 듯했다.

그런 경위로 나는 철벽같은 경호 태세를 돌파하고 말았다, 첫

번째 밀실을 돌파하지 않을 수 없었다. 단, 현재로서는 아직 쥬키모토 씨가 망각 탐정에게 어떤 의뢰를 했는지는 모르는 채다.

나를 꾀어 들인 노파가 그것을 순순히 가르쳐 줄 것 같지는 않다… 두 번째 밀실, 전시실 밀실 건으로 벅찬 나로서는 가급적 그쪽은 히다루이 경부가 해결해 주면 좋겠다는 몹시 염치없는 생각을 할 수밖에 없었다.

앞일은 전혀 예상할 수 없다.

4

어쩐지 슬슬 예상이 갔다.

경찰로서 착착 이어 온 꾸준한 수사가 결실을 맺은 것이다…라고는 뭐, 할 수 없으리라. 닥치는 대로 될 대로 되라며 때려 맞힌 것이 어쩌다 맞았다고 하는 편이 훨씬 진실에 가까우리라.

망각 탐정의 망라 추리는 아니라지만 이것은 현재 히다루이 경부가 그녀에게 조종당하고 있는 증거라고도 할 수 있었다.

논하고 싶지도 않다.

한 일 자체는 단순하다, 전화를 한 통 걸었을 뿐이다. 몰수한 피의자의 소지품을 재검사한다는, 결과로 보면 헛될 뿐이었던 작업을 마치고서 히다루이 경부는 불현듯 그와 반대되는 접근을 떠올린 것이다.

무엇을 갖고 있는가가 아니라.

무엇을 갖고 있지 않은가를 생각했다.

…물론 스파이 못지않게 쿄코 씨에게는 거의 아무것도 없었다고 해도 좋다. 휴대전화도 메모장도, 가진 것은 현금뿐인 그 스토익함. 그런데 그러고 보니 '그것'이 없는 건 이상하다는 사실을 히다루이 경부는 깨달았다.

적어도 이전에 같이 수사했을 때, 카쿠시다테 청년을 오인 체포했을 때 망각 탐정은 '그것'을 갖고 있었다.

자신의 명함을, 말이다.

히다루이 경부는 그녀가 정중하게 내민 종잇조각을 받아 든 기억이 있다.

'……'

몰수된 휴대물품 중에 명함이 없다는 것이 무엇을 의미하는지는 모르는 채로(다 떨어졌나? 아니면 의도적으로 소지하지 않았나?) 히다루이 경부는 달음질쳐 자신의 데스크로 돌아왔다.

물건을 잘 간수하는 성격은 아니지만 잘 정리하는 성격도 아니다. 따라서 그때 받은 명함은 아직 서랍 속 같은 데 처박혀 있을 것이다.

찾았다.

'오키테가미 탐정 사무소 소장'

'오키테가미 쿄코'

그리고 '어떤 사건이든 하루 만에 해결합니다!'라는 든든한 캐치프레이즈와(이는 정확히 말하면 '하루 만에 해결할 수 있다면 어떤 사건이든!'이리라), 주소와 연락처.

즉, 전화번호.

논리대로라면 이곳에 전화를 거는 것은 어리석다. 명함 속 인물은 현재 지하 유치장에 감금되어 있으니 전화를 걸어 봤자 수화기를 들 자는 없기 때문이다. 무의미할 뿐만 아니라 시간 낭비다. 가뜩이나 얼마 남지 않은 타임 리밋까지의 유예를 그저 낭비하는 셈이다.

적어도 동서고금을 통틀어 보기 드문 대형사가 취할 방법이라고는 할 수 없을 듯하지만, 히다루이 경부는 휴대전화를 꺼내어 그 번호를 입력했다. 무언가가 일어나기를 기대하면서.

과연 어떨지.

[네. 지금 전화하신 곳은 오키테가미 탐정 사무소입니다. 쿄코 씨는 지금 부재중입니다.]

신호음 한 번 만에 응답이 왔다. 그것이 기대한 대로인지 어떤지는 차치하고.

"으, 으음."

그 예의 바름에 순간 매뉴얼에 따른 부재중 전화로 연결되었다고만 생각했는데, 그런 '기록 그 자체'인 연락 수단을 망각 탐정이 채택할 리 없다… 이 전화 상담원의 음성은 살아 있는 인간의 목소리였다.

단, 쿄코 씨의 목소리가 아니다. 여성의 목소리조차 아니다.

남성의, 그것도 낮은 목소리다.

[용건이 있을 경우에는 아무쪼록 다시 걸어 주십시오. 꼭 통화가 필요하신 분은 저희 쪽에서 다시 연락을 드릴 테니 문제가 되지 않는 범위에서 전화번호를 알려 주십시오.]

히다루이 경부가 무뚝뚝하고 억세다면 저편에서 응대하는 인물은 정직하고 성실하다는 이미지였다. 무심코 의지하고 싶어진다.

"꼬, 꼭 통화해야… 합니다. 게다가 연락을 기다릴 시간은 없습니다."

상대는 누구일까? 오키테가미 탐정 사무소의 직원인 건 짐작이 가지만, 사람을 거칠게 다루는 그 쿄코 씨 밑에서 체계적으로 일할 수 있는 인물이 실재한단 말인가? 언뜻 망각 탐정에게 심취한 듯 보이는 카쿠시다테 청년마저도 그런 의미에서는 어느 정도 딱 거리를 두고 있는데….

'왓슨이나 헤이스팅스*가 아닌 건 확실해. 망각 탐정에게 영속적인 조수는 없어. 그렇다면….'

※헤이스팅스 : 소설가 애거서 크리스티의 작품 속 등장인물. 탐정 에르퀼 푸아로의 친구이자 파트너.

그렇다면 허드슨 부인[*]이나 미스 레몬[*] 같은 위치의 인물일까? 둘 다 여성이지만… 그 역할을 남성이 맡으면 안 된다는 법도 없으리라.

[흠. 그렇게 말씀하셔도 방금 말씀드렸듯이 현재 쿄코 씨는 일을 하러 나갔습니다… 엇, 아니.]

순간 어째서인지 전화 상대는 말을 더듬었다.

그리고 이렇게 말을 이었다.

[일… 때문이라고는 할 수 없을지도 모르지만, 어쨌든 나가 있어서 돌아올 때까지는 대응할 수 없습니다.]

알고 있다. 현재 지하 유치장에서 쉬고 있다.

아니, 하지만 그걸 가리켜 '일 때문이라고는 할 수 없을지도 모른다'라고 한 것은 아니리라. 그럼 어떤 의미지?

실마리를 잡은 느낌이었다.

"실례합니다. 저는 치쿠마가와 경찰서 수사1과의 히다루이라고 합니다."

잡은 이상 놓지 않겠다. 일단 저쪽에서 수상히 여기고 전화를 끊지 않도록 히다루이 경부는 자신을 소개했다. 상대의 자기소개를 바란 건 아니지만,

[아, 그러시군요, 정중한 인사 감사드립니다. 이쪽이야말로

※허드슨 부인 : 셜록 홈스와 왓슨이 사는 베이커 가 221B의 하숙집 여주인.
※미스 레몬 : 푸아로의 비서.

실례했습니다. 저는 쿄코 씨의 보디가드를 담당하고 있는 경호 주임 오야기리親切라고 합니다.]

하고 저쪽에서도 자기소개를 했다.

경호주임… 아니, 필요한가. 조수나 집주인이나 비서보다는 납득이 간다.

극비 사항의 결정체 같은 망각 탐정에게 그에 걸맞은 보안요 원이 존재한다는 것은 전혀 부자연스럽지 않다.

빈 사무실을 지키는 남자쯤 되려나.

[하지만 히다루이 님, 거듭 말씀드리지만 현재 쿄코 씨는….]

필시 경찰의 수사 협력 의뢰로 해석한 것이리라, 정직하고 성 실한 목소리의 주인… 오야기리 경호주임은 미안한 듯 말했다. 미안한 듯하면서도 결코 흔들리지 않는 그 완강함은 어느 유치 장의 젊은 감시원이 좀 보고 배웠으면 싶을 정도였다.

"아니, 그런 게 아니라…."

순간 망설였다.

기적적으로 라인이 연결된 이상, 당연히 여기서 오야기리 경 호주임에게 정보 제공을 요청해야겠다고 히다루이 경부는 생각 했다.

있는 그대로 말하자면 도움을 요청해야겠다고 생각했다.

체면 불고하고. 그러나 보디가드인 그에게 현재 망각 탐정이 강도 살인 혐의로 체포되어 있다고 알리는 것이 적절한지 어떤지는 판단이 잘 서지 않았다.

가뜩이나 완강한 태도를 더 강화할지도 모른다.

쿄코 씨의 보안요원으로서는 그녀가 철창 안에 감금되어 있는 현 상황을 좋아할 수 있을 리 없으리라… 현 상황, 감금 따위는 할 수 없다는 슬픈 사실을, 제대로 알릴 자신은 없다.

도리어 그런 사태에 빠지지 않기 위해서라도 협력을 구하고 싶은데… 어떻게든 쿄코 씨가 지금 착수 중이었던 듯한 사건의 내용을 이 보디가드에게서 캐낼 수는 없을까.

탐문… 아니, 이건 이것대로 취조인가.

전화상이라면 난이도가 껑충 올라간다.

'운에 맡기거나 아니면 되는대로 지껄이거나인가….'

"현재 망각 탐정이 조사하고 계신 쥬키모토 미스에 씨의 의뢰에 대해 두세 가지 여쭙고 싶은 것이 있어서 전화드렸습니다."

히다루이 경부는 운을 뗐다.

허와 실이 뒤섞인 탐색, 이라기보다 8할가량이 허풍이다.

"저는 현재 그 건으로 쿄코 씨로부터 수사 협력을 요청받았는데…"

이것도 거짓이라고는 말할 수 없지만 진실이라고는 더더욱 말할 수 없다. 정확하게는 '그 건'으로 체포했음에도 불구하고 '수사 협력'을 의뢰한 것은 이쪽이라는 얽히고설킨 기묘한 상황이다.

[……]

오야기리 경호주임에게서는 바로 대답이 없었다.

역시 생각이 짧았나.

아니, 비밀 유지 의무를 절대 엄수하는 오키테가미 탐정 사무소의 특성을 고려하면 아무리 전속 보디가드일지라도 쿄코 씨의 업무 내용을 전혀 파악하지 못하고 있을 가능성도 생각할 수 있다. 생각할 수 있는 정도가 아니라 십중팔구 그럴 것임에 틀림없다.

그렇다면 이 가느다란 실에 아무리 매달려 봤자 결국 피해자와 피의자의 관계에 다다를 수는 없지 않을까. 그렇게 생각했을 때 [잠시 기다려 주십시오. 이쪽에서 다시 걸겠습니다.] 하더니 별안간 전화가 끊겼다.

다시 건다고? 어떻게 된 일일까. 우편물이라도 왔나, 이런 야심한 밤에… 하고 의아해 할 겨를은 있었으나, 선언한 대로 곧장 전화가 걸려왔다.

단, 히다루이 경부의 휴대전화가 아니라 데스크에 비치된 유선전화로.

아하, 하고 납득했다.

요컨대 신분을 확인한 것이다. 아닌 게 아니라 휴대전화 착신 번호로, 경찰수첩도 보이지 않고서 '치쿠마가와 경찰서 수사1과의 히다루이입니다'라고 소개해 봤자 허와 실이든 허풍이든 모든 게 의심스럽다.

따라서 이 유선전화로 다시 건 전화를 곧바로 받을 수 있다면 어느 정도는 신용할 수 있다는 계산이다. 망각 탐정의 경호를 담당하는 자, 망각 탐정이 없는 사무실을 지키는 자인 만큼 그에 걸맞게 머리가 잘 돌아가는 모양이다⋯ 그 치밀함에 솔직히 혀를 내두르면서 히다루이 경부는 수화기를 들었다.

"여보세요, 치쿠마가와 경찰서 수사1과의 히다루이입니다."

[⋯네. 오야기리입니다.]

다시 이름을 댄 히다루이 경부에게 오야기리 경호주임은 조금 공백을 두고 그렇게 대답했다. 부자연스러운 공백이었다.

'설마 컴퓨터를 연결하여 목소리 감정이라도 해서 조금 전과 동일 인물임을 판단한 걸까⋯?'

충분히 생각할 수 있는 일이었다, 그렇게까지는 하지 않을 거라고는 도저히 말할 수 없다. 비밀을 지키는 망각 탐정을 지키기 위해서는 무엇을 해도 지나치지 않을 듯하다. 그렇다면 이런 상황에서는 상대로부터 필요한 정보를 절대 캐낼 수 있을 리 없을 것 같아서, 히다루이 경부는 반쯤 포기하고 머릿속으로 다음 전략을 짜기 시작했는데,

[그나저나 쥬키모토 미스에 씨의 의뢰 내용에 대해 물으셨죠? 그럼 지금부터 알려 드릴 텐데, 옆에 메모 준비는 되어 있습니까?]

라고.

경호주임은 말했다.

알려 드리겠다고? 옆에 메모 준비?

준비는커녕 준비성 없는 그 발언에 이쪽이 당황해 버렸다. 그만 반사적으로 "괘, 괜찮습니까?" 하고 쓸데없는 것을 묻고 말았다.

[네.]

그러나 오야기리 경호주임은 태연했다.

[이로써 또 목이 잘리겠지만 부디 신경 쓰지 마십시오. 저는 목이 잘리는 데까지가 일입니다.]

"……."

[아니, 잘리고 나서부터가 일이려나요. 어쨌든 확보해야 할 것은 제 목보다도 쿄코 씨 신변의 안전이니까요.]

"……."

현대 민주주의 국가에서는 거의 생겨날 수 없는 레벨의, 살짝 위험할 정도의 충성심이다. 점점 쿄코 씨가 현재 철창에 갇혀 있음을 알리기가 힘들어진다. 자칫 잘못하면 이쪽의 몸이 위험하다.

그건 그렇고 상황이 심상치 않은 것은 저쪽도 이미 이해한 듯하다. 그렇다면 이런 일이 일어나리라는 예감은 있었단 말인가?

[게다가 알고 계시리라 생각하지만, 제가 알고 있다고 말한 시점에서 이제부터 이야기할 내용은 비밀도 뭣도 아닙니다. 그래도 좋으시다면.]

"무, 물론 좋습니다. 상관없습니다."

[쥬키모토 가의 자제인 쥬키모토 미스에 씨가 쿄코 씨에게 의뢰한 일은 컬렉션을 도와 달라는 것입니다.]

빠릿빠릿하게 뜸을 들이지 않고, 그러나 마음만 급한 히다루이 경부와는 좋은 대조를 이루는 침착한 태도로 오야기리 경호 주임은 그렇게 말했다. 컬렉션?

아, 피해자에게는 코인 수집가로서의 측면도 있었던가… 그래.

저쪽에서는 슥 말했으나, 듣고 보니 그것 말고는 생각할 수 없는 의뢰 내용이다.

지금껏 왠지 모르게 망각 탐정은 형사 사건만 담당한다고 믿는 구석도 있었는데, 그녀는 딱히 형사부의 형사가 아니다. 조사 전반을 업으로 삼고 있다면 사람 찾기나 애완동물 찾기처럼 희귀한 코인을 찾는 일도 탐정의 업무가 될 것이다.

지금 이때까지 떠올리지 못한 게 이상할 정도인데, 의뢰 내용이 무엇이었는지는 히다루이 경부에게 있어 그리 중요하지 않다. 물어봐 놓고 이런 말은 좀 그렇지만, 요컨대 '피해자로부터 피의자에게 의뢰가 있었다'라는 것만 입증되면 그걸로 만점이다.

이로써 첫 번째 밀실은 돌파한 거나 다름없다.

저택 내부로부터의, 그것도 저택 주인으로부터의 안내가 있었다면 폴리스 박스나 순회의 눈을 뚫고 집 안으로 들어가는 일은 그리 어렵지 않다.

'뭐, 뒷문이나 샛길이 있거나 하진 않겠지만….'

쥬키모토 씨가 그런 식으로 은밀히 움직인 것도 자연스럽다면 자연스럽다.

그야 그에게는 삶의 보람인 컬렉션에 관한 일이니까. 고등실업자이자 그 업계의 유명인인 쥬키모토 씨이므로 '그가 무엇을 찾고 있다', '그가 무엇을 손에 넣었다'라는 어렴풋한 정보가 도는 것만으로도 세간이 떠들썩해질지도 모른다.

그런 까닭에 망각 탐정인가.

명함을 소지하지 않았던 것은 비밀을 더 철저히 지키기 위해…?

밀실에서의 밀회.

'어쩐지 알 것 같다.'

비로소 퍼즐 조각이 하나 맞춰진 듯한 기분에 잠길 수 있었던 히다루이 경부였는데,

[단, 이것은 표면상의 의뢰고요.]

하고 오야기리 경호주임은 덧붙였다.

[진상은 따로 있습니다.]

따로 있다고?

5

진상은 따로 있는 모양이다.

그렇게 생각하지 않을 수 없는 현 상황이었다. 현 상황이라기보다 이상異常 상황이다, 애당초 나 같은, 고등실업자가 아닌 일반 서민에게는 이처럼 호화로운 저택에 발을 들일 기회가 별로 없다.

외관을 살펴볼 때는 미스터리 소설에 등장하는 저택 같다고 생각했는데 뒷문으로 안에 들어와 보니 그런 범위를 일탈하여 무슨 세계 유산 궁전 같았다. 벽도 천장도, 계단도 난간도, 역사를 거치며 빛이 바랬을 텐데 어쩐지 빛나 보이는 이 느낌. 결코 오너먼트가 아닌 난로와 당구대가 있었는데 모든 것에서 근사하게 예스러움이 묻어난다.

실제로 쿠다하라 여사의 말에 따르면 해외에서 옮겨 온 유서 있는 건축물인 모양이다. '그러니 섣불리 만지지 마'라고 경고를 받은 기분이었다. 하긴, 계단 옆에는 엘리베이터가 설치되어 있고 도처에 최신형 공기청정기가 배치되어 있어 곳곳을 근대적으로 개축한 것 같지만….

복도 벽에는 초상화까지 걸려 있었다.

여러 점이 쭉 있기에 처음에는 자산가라는 쥬키모토 가의 역대 선조를 기리는 줄 알았는데, 어째 모든 그림이 동일 인물을 어린 시절부터 차례로 그려 나간 듯하다. 노파에게 이끌려 그림을 더듬듯이 복도를 걷자 마흔 안팎의 중년이 마지막 작품이었음을 생각하면 이것들은 이번에 살해된 이 저택의 주인, 쥬키모토 미스에 씨의 초상인 모양이다.

물론 그림이기 때문에 어느 정도 미화가 되기도 했겠지만 시선을 빼앗길 만큼 중후한 미남이었다.

이 또한 가문이 드러난다고 할까, 중세 귀족을 연상케 하는 자태다.

카메이 카헤이라는 가명에서 시작해 본명을 안 후에도 줄곧 모호한 채였던 '범죄 피해자'의 실체가 겨우 시각적으로도 상을 맺은 셈이다, 라는 생각에 숨을 삼킴과 동시에 나는 불온한 기분을 품지 않을 수 없었다.

으~음.

아니, 다 좋은데, 그야 개인의 자유인데, 자기 집 복도에 자기 초상화를 연대별로 쭉 걸어 놓다니 대체 어떻게 된 자의식일까…?

일반 서민으로서는 이해하기 힘든 감성이다.

말하자면, 뜻은 깊지만 어둠도 깊을 것 같은… 그러면서도 어딘가 바닥이 얕은 듯한….

"왜 그래? 이 방이야. 여기서 이야기하자고, 들어가."

내가 잠시 발을 멈추자 바로 전방의 노파에게서 그런 가시 돋친 목소리가 날아왔다. 내가 '도련님'에 대해, 그럴 마음은 없었으나 비판적인 감상을 가졌음을 예리하게 꿰뚫어 보았는지도 모른다.

이 좋은 기회를 놓치면 안 된다는 듯 할머니가 이끄는 대로 저택에 뛰어 들어와 버린 나지만, 생각해 보면 그녀는 사건의 최초 발견자다. 즉, 쿄코 씨를 체포시킨 장본인이기도 하다.

그녀 입장에서 보면 유년기부터 유모로서 키워 온 '도련님'이 '쿄코 씨에게 살해된' 셈인데, 어째서인지 나를 그 '파트너'로 여기고 있다. 잡아먹을 마음은 없다고 했지만 그 부분의 사정을 감안하면 나는 여기서 '복수'를 당해도 이상할 게 없다.

무심코 몸서리를 치며 뒤를 돌아도 보고 주위를 살펴도 봤으나 저택 안에 다른 사람은 없는 듯했다. 아무래도 집 안에는 경찰을 들이지 않는다는 방침인 모양이다. 반대로 말하자면 이곳은 치외 법권, 아니 무법 지대다.

한번 밀실 안에 들어온 이상 모든 것은 밀실 안에서의 일, 너무 별생각이 없었나.

유모라면 식구나 마찬가지.

설령 쿄코 씨가 유죄라고 해도 내가 피해자 유족의 보복에 희생된다면 그건 그것대로 억울한 누명이나 마찬가지다. 아니면 파트너 역시 식구나 마찬가지려나?

신경 쓰이는 것은 역시 그 부분이다. 그 부분만 명확했다면 나도 부른다고 덥석 이런 정체 모를 악의 소굴 같은 밀실에 들어오지 않았다. '도련님'이 나를 알고 있었던 건 왜일까?

모르는 채로 안내된 3층 안쪽의 그 방은 어쩐지 객실 같았다. 요즘 식으로 말하면 게스트 룸쯤 되려나. 일반 호텔방 같다. 이것은 나를 손님으로 대해서가 아니라 단순히 가장 눈에 띄지 않는 안쪽 방으로 안내한 것이리라, 저택 밖을 순시하는 경찰의 눈에 띄지 않을 안쪽 방으로.

"아무것도 대접할 수 없지만 괜찮지? 너도 차를 마시러 온 건 아닐 테니까."

쿠다하라 여사는 그렇게 말하고 두툼한 테이블을 에워싼 의자에 앉았다. 망설이면서 나도 마찬가지로 그녀의 정면에 있는 의자에 걸터앉았다.

그야 차를 마시러 온 것은 아니지만 숨을 삼키지 않을 수 없었다.

앞으로 어떤 일이 시작될까. 최악의 사태는 상정해 두어야 한다.

이미 사태는 충분히 최악이라는 느낌도 들지만.

"흥. 도련님 말씀대로 수상함의 결정체 같은 남자구나, 너."

라고.

쭈뼛거리는 내 태도에 노파는 경멸심을 숨기려 하지도 않고 그렇게 말머리를 꺼냈다. 프랑스에서는 사람 좋아 보이는 할아버지에게 속고 뒤이어 고국에서는 심술궂은 할머니에게 괴롭힘을 받는 기분이었는데, 또 '도련님'인가.

어째서 만난 적이 없을뿐더러 방금 전까지 그 존안도, 한 시간 전까지는 성함도, 한나절 전까지는 그 존재도 몰랐던 자제분이 나를 평가한단 말인가. 그것도 신랄하게 평가한단 말인가. 내가 그렇게 유명인이었나?

아무래도 이치에 안 맞는다.

가령 쥬키모토 씨가 쿄코 씨의 의뢰인이었는데, 어떤 의뢰를 하기에 앞서 망각 탐정의 신빙성을 조사했다면(조사를 의뢰하기 전에 탐정 본인을 조사했다면) 뭐, 단골로서의 내가 부상했다고 해도 이상하지는 않…나?

비밀 유지 의무를 절대 엄수하는 탐정 사무소라 해도 나 같은 단골손님은 역시 특수하고, 비록 쿄코 씨의 방어가 철벽이라 해도 그 밖의 주변으로부터 사정이란 것은 새어 나갈 수 있다. 막말로 당사자인 나는 쿄코 씨가 잊었다고 해도 자신이 해결을 의뢰했던 사건의 내용을 기억하고, 그 경험담을 친구에게 툭 털어놓을 수도 있다. 친구가 그 고백을 또 다른 친구에게 홀랑 말해버릴 수도 있다. 따라서 의뢰 내용의 세부까지는 파악할 수 없더라도 의뢰인인 나를 파악하는 것쯤이라면… 아니, 하지만 그 역시 엄청나게 힘든 조사가 되는데?

그 조사를 위해 다른 탐정을 고용하지 않으면 안 될 만큼 큰 조사가 된다. 하긴 뭐, 이런 저택에 살 정도다, 돈은 무진장 많을지도 모르지만….

게다가 나를 '단골'이 아닌 '파트너'로 인식했다는 것은 내 의뢰 내용까지 파악했음을 의미할 가능성마저 있다. 가령 최근 사례로는 그야말로 프랑스에서의 일… 아니.

설령 내가 누구로부터 어떻게 어떤 식으로 평가되었든… 막말로 누명에 가까운 편견에 놓여 있었다 해도, 지금 이 상황에서 나는 반드시 해야 하는 말이 있었다.

무슨 일을 하더라도, 혹은 무슨 일을 당하더라도 우선은 이 부분부터다.

"…우선은."

"응?"

"우선은, 저기… 깊은 애도를 표합니다. 쥬키모토 미스에 씨의 일로 얼마나 상심이 크십니까."

나는 말했다. 우선은 이 부분부터.

솔직히 말해 그런 소리를 할 때인가 하는 상식적인 판단도 작용하지 않는 건 아니었지만, 어쨌거나 사람이 죽었다. 어떤 인물이었든, 그 인물에게 어떻게 생각되었든 이 부분을 적당히 넘길 수는 없다. 하물며 내 정면에 앉은, 악담을 퍼붓는다고 해도 좋을 괴팍한 노파는 식구나 마찬가지인 '도련님'을 잃은 직후다.

정상적인 정신 상태일 리 없고 오히려 그 편이 더 이상하다. 누명 체질인 나나 수사 활동을 생업으로 삼고 있는 쿄코 씨와 히다루이 경부라면 모를까, 보통 사람에게 있어 '사건'이란 그것만으로도 전례 없는 대사건이니까.

더군다나 강도 살인 사건이다.

악담도 괴팍함도 너그러이 봐야 되지 않을까. 생각해 보면 '최초 발견자를 의심하라'라는 건 터무니없이 무신경한 말이다.

그러나 역시 이런 다급한 시추에이션에서 에티켓을 중시한 것은 엉뚱했는지 쿠다하라 여사는 허를 찔린 사람처럼 어리둥절한 표정을 보였다.

그러고는 어이가 없다는 듯 "처음 듣는군. 그 인사."라고 씁쓸하게 말했다. 그 말투로 보아 어이없어한 게 아니라 조소한 것인지도 모른다.

분위기 파악 못 하는 발언은 누가 뭐래도 내 성격이니 어쩔 수 없지만, 그래도,

"……? 처음?"

이라는 부분은 납득이 가지 않았다.

아니, 그럴 리 없으리라.

피해자 쥬키모토 씨는 딱히 천애 고독한 은둔자가 아니므로

그 비명횡사에 애도의 뜻을 표하는 사람쯤은, 설령 경찰이 이 건을 언론에 발표하지 않았다 해도 가까운 사람에게는 소식이 전해졌을 테니….

…전해지지 않은 게 아니라, 없나?

가까운 사람이?

그렇게 생각한 순간 새삼 나는 집 안에 **아무도 없다**는 사실을 깨달았다. 사실의 이상함을 깨달았다.

경찰이 실내에 배치되어 있지 않은 점은… 뭐, 이해한다. 그러나 이런 때는 피해자의 친족이 열 일 제치고 달려와 있어야 하지 않나? 천애 고독한 은둔자이기는커녕 이름난 명문가, 메가뱅크 창업자 일족의 출신이니까… 아니.

순진한 척하는 것이야말로 잔혹하리라.

고등실업자네 도락가 아들이네, 애호가네 수집가네, 그런 직함이라고도 할 수 없는 직함에 그다지 좋은 인상을 갖지 못했던 건 나도 마찬가지 아닌가. 비록 친족이 그를 못마땅하게 여겼다 할지라도 그에 눈살을 찌푸릴 자격은 내게 없다.

애도의 뜻은커녕.

죽어서 속이 시원하다고 여겼다 할지라도… 그러고 보니 그밖에도 저택에 같이 사는 고용인이 있었을 텐데 '할멈'인 쿠다하라 여사 외에는 나가고 없다는 상황도 쓸쓸함을 가속한다.

밀실 안, 집 안.

그럼 방금 전 조소하는 듯한 표정은 자조의 미소였을까. 자신이 애지중지 키워 온 '도련님'의 죽음을 처음으로 애도한 사람이 어쩐지 좀처럼 알 수 없는 나 같은 놈이라는 현실에 대한….

"저… 뭐라고 말씀드리면 좋을지."

"그런 너라서 도련님은 적대시한 거겠지."

사과해도 좋을지 어떨지도 모른 채 허둥대는 나를('수상함의 결정체'다) 가로막고 노파는 말했다.

"저… 적대시되고 있었습니까? 저는."

그게 무슨 소리지.

이쪽으로서는 동정하는 마음까지 솟구치려던 참인데 그저 나를 알고 있었을 뿐만 아니라 적대시까지 하고 있었다는 정보는 결코 흘려들을 수 없다. 주위로부터 터무니없는 의심을 받는 데는 이제 이골이 났다고 해도 좋을 카쿠시다테 야쿠스케지만, 주위도 아닌 생면부지의 타인으로부터 적대시되고 있었다니, 역시 납득할 수 없다.

백안시면 몰라도….

"적대시는 말이 과했군. 라이벌시 정도인지도 몰라."

너무도 큰 쇼크를 받은 나를 두고 볼 수 없었는지 쿠다하라 여사는 참 익숙지 않은 꼬부랑말을 써서 정정해 주었다. 하지만 그로써 충격이 완화될 리는 없다.

대체 어째서? 큰 은행의 창업자 일족이, 아무리 봐도 생활에 어떠한 불편도 불만도 없을 듯한 귀족처럼 살았던 남성이 무슨 사정으로 무직에다 누명 체질인 남성을 적대시… 라이벌시하고 있었단 말인가?

아니, 강도 살인 사건의 피해자가 된 그를 마치 미스터리 소설의 등장인물표에 실린 '첫 번째 피해자'라는 식의 설정과도 같은 프로필로만 이해하는 것은 올바르지 않고, 고등실업자에게는 고등실업자로서의 번뇌와 고뇌가 있었다고 봐야 했음은 이해했지만, 그렇다 해도 내가 행복의 절정에 달한 인생을 살고 있었던 게 아님은 확실하다.

적대시될 이유는 없다.

나는 무엇 하나 그를 위협하는 입장이 아니기 때문이다. 숱한 누명을 써 온 나이기는 하나 이런 참신한 형태의 트집은 처음이었다.

"트집이라니 너무하는군. 도련님의 마음도 모르면서."

"아, 아니요. 그야 뭐, 모르지만… 전혀 영문을 알 수 없는걸요."

정 그러면 탐정을 부르게 해 주세요, 라는 말이 거의 목구멍까지 올라왔을 때 쿠다하라 여사는 "너는 도련님이 못 견디게 부러워했던 남자야, 망각 탐정의 파트너."라고 말했다.

내뱉듯이, 자르듯이.

둔한 나를 날카롭게 자르듯이.

"…혹시."

파트너. 망각 탐정의 파트너.

그러나 집요하게 그 말을 되풀이함으로써 가까스로 나는 이해했다. 설마 하면서도 그러나 만약에 누명 체질의 내게 무언가 부러움을 살 만한 것이 있다면, 그것밖에 없다면 그것밖에 없다.

"혹시 쥬키모토 씨는, **망각 탐정의 파트너가 되고 싶었던 겁니까?**"

오키테가미 쿄코의 뒤표지

1

히다루이 경부는,

'전혀 공감할 수 없어….'

라고 생각했다.

아니, 공감할 수 없는 정도가 아니라 반감이 드는 레벨로 이해가 안 간다. 하필이면 망각 탐정의 파트너가 되고 싶어 하는 사람이 있을 줄이야. 이 몸은 명탐정의 들러리가 되고 싶지 않다는 모티베이션에서 이렇게 기를 쓰고 아등바등하는 거나 마찬가지인데, 완전히 정반대가 아닌가.

대체 무슨 생각을 하고 있는 걸까.

아니, 대체 무슨 생각을 하고 있었던 걸까, 그 의뢰인은… 그 피해자는.

[네. 그렇지만 처음에는 쥬키모토 씨도 순수한 의뢰인이었던 모양입니다. 보디가드로서의 제 센서에도 걸리지 않았습니다. 그저 컬렉션의 폭을 넓히고자 쿄코 씨의 스킬을, 수색 스킬과 망각 스킬을 원했을 뿐입니다. 그 이상도 그 이하도, 그 이외도 아니었습니다.]

오야기리 경호주임은 담담하게 말했다.

그 음성으로는 그 자신이 이 건을 어떻게 생각하는지가 분명치 않다, 쥬키모토 씨의 심정을 이해하는지 어떤지.

[그런데 아마 그런 식으로 코인 수집에 명탐정의 힘을 계속 빌리는 사이, 매료되고 만 것 같습니다. 명탐정이라는 삶의 방식에. 망각 탐정이라는 삶의 모습에.]

"⋯⋯."

그런 바보 같은 일은 있을 리 없다⋯ 라고 반사적으로, 그리고 감정적으로 외치고 싶어졌으나 이성적으로는 무조건 부정할 수 없다는 생각도 들었다.

실제 사례를 봤다.

카쿠시다테 청년의 예는 조금 극단적이라지만, 치쿠마가와 경찰서 안에도 직무를 일탈하지 않는 범위에서 그녀에게 협력적인 경찰이 약간 명 이상 있는 듯하다. 물론 대다수에게 있어 그녀는 한 명의 용의자에 지나지 않으며 다루기 힘든 피의자에 지나지 않지만, 철창 안에서조차 흐트러짐 없이 여유롭게 지내는 듯 보이는 그녀의 모습에 이상한 동경을 품는 자가 있다고 해도 이상하지는 않다.

[뭐, 파트너라는 미스터리 소설 같은 표현을 써서 조금 알기 힘들지도 모르지만, 그렇다면 편의상 '연인이 되고 싶다'나 '남자친구가 되고 싶다'로 치환하면 이해에 도움이 되실 겁니다. 그 기량에 푹 빠졌다는 의미에서는 완전히 같을 테니까요.]

"⋯⋯."

그러고 보니 추리소설에서는 명탐정의 조수를 '마누라 역'이라고 표현하는 경우도 있음을 히다루이 경부는 떠올렸다. 으~음, 뭐, 그렇다면… 이해하기 쉬워졌을 뿐 사실과는 전혀 다르겠지만….

명문가의 도령, 세상 물정 모르는 애호가가 30대를 넘어 만난 수전노 이성에게 홀딱 반하고 만다는 것은 흔히 있는 일이라면 흔히 있는 일이다. 경찰서 전체를 갖고 놀다시피 하는 쿄코 씨에게 있어 그런 고등실업자를 상대하는 일은 갓난아이의 손모가지를 비트는 거나 마찬가지였을 테고….

[이런, 오해가 있을지도 모르니 얼른 정정해 두죠. 그래서 쿄코 씨는 이 클라이언트에게서 두 번째 이후로는 의뢰비를 받지 않았습니다.]

"그럴 리가…! 말도 안 돼! 거짓말을 한 게 틀림없습니다!"

자신도 모르게 발끈하여 다짜고짜 부정하고 말았다.

독방 안에서조차 의뢰비를 요구한 그 탐정이 부자에게서 받을 수 있는 금액을 받지 않다니!

그러나 역시 곧 냉정을 되찾았다… 두 번째 이후?

[네. 따라서 제가 이렇게 조잘조잘 지껄여도 신의 성실의 원칙에는 위배되지 않습니다. 금전 거래가 발생하지 않은 이상 그는 오키테가미 탐정 사무소에 있어서 손님이 아니니까요.]

무관하니까요.

라는 오야기리 경호주임.

[쥬키모토 씨는 첫 번째 의뢰 이후 몇 번이고 몇 번이고 망각 탐정에게 컬렉션 수집에 대한 협력을 의뢰해 왔습니다. 요컨대 구실이자 명목입니다. 그렇게 하면 쿄코 씨를 자택으로 부를 수 있으니까요. 그것도 비밀리에. 주변을 순찰하는 경찰의 눈을 뚫고 집 안에 쿄코 씨를 초대할 때면 밀회라도 하는 기분이지 않았을까요.]

…저택이라는 밀실을, 기분을 내기 위한 무대 장치로 이용했던 걸까. 그렇다면 같은 경찰로서 창피한 심정이다.

[그렇지만 쿄코 씨는 전혀 상대해 주지 않았던 모양이라 밀회는 되지 않았습니다만. 그래도 몇 번을 뿌리쳐도 이튿날이면 망각 탐정은 접촉이 있었던 사실 자체를 잊어버리니까요. 코인 수집에 관한 의뢰라면서 불러내면 몇 번이고 갑니다. 쥬키모토 저택의 전시실인가 하는 곳으로.]

"……."

똑같은 여성에게 연달아 차이는 부유층이라니 어쩐지 우스꽝스럽게도 들리지만, 어딘지 웃을 수 없는 집착도 느껴진다… 남다른 수집욕과도 일맥상통하는 파트너에 대한 집요한 희망.

어딘지 모르게 사건의 불씨가 될 듯한 낌새가.

[네. 그래서 쥬키모토 씨 건은 보디가드인 제가 알게 된 것입니다. 하긴, 쿄코 씨에게는 거의 위기감이 없었지만요.]

"위기감…."

그야 잊어버렸기 때문, 매번 '처음 뵙겠습니다'이기 때문이라고 생각했지만 사안은 그리 단순하지도 않은 모양이다. 그렇다면 두 번째 이후에도 의뢰비는 받아도 좋았을 텐데. 그렇게 하지 않았다는 것은 의뢰가 구실이나 명목임을 그때마다 정확히 간파했음을 의미한다.

혹시 명함을 소지하지 않았던 이유는 전화로 의뢰를 수주한 시점에서 그것은 '일'이 아님을 간파했기 때문?

애당초 명탐정을 속인다는 것은 무리인가.

[네. '의뢰인은 거짓말을 한다'가 쿄코 씨의 신조니까요. 하지만 그건 그것대로 나름 즐긴 모양입니다.]

"?"

[치근대는 것이 싫지는 않다고 하더군요.]

악녀인가.

순간 불현듯 그가 떠올랐다. 망각 탐정 전문가, 카쿠시다테 야쿠스케.

가짜 의뢰를 맡기는 클라이언트였던 쥬키모토 미스에 씨와 달리, 번번이 누명을 쓰고 그때마다 탐정에게 도움을 구하는 누명 체질의 단골은 아무런 불편함 없이 살아가던 고등실업자에게 있어 첫 번째 질투 대상이었던 게 아닐까.

적대시했다 해도.

연적으로 봤다 해도 이상하지는 않다.

2

　참으로 이상했다.

　이상한 것을 뛰어넘어 불합리하기까지 하다.

　쿠다하라 여사는 말수가 적어 대부분은 상상으로 때울 수밖에 없었던 탓도 있지만, 설령 조리 있게 설명되었다 해도 쥬키모토 씨의 심리 상태는 이해하기 힘들다.

　그도 그럴 것이, 오키테가미 탐정 사무소의 단골이며 망각 탐정의 조수를 맡는 빈도가 높음을 부러워한다는 것은 내게 있어서 불행과 불운을 '아주 신났네요'라며 시샘하는 거나 다름없기 때문이다.

　신나는 일 따위는 하나도 없는데.

　아니, 뭐, 하나도 없는 것은, 응, 아니었을지도 모르지만… 그래도 그 대가로 번번이 인생의 파멸이 걸린다는 것은 너무 크다. 쓴맛을 보고 굴욕을 맛보는 일을 내 인생의 하이라이트처럼 말해도.

　하이 리스크이지 하이라이트가 아니다.

　설령 조수로서 아무리 공헌해도, 또는 '파트너 사이'로서 서로 통한 것 같은 기분을 느껴도 내일이면 쿄코 씨는 그것을 잊어버리므로 더더욱 그러하다. 단골로서조차도 나는 그녀의 기억에는 남지 않는다.

…하지만 이 역시 추측해서 말할 수밖에 없는데, 쥬키모토 씨로서는 그게 좋았던 건지도 모른다.

잊힌다는 것이 그의 입장에서는 무엇보다 큰 구원이었는지도. 이는 딱히 '몇 번을 차여도 다시 시작할 수 있다'와 같은 즉물적인, 혹은 속물적인 것을 말하는 게 아니라(물론 그런 측면도 있을지 모르지만) 더 절실한 바람을 뜻한다.

문중의 탕아로서.

돈이 있어도 행복하지 않다, 돈이 있어도 편하지 않다, 라는 생각은 기본적으로 별로 좋아하지 않는다. 그야 돈이 있으면 행복하고 편하니까. 그러나 행복한 것이 꼭 행복하지만은 않고, 편하다고 해서 늘 편하다고만은 할 수 없는 것 또한 진리다.

쥬키모토 씨가 친척에게서 어떤 시선을 받아 왔을지 생각하면, 혹은 이런 때 달려오는 친구나 지인 부류가 한 명도 없음을 생각하면 도중에 끝난 그의 인생이 자기 긍정으로 가득 차 있었다고는 생각하기 힘들다.

복도에 쭉 걸린 초상화도 그런 것을 전제로 하고 보니 역시 상식 밖이다.

그러므로.

그런 자신을 **잊어 주는** 쿄코 씨를 그가 사랑스럽게 여겼다 해도 이상할 것은 없다. 이상한 것은 어디까지나 그가 나를 부러

워했다는 점뿐이다.

애당초 쿄코 씨에 대한 애착이 지나쳐서 그 주위에 얼쩡거리는 나까지 조사하는 편집적인 기질은 살짝 스토커의 영역에 도달해 있다. 같은 쿄코 씨 팬으로서 동정심을 품기란 불가능할 것 같다… 카코이 씨도 분명 그렇게 말하리라.

전시실.

응접실에 앉은 뒤 얼마 안 있어 쿠다하라 여사의 안내로 지하층 전시실의 풍경을 보고 더더욱 그 이상함을 통감했다.

압권이다.

전시실이라기보다 그것은 아예 박물관의 영역이었다. 이 공간을 개인이 소유하고 관리했다는 사실이 믿기지 않고, 놀랍다기보다 조금 소름이 끼칠 정도였다.

통장 잔액이라는 브레이크가 없으면 취미는 이 정도에까지 이르러 버리나.

벽 전면에 알루미늄이 아닌 금속제 선반이 빼곡히 설치되어 있고 그곳에 동서고금의 동전이 주르륵, 희귀한 것부터 지금도 정상적으로 유통되는 익숙한 것까지 같은 간격으로, 어떤 의미에서는 평등하게 자로 잰 듯 가지런하게 늘어서 있다. 도감이나 목록이라도 보는 듯하다.

이렇게 보니 동전이란 단순히 돈이 아니라 각 국가나 문화권의 상징, 예술품임을 절절히 느낄 수 있었다. 이 전시를 이쪽 끝에서 저쪽 끝까지 둘러보기만 해도 인류사 속에서의 코인의 역사를 상세히 배울 수 있을 것 같다. 그러는 데 얼마만큼 시간이 걸릴지 모르지만.

루브르 박물관을 전부 돌아보려면 일주일 이상 걸린다고 프랑스에서 쿄코 씨는 말했었는데, 이 전시실을 망라하는 일은 가장 빠른 탐정이라도 하루로는 부족하지 않을까? 언젠가 스나가 히루베에의 작품을 전부 읽으려 했을 때처럼 철야의 연속이 되지 않을지….

…이런 식으로 '망각 탐정의 조수로서의 활동'을 회상할 수 있다는 것이 쥬키모토 씨에게 적대시되는 이유였다고 해도.

그렇더라도 당치 않다.

애호가, 도락가라는 말에서 연상되는 느긋한 이미지는 이 전시실에는 눈곱만큼도 없다. 무섭도록 신경질적이고, 망령된 고집에 사로잡혀 있었다고밖에 볼 수 없는 컬렉션의 정리 정돈 상태다.

배열법, 즉 인덱스 그 자체와도 같은 진열방식은 물론이고 이 방의 상태 관리도 뛰어나다. 온도와 습도, 심지어는 기압에 이르기까지 완전히 컴퓨터로 관리하여 컬렉션이 상하지 않도록 신경을 썼다.

쿠다하라 여사의 말에 따르면 신변의 뒤치다꺼리를 모두 고용인에게 맡겼던 '도련님'도 이 방에 대해서만큼은 아예 타인이

손가락 하나 대지 못하게 했다고 한다. 생전에는 방에 출입하는 일조차 허락하지 않았던 모양이라, 그녀도 오늘 아침 처음으로 '최초 발견자'로서 이곳에 발을 들였다는 것이다.

동료 컬렉터에게조차 공개하지 않았기에 이곳에 들어온 적이 있는 사람은 쥬키모토 씨와… 그리고 백발의 망각 탐정뿐이었다고 한다.

아무에게도 보여 주지 않는, 공유하지 않는 자신만의 컬렉션. 그것이 도리어 컬렉터 업계에 소문을 낳았다는 것도 어쩐지 얄궂은 일이지만, 그만큼 그에게 있어.

쿄코 씨는 특별했던 셈이다.

나를 적대시하듯이, 쿄코 씨를 특별시하고 있었다.

"'내 컬렉션을 전부 주지'."

하고.

쿠다하라 여사는 '도련님'의 말을 인용했다.

"'받아 주는 것만으로도 좋아. 파트너가 필요 없다면 적어도 매일 당신을 고용하게 해 줘'… 라고, 도련님은 그렇게 말씀하셨어. 그 탐정에게."

"……."

전부.

전부라면, 다 합쳐서 얼마지?

이토록 편집증적으로 수집한 컬렉션을 전부 내팽개쳐도 좋다고 할 만큼 쿄코 씨에게 빠져 있었다는 것도 섬뜩한 이야기다. 늘그막의 사랑이라고 할 만한 나이도 아니겠지만, 분별 있는 어른의 열의로서는 좀 지나치게 격렬하다.

힐끗 벽면 한구석을 보았다.

내게 코인에 대한 전문 지식은 없지만 그 부근에 진열된, 크고 작은 엽전이 담긴 천 냥들이 상자만 해도 내 연 수입을… 아니, 평생 임금을 능가할 것임은 상상이 어렵지 않다. 카코이 씨는 억대의 값어치가 나가는 코인도 있다고 했는데….

"이봐, 발밑 조심해."

"네. 아, 어이쿠."

큰일 날 뻔했네. 그랬다, 이곳은 컬렉션 전시실임과 동시에 살인 현장이기도 했다. 별생각 없이 돌아다니면 현장을 훼손하게 될지도 모른다.

내가 어슬렁어슬렁 발을 디디려 한 대리석 바닥에는 마스킹 테이프로 사람 형상이 그려져 있었다. 언뜻 보기에 혈흔은 없지만 아무래도 이곳에 쥬키모토 씨는 쓰러져 있었던 것 같다.

칼에 찔려 죽었다면 바닥이 온통 피바다가 되어 있어도 이상하지 않을 텐데 출혈은 그리 심하지 않았나… 그러고 보니 직접적인 사인은 과다 출혈이 아닌 자상에 의한 심인성 쇼크였던가… 자상….

"……."

적대시까지 되고 있었음이 판명 난 이상 위선적이라는 소리를 들을지도 모르지만… 뭐, 여기서 두 손을 합장하는 것 정도로는 벌이 내리지 않으리라. 피해자의 명복을 빈 사람이 유모 하나라면 역시 너무 안타깝다.

…쿄코 씨는 어땠을까?

잠에서 깨어 기억이 리셋된 상태에서, 피바다는 아니었다 해도 바로 옆에 '낯선 남자'의 시체가 있었다면… 그럴 경황이 없었으려나?

아니, 다름 아닌 그 사람이다, 상황은 바로 이해했을 것이다.

오른손에 움켜쥐고 있었던 흉기, 그리고 왼손에는… '어제의 나'로부터의 다잉 메시지.

'1234'.

그래. 그거다.

어째서 쿄코 씨가, 자본주의 경제의 산물이라고도 할 수 있는 쿄코 씨가, 돈의 노예를 자처하는 쿄코 씨가 그토록 열렬한 구애를 거절했는가에 대한 의문도 당연히 발생하지만, 지금 내가 담당하고 있는 의문은 두 번째 밀실, 이 전시실 밀실이다.

억지로 딴 문은 뜯겨 나가 실외에 뒤집힌 채 나뒹굴고 있었다. 그야말로 금고의 그것처럼 둥글고 두터운 철문이었다.

밀실성을 담보하는 저 문.

은행 금고의 문을 그대로 가져오기라도 한 듯한.

　유치장은 아니라지만 지하이기에 창문은 없고, 환기구 같은 곳도 도저히 사람이 지나다닐 수 있는 사이즈가 아니다. 유일한 출입구.

　"…쿠다하라 씨. 슬슬 알려 주지 않으시겠습니까. 어째서 저를 이렇게 저택으로, 그뿐만 아니라 금단의 전시실로까지 불러들였는지. 무언가 제게 하고 싶은 말씀이 있었던 것 아닙니까?"

　나는 돌아보며 그렇게 말했다.

　'도련님'이 라이벌시해 온 남자의 얼굴을 보고 싶었을 뿐, 은 아닐 것이다. 그녀는 나를 망각 탐정의 파트너로 인식한 채 비밀리에 집 안으로 꾀어 들였다. 해칠 셈이었다면 아까 응접실에서 실행했으면 좋았을 테니 아마 복수극, 보복 종류는 아닐 거라고 해도… 그럼 무엇을 위해?

　"도련님은, 잘 숨기고 있다고 생각했겠지만… 남몰래 그 탐정과 어울리는 것이 내게는 훤히 들여다보였어. 굳이 그 일을 경찰 양반에게 말하지는 않았지만."

　"……."

　경찰 '양반'이라는 호칭에는 경의가 담겨 있다고 말하기 힘들었다. 쥬키모토 저택 사람들은 자신들을 경호해 주는 순경들과 그리 좋은 관계를 쌓지 못했는지도 모른다.

　뭐, 서민의 주제넘은 추측이지만, 고등실업자를 경호한다는 것은 그리 모티베이션이 고취될 듯한 일도 아니니 그 부분은 피차 마찬가지였으려나? 어쨌든 '할멈'은 주인과 탐정의 관계에 대해서는 알고도 묵인했다는 뜻인 것 같다.

컬렉션을 양도하겠다는 방금 그 말도 문 밖에 서서 들은 것… 까놓고 말해 훔쳐 들은 것인가. 그건 그것대로 탐정 같다.

이어서 그런 '할멈'은 침통한 표정으로 말했다.

"…나는 확실히 최초 발견자지만… 그리고 바깥의 경찰 양반에게 신고한 사람도 나지만, 그래도 그 탐정이 범인이라고는 도저히 생각할 수 없어. 아니… 생각하고 싶지 않아."

쿠다하라 여사는 신중히 표현을 고르듯이 말했다.

"그야 뭐, 누가 봐도 그 백발 아가씨가 범인이겠지… 손에 피투성이 칼을 들고 밀실 안에 단둘이 있었으니."

그렇게 말하고 그녀는 팔을 들어 전시실의 좌측, 뭐라고 하면 좋을까, 옛 화폐 코너의 한구석을 가리켰다. 규칙적으로 진열된 동전들 사이에 휑하니 빈 곳이 하나 있다.

주위에 놓인 옛 화폐들의 형상으로 판단하건대 그곳에 있던 것이 문제의 칼, 흉기가 된 도검형 화폐인 모양이다. 그 점이 실제 박물관과의 차이일 텐데 유리 케이스에 든 게 아니므로 집으려고 하면 어느 화폐든, 칼마저도 간단히 손에 쥘 수 있는 셈이다.

집으려고 하면, 집어 가려고 하면?

아니, 그런데 마음만 먹으면 옛 도검형 화폐뿐만 아니라 이 방에 있는 모든 컬렉션을 손에 넣을 수 있었던 쿄코 씨가 왜 그것을 손에 쥐려고 하겠나?

그리고 노파가 고른 표현도 마음에 걸렸다.

생각할 수 없는 게 아니라 생각하고 싶지 않다… 쿄코 씨가 범인이 아니라고 생각하기 때문에 그 '파트너'인 내게, 정보 제공이라고는 못 해도 수사의 기회, 현장 검증의 기회를 준 거라 쳐도… 생각하고 싶지 않은 이유란 무엇일까?

왠지 모르게 상상이 간다. 불길한 상상이지만.

몇 번이고 몇 번이고 의뢰를 핑계로 망각 탐정을 불러내어 접촉하던 '도련님'이 만약에 완력으로 쿄코 씨를 덮쳤다면, 그런 그에게 쿄코 씨는 반격을 가했다… 라는 식의 정당방위를, 둘 사이를 남몰래 알고 있었던 쿠다하라 여사로서는 생각하지 않을 수 없기 때문이다.

그런 일이 있었다고 생각하고 싶지 않은 건 당연하다. 나 역시 생각하고 싶지 않다. 하지만 쥬키모토 씨의 퍼스낼리티를 듣고 나니 있을 법한 진상 같기도 하다. 정당방위일 가능성은 쿄코 씨와 히다루이 경부 사이에서도 망라 추리의 과정에서 화제에 올랐을 테지만, 가령 성립된 밀실이 **쿄코 씨를 가두기 위한 것**이었다면?

'단둘이'의 의미도 달라진다.

"원한다면 이따가 도련님의 방도 보여 주지. 도련님이 어떤 침대에서 잤을 것 같나?"

"어떤 침대라니요… 역시 앤티크풍에, 이런 천개가 달렸다든지…?"

갑자기 무슨 소리인가 의아해하면서도 내가 상상력의 빈곤함을 드러내자 "간병할 때 쓰는 가동식 침대야."라고 노파는 말했다.

"도련님은 벌써 노후를 준비하고 있었거든. 어차피 자신은 고독한 노후를 맞게 될 테니 건강할 때부터 착실히 몸져눕게 된 순간을 위한 준비와 연습을 해 두고 싶다, 라면서…."

"……."

계단 옆의 엘리베이터 같은 것도 다가올 노후에 대비한 세심한 배리어 프리였단 말인가?

"확실히 나도 도련님의 노후까지는 돌볼 수 없으니까. 그런데 그런 도련님 앞에 나타난 사람이 그 탐정이었지."

그래서 어떠어떠했다, 라고는 쿠다하라 씨는 덧붙이지 않았다.

전부 다 말하지는 않는 형태의 증언거부지만… 그런 '도련님'이 집착 상대인 쿄코 씨에게 돈을 목적으로 살해되었다고는 생각하고 싶지 않을 테고, 하물며 감금 결과 반격을 당했다고는 더더욱 생각하고 싶지 않으리라.

'일부러'라기보다 '바로 그래서' 쿠다하라 여사는 경찰에도 쿄코 씨와 쥬키모토 씨의 관계에 대해 말하지 않았으리라… 그것이 사태를 한층 더 복잡하게 만들었지만.

뭐, 다름 아닌 쿄코 씨이므로 그녀 자신은 작성 도중인 수사 파일을 훑어보고 피해자와 자신의 관계를 대충 짐작했겠지만… 그건 그렇고, 또 감금인가.

정말로 자주 감금되는 탐정이다, 몸이 버티질 못하겠다.

점점 더, 탐정 따위는 은퇴하고 양도받은 컬렉션을 팔아 치워 '애호가의 파트너'로서 유유자적한 생활이나 보내려고 하지 않은 점이 수수께끼로 다가온다.

전문가로서 내놓을 수 있는 답이 없다.

있다고 한다면… 탐정 일에 대한 쿄코 씨의 강한 집착, 인가. 전속 고용 탐정이 되는 것과는 또 다르리라. 분명 프리랜서 사립 탐정이라는 데 의미가 있다. 그 또한 집착이며, 그 완강함이 쥬키모토 씨의 신경을 건드렸을 가능성도… 하지만 쿄코 씨는 의뢰인을 화나게 할 만큼 세상살이에 서툰 사람도 아니리라.

오히려 접근해 오는 이성을 다루는 데는 몹시 능숙한 타입이다. 나를 포함하여 몇 명의 남자를 울렸는지 알 길이 없다.

어쨌거나 쿠다하라 여사로서는 '망각 탐정의 파트너'인 내가 그런 불유쾌한 진상과는 거리가 먼 진짜 진상을 도출해 주지 않을까 싶어서 입장상, 입 밖에 내어 분명히 말은 안 하지만 한 줄기 희망을 건 것이다… 하필이면 나 따위에게.

'도련님'의 적인 나 따위에게.

어떻게든 해 주고 싶기는 하나 무엇을 하면 어떻게든 해 주는 셈이 될지, 이렇게 되면 이율배반이기도 하다. 불유쾌한 진상임에는 틀림없지만 정당방위라면 일단 쿄코 씨가 문초를 당할 이유는 사라지는 셈이니, 강도 살인죄를 적용하는 데는 무리가 생긴다. 거듭 말하지만 행동에 따라서는 막대한 거금을 손에 넣을 수도 있었던 쿄코 씨이므로 동기가 사라진다… 잠깐만?

그렇다면 있지 않은가, 다른 진상도?

쿄코 씨가 쥬키모토 씨를 죽여 봤자 아무런 이득이 없다고 해도, 쥬키모토 씨가 죽으면 이득을 보는 인물은 적잖이 있다.

이 저택에 달려오지도 않는 친족이다.

어떻게 배분될지는 몰라도 쿄코 씨가 받기를 거부한 이상 이 컬렉션은 전부 유족이 상속하게 될 것이다. 관계가 소원했던 유족이.

동기는 있다. 그것도 전형적일 만큼 강한 동기다.

당시의 상황을 내버려 두면 쥬키모토 미스에 씨의 재산은 컬렉션을 포함하여 전부 어디서 굴러먹다 온 개뼈다귀인지도 모르는(자신이 어디서 굴러먹다 온 개뼈다귀인지를 잊어버린) 탐정이 물려받게 될 수도 있었다. 명문가로서 골칫거리를 치운다는 의미도 포함하여 탐정에게 죄를 덮어씌우는 형태로, 친족 중 누구 한 명이 혹은 여러 명이 결탁하여 밀실 살인을 꾀했다.

이 집안을 모시는 유모에게는 이 또한 결코 바람직한 진상이 아니겠지만 '도련님'이 치정 싸움 끝에, 뒤얽힌 남녀 관계 끝에 꼴사납게 살해당했다는 진상보다는 훨씬 나으리라. 단….

단, 이때야말로 밀실이 눈앞에 가로놓인다.

견고한 밀실의 문이.

"…실례합니다, 쿠다하라 씨. 갑작스러운 질문이지만, 억지로 딴 이 전시실 문의 비밀번호가 '1234'이거나 하진 않았습니까?"

나는 '아니면 말고'라는 식으로 물어보았다.

뭘 아니면 마는가 하면 지금까지 들은 대로 쥬키모토 씨가 이 전시실을 자기 혼자서만 관리했다면 '할멈'에게 비밀번호를 가르쳐 주었을 리 없고, 만약 그녀가 비밀번호를 알고 있었다면 굳이 억지로 딸 필요가 없었기 때문이다. 밀실의 요건이 성립하지 않게 된다.

그런데 이 물음에 대한 노파의 대답은 아니면 말기는커녕 영 아니 될 소리였다.

"비밀번호 같은 건 없었어."

"네?"

"밖에서는 도련님이 어딘가 감춰 둔 열쇠로밖에 열리지 않고 안에서는 손잡이도 없어 열 수가 없는, 자동 잠금. 그런 구조의 철문이야. 원래 금고실이었거든."

"……."

마치 금고실 같은 게 아니라 금고실 그 자체였단 말인가. 그것을 개조하여 전시실로 만든 셈이다. 과연, 그랬군… 그로써 한 가지, 겨우 한 가지 수긍이 갔다.

업자를 부르지도 않고 '감춰 둔' 열쇠를 찾는 일도 없이 별안 간 문을 억지로 딴다는 불가역적인 강경 수단으로 나간 것은 애 지중지하는 '도련님'이 전시실에 갇혀 못 나오고 있을지도 모른 다는 속단에서였나… 속단이라고?

실제로 갇힌 것이었다면?

누구에 의해? 쿄코 씨에 의해? 진범에 의해? 아니면 본인이 쿄코 씨와 단둘이 있으려고?

어쨌거나 문을 닫은 누군가는 있었으리라. 열어 두어야 하는 문을.

설령 금고실 문이 아닐지라도 손잡이가 없으면 이런 유의 문 은 열 수가 없지… 하지만 그것을 아는 이상 부주의한 실수라고 는 생각하기 힘들다. 누군가의 나쁜 의도, 혹은 범행 의도가 있 었다고 봐야 하나. 억측은 좋지 않지만, 여기서 유일하게 확실 한 것은 쿄코 씨가 내게 면회실의 아크릴 유리 너머로 전달한 '1234'는 비밀번호가 아니었다는 점이다.

그럼 뭘까?

어라? 혹시 나는 터무니없는 착각을 하고 의미도 없이 의기양 양하게 쥬키모토 저택의 전시실에 쳐들어오고 말았나? 아니 뭐, 일단은 현장 검증이니 아주 유의미하지 않은 건 아니라지만 시간이 없는 이때에 완전히 빙 돌아와 헛걸음을 하고 말았나?

"……."

이런.

거봐, 그러게 내가 말했지. 나 따위가 망각 탐정의 파트너를
할 수 있을 리가 없다고. 번번이 말했잖아.

그런 나를 적대시하다니 번지수를 한참 잘못 짚었다. 전문가
를 자처하는 것 또한 건방지다. 내가 할 수 있는 일은 지금 당장
집으로 돌아가서 계속 일자리를 찾는 것뿐이다. 잠깐, 잠깐, 그
렇게 간단히 자포자기하지 마.

처음부터 다시 시작이다.

'1234'.

비밀번호가 아니라고 해도 이것은 '무언가'일 것이다. 쿄코 씨
가 긴박한 환경 속에서 공권력에 반기를 들어 가며(뭐, 늘 있는
일이라는 생각도 들지만) 내게 전하려고 한 말이 노이즈일 리
없다.

고백하건대, 가치 없는 정보를 쥐여 주어 나를 움직임으로써
히다루이 경부에 대한 미끼로 삼았을 가능성도 없진 않지만(그
랬을지도 모른다. 늘 있는 일이라는 말은 않겠지만, 쿄코 씨라
면) 그 가능성을 내가 타진하는 것은 무의미하다.

쿠다하라 여사에게 더 직접적으로 물어볼까? '1234'라는 말을
듣고 떠오르는 게 있냐든지. 이를테면 '도련님'의 생일이 12월

34일이라거나… 아니, 12월에 34일은 없나. 몇 월이 되었든 없다.

그렇지만 계속 이렇게 아니면 말고 식이면 '망각 탐정의 파트너'로서의 신용을 잃을지도 모른다… 그 그릇된 정보가 가까스로 개뼈다귀보다도 못한 내 뼈다귀를 이 전시실에 있게 하는 것이다.

게다가 가령 쿠다하라 여사가 '1234'를 듣고 짚이는 바가 있었다 해도(쿄코 씨가 왼손에 쥐고 있던 것이 '무언가'를 아는 정도라도) 섣부른 정보 제공이 '도련님'의 어리석은 행동을 폭로할 가능성이 있음을 생각하면 쉽사리 말할 수 없으리라.

자력으로 어떻게든 하는 수밖에 없다.

자력 구제. 한 적이 없다. 언제나 탐정에게 전적으로 의지해 왔다. 그런데 은인인 쿄코 씨에게 힘이 되고 싶다는 모티베이션도 물론 있지만, 어쨌거나 여기서 쿄코 씨가 몰락해 버리면 장차 내가 또다시 누명의 아픔에 처했을 때 즉각 사건을 해결해 줄 탐정을 하나 잃게 된다는 것도 실은 절망적인 피해였다.

이러니저러니 해도 누명을 벗는 일은 시간과의 싸움이기도 하다. 긴 시간을 들여 수년에 이르는 법정 싸움을 거쳐 무죄를 얻어 낸들 그로써 입은 손해는 종종 돌이킬 수 없기도 하다. 그래서 나는 매사를 가장 빠른 탐정에게 의지하기 십상인 것이다. 결단코 내가 '망각 탐정의 파트너'이기 때문이 아니라.

하지만 가령… 만약에 **내가 쥬키모토 미스에 씨가 예상한 대로의 남자라면** 여기서 확실히 '1234'를 해독할 것이다.

암호를, 다잉 메시지를.

"……."

'1234'. '1'과 '2'와 '3'과 '4'. '1+2+3+4'는 '10'… '쥬키모토+本本'의 '쥬+'인가? 유산을 노린 쥬키모토 일족 중 누군가가 범인이라는 메시지… 아니, 그렇게 되면 역시 지나치게 불특정 다수다. 다잉 메시지가 될 수 없다. 그렇다면 극단적으로 말해 피해자인 쥬키모토 미스에 씨를 가리킨다는 생각마저 든다. 뭐, 그가 욕을 보이려고 해서 반격을 가한 정당방위라면 그 가능성도 없지는 않다… 아니, 없다.

없으니까 없는, 것이다.

돌이켜 보면 쿄코 씨가 미스디렉션으로 흉기를 오른손에 움켜쥐면서까지 몰래 다잉 메시지를 남긴 것부터가 이상하다. 그런 일을 하지 않더라도 혹시 잠들기 전의 시점에서 무언가를 알고 있었다면 메시지는 직접 남기면 된다.

가령 쥬키모토 미스에 씨에 대한 정당방위였다면 당당히 바닥에라도 그렇게 적어 두면 된다. 그럴 여유는 충분히 있었을 테니까. 누군가에게 들킬 것을 우려할 필요는 없다. 펜이 없다고 피해자의 피를 이용하는 것이 좀 그렇다면 대리석 바닥에 흉기로 벅벅 글자를 새긴다든지, 그것도 내키지 않는다면 그래, 코인을 글자 모양으로 늘어놓는다든지….

"…**코인을**?"

움켜쥐고 있었던 것은… 혹시, 코인인가?

가정에 가정을 거듭하고도 그 위에 또 사상누각을 짓는 거나 마찬가지지만… 만약에 쿄코 씨가 '내일의 자신'에게 메시지를 남기려고 했고 또 그것을 다른 누구도 눈치채지 못하게 남기려고 했을 경우, 왼손에 무언가를 움켜쥔다면. 그런 세세한 모든 조건을 충족할 만한 적절한 '무언가'가 바로 옆에, 바로 수중에 있었다고는 생각하기 힘들다.

밀실 안이다. 안에서도 밖에서도 열 수 없는 밀실 안, 그 자리에 있는 것으로 다잉 메시지를 남길 수밖에 없다면 오른손에 쥔 흉기가 그랬듯이 왼손에 쥐고 있던 '무언가'도 역시 전시품이지 않았을까. 그거라면 밀실 안에 차고 넘친다.

그렇게 생각한 나는 다시금 방 안을 둘러보았다.

옛 화폐 코너에 확연히 빈 공간이 있었듯 그 밖에 또 그런 공백이 없을까 싶었는데, 그건 있었다. 오히려 사방에 있었다. 무슨 카탈로그 같은 실내도 자세히 관찰하니 의외로 '빈 곳'이 많다. 퍼즐 조각을 맞추듯 그 빈틈을 채워 나가는 것이야말로 컬렉션의 묘미이니 뭐, 당연한가… 그 공백들을 모두 검증하려면 작업이 방대해진다.

압도적으로 시간이 없는 이 상황에서….

"……."

어쩔 수 없다. 역접근이다.

도망 중인 누명 마스터로서는 있을 수 없는 부정행위이기는 하나 큰 것을 위해서는 작은 것을 희생할 수밖에 없다… 자수하자.

3

자수해 왔다.

히다루이 경부의 휴대전화로 카쿠시다테 청년에게서 출두를 알리는 연락이 온 것은 오야기리 경호주임과의 이런 통화를 마친 직후의 일이었다.

[오해가 있는 것 같네요.]

라고 경호주임은 말했다. 담담하게.

[히다루이 경부님. 지금 당신은 아무런 불편함이 없는 양갓집 자제가 어째서 카쿠시다테 야쿠스케 씨를 라이벌시했는지 어렴풋하게 이해할 수 있을 것 같다고 말씀하셨지만, 거기에는 흔히 있는 일반적인 오해가 있습니다.]

"오해? 일반적인?"

이해가 오해?

카쿠시다테 청년에 대한 저평가를 말하는 걸까… 하긴, 미흡

하나마 망각 탐정의 파트너 역할을 해내고 면회실에서는 파트너
뿐만 아니라 히다루이 경부를 따돌리는 공모자 역할까지 해낸
그를 부당하게 과소평가했는지도 모른다.

어쩌면 과거에 그를 오인 체포한 적이 있는 만큼 무의식중의
죄책감에서 그런 식으로 보이는 걸까… 하고 반성하려 했지만,
오야기리 경호주임의 말은 그런 뜻이 아니었다.

그는 또 다른 한 인물에 대한 평가상의 오해를 지적하고 있었
다.

[반드시 쥬키모토 미스에 씨가 '아무런 불편함이 없는 양갓집
자제'인 것만은 아니라는 뜻입니다. 그에게는 그의 인생이 있습
니다.]

"…그 말은 즉, 부자에게도 그 나름의 고민이 있다거나 돈이
있어도 행복하지 않다거나 뭐, 그런 겁니까?"

[한마디로 말하면 그렇지만, 그것은 오해는 아닐지언정 역시
이해로서는 불충분합니다. 쿄코 씨는 돈을 보는 것이 일이지만
저는 사람을 보는 것이 일이거든요. 다른 건으로 카쿠시다테 야
쿠스케 씨의 신원도 조사한 적이 있습니다.]

기본적으로 누구의 의뢰든 받는 망각 탐정의 보디가드로서 그
의 임무에는 의뢰인에 대한 평가도 포함되어 있다는 의미일까.
몇 번이고 의뢰를 반복하는 수상한 클라이언트를 조사하는 것
도… 뭐, 당연한가.

어쩐지 이중 미행 같은 이야기지만….

[의뢰 내용에 관해서는 비밀 유지 의무가 있지만 의뢰인의 개인 정보는 아슬아슬하게 공개 범위 안이므로 간추려 말씀을 드리자면.]

자신에게 부과된 일에 충실한 듯한 음성으로 뜻밖에 나불나불 지껄이는 경호주임이었다. 개인 정보는 망각 탐정이 아니어도 완전히 공개 범위 밖이라는 느낌이지만 여기서 양식이 있는 척하며 브레이크를 걸 수는 없다.

[그는 아무런 불편함이 없는 생활을 보내 온 것도, 고생을 모르는 것도 아닙니다. 물론 코인을 모으느라 고생했다는 의미는 아니고.]

"…네에. 그럼 어떤?"

[유년기에 폐암 수술로 폐 한쪽을 적출했습니다… 전체 적출이었습니다.]

오야기리 경호주임의 침착하고 담담한 말투를 차치하더라도, 암시가 있었지만 충격적인 정보였다… 폐암?

[네. 엑스레이 사진에 코인만 한 그림자가 찍혀 있었다고 합니다… 짐작하시는 대로. 그것이 그의 수집가 인생의 시발점이었죠.]

가슴에 뚫린 구멍을 메우기 위해 코인 컬렉션을 시작했다면 과연 부자의 도락적인 느낌은 말끔히 소실된다… 만약 그림자가 콩알만한 크기였다면 콩알 컬렉터가 되었을까.

"그런데 폐암이라니… 그것도 한쪽 폐를 전체 적출했다니."

꽤 단계가 진행된 암이라는 뜻이다. 비극이기는 하나, 그러고도 죽지 않았으니 운이 좋았다고 해야 할까. 수술 후 경과가 상당히 좋았던 것이리라, 그런 만큼 오늘에 이르러 칼에 찔려 죽었다는 것은 애석하다.

폐암이라면 피해자는 헤비 스모커였을까 생각했는데, 아니, 잠깐만? 그 뒤에 나온 정보의 임팩트에 묻혀 버렸는데 오야기리 경호주임은 '유년기'라고 말하지 않았던가?

[네. 초등학생 시절의 일입니다.]

"초등학생이 폐암…."

아니, 있을 수 있나.

결코 증례는 많다고 할 수 없겠지만. 그렇다면 그런 불운을 겪은 그를 심플하게 '부잣집 자제'라는 스테레오 타입의 시각으로 보는 것은 확실히 잘못되었다.

그렇게 성찰한 히다루이 경부였으나 그 자제를 덮친 불운은 병마 같은 것이 아니었다, 더 구체적이었다.

[그게 **오진**이었죠. 엑스레이 사진이 뒤바뀌었는지 아니면 조영할 때 문제가 있었는지 대체 어떤 의료 실수였는지 거기까지는 조사하지 않았지만, 어쨌든 무언가의 착오로 초등학생이 전체 적출받은 오른쪽 폐는 건강 그 자체였습니다.]

오진. 무언가의 착오. 아니, 착오라고 하면 다인가.

'아아, **그래서?**'

오진 역시 일종의 오인이며 누명과도 같은 거라고 생각한다면 피해자가 누명 마스터인 카쿠시다테 야쿠스케를 의식하는 것도 당연했다. 아니, 하지만… 물론 잇따라 숱한 누명을 씀으로써 카쿠시다테 청년의 인생은 엉망진창이 되었다고 해도 좋지만, 구체적인 손상은….

믿을 수 없는 실수는 어느 업계에나 있다… 믿고 싶지 않은 실수도.

[오진은 했지만 솜씨는 좋았던 듯 건강 상태에 큰 문제는 없었나 봅니다. 다행히 전이는 되지 않았던 모양이에요.]

경호주임으로서는 분위기를 풀기 위한 조크라고 한 말인지도 모르겠지만 웃을 수 없다.

'그런데… 사건과는 무관한 병력이니 수사 파일에는 아직 적혀 있지 않았다 쳐도… 그래도 병원 측에서 알려 주었어도 이상하지 않은 정보인데….'

순간 번뜩인 생각이 있어 히다루이 경부는 "혹시 피해자를 오진 수술했다던 그 솜씨 좋은 의사가 근무하는 병원은 ……병원이지 않습니까?" 하고 오야기리 경호주임에게 물었다.

[네. 어라, 알고 계셨습니까?]

알고 계시지 않았다.

그러나 발견 당시 심폐 정지 상태였던 피해자가 이송된 그 병원에서 일부러 쓸데없는 소리는 하지 않았던 것으로도 추측되었다, 과거에 저지른 의료 과실에 대해.

[그렇군요. 하지만 히다루이 경부님, 그거라면 메가뱅크 창업자 일족의 힘으로 의료 과실 자체가 무마되었다고 해야 할지도 모릅니다.]

"무마되었다고요? 그건… 반대 아닙니까?"

큰 분쟁이 일어날 법도 하다. 그 시점에서 병원이 망했더라도 이상하지 않을 만큼.

[그것도 스테레오 타입의 시각입니다, 히다루이 경부님. 저로서는 자세한 사정까지는 알 수 없지만 명문가로서는 그것을 불명예라고 판단한 모양입니다. 즉, 그런 식으로 **착오가 일어난 것**이 불명예라고.]

"……."

마치 아무리 결백이 증명된 뒤라도 오인 체포된 사람에 대해 이러쿵저러쿵 멋대로 소문이 나돌듯이, 말인가?

[물론 응분의 배상금이 뒤에서 지불된 건 틀림없습니다만. 명예로운 일족으로서는 그런 '**사고**'의 '**가엾은 피해자**'로서 이름이 널리 알려지는 것이 내키지 않았던 모양입니다. 저널리즘의 좋은 먹잇감이니까요.]

카쿠시다테 야쿠스케의 지인이라는 중립적이고 공정한 저널리스트인가 하는 사람이 생각났다. 그 기자가 조사했는데도 드러나지 않았다는 것은 상당히 면밀하게 은폐 공작이 이루어졌다는 증거일까.

[그보다도 큰 병원에 유리한 커넥션이 생기는 메리트를 더 높이 샀다고 해야 할까요. 다만, 당사자인 소년으로서는 납득할 수 있는 사정이 아니죠. 그 후로 가족과의 사이에 골이 생긴 모양입니다. 일족의 이단아는 그렇게 탄생했습니다.]

코인 컬렉터도 이단아도 그저 갑작스러운 변이로 출현한 것이 아니라, 명확한 원인이 있었다는 건가.

"은행업에 관여하지 않은 것은 그런 사정 때문이라면 당연하다 쳐도, 마흔 안팎의 나이로 일하지 않은 것도 그럼 오진 수술의 후유증 때문입니까? 건강 상태에 문제는 없었다고 말씀하셨는데요…."

[육체적으로는, 그랬죠. 정신적인 대미지는 막대했습니다. '착오가 일어나는' 것에 그는 그야말로 병적인 두려움을 품게 되었다고 합니다.]

"…그래서 잇따른 착오 속에도 긍정적으로 살고 있는 카쿠시다테 씨를 라이벌시하거나, 착오를 일으키지 않는 쿄코 씨를 신봉하거나 했다는 겁니까?"

[속마음까지 헤아릴 수는 없습니다. 저는 어디까지나 외곽을 더듬고 있을 뿐입니다. 저는 탐정이 아니니까요.]

"네에…."

탐정다운 것으로 따지면 지금만큼은 유치장에서 여유롭게 지내는 쿄코 씨보다 훨씬 탐정다운 조사 능력을 가졌다는 생각마저 드는데.

[언젠가 또 '착오가 일어나'서 **다른 한쪽의 폐**도 빼앗기면 어쩌나… 그 또한 '어른들의 사정' 때문에 은폐되면 어쩌나… 제삼자가 보기에는 너무도 쓸데없는 걱정이지만, 그로 인해 '속앓이'를 하느라 사람이 많은 장소에서는 호흡 부전 증상을 일으킬 때가 많았다고 합니다.]

육체적 외상에서 비롯된 정신적 외상인가.

드물지는 않으리라. 드물지는 않을 뿐.

[그건 그것대로 가족에게 호된 질책을 받은 모양이지만요. 사실은 일할 수 있으면서 예전 일을 이유로 게으름을 피운다고. 언제까지 그런 일을 마음에 담아 둘 거냐, 과거의 일은 잊거라….]

잊거라, 라고?

물론 잊고 싶다. 잊을 수 있다면.

'……'

오야기리 경호주임은 히다루이 경부의 오해를 바로잡으려고 한 듯하지만 그 정정으로 인해 한층 더 강하게 생각하게 되었다.

도락가 아들이 누명 체질인 청년을 적대시한 것에 전혀 이상함은 없다, 라고.

그처럼 뭐라 형언할 수 없는 깊은 상념에 어리석게도 사로잡히고 만 직후, 다름 아닌 카쿠시다테 청년에게서 연락이 온 터라 히다루이 경부는 분노마저 느꼈다.

진심인가, 이 녀석. 무슨 낯짝으로.

아니, 전화라서 얼굴은 보이지 않지만.

[히다루이 경부님, 여쭙고 싶은 것이 있는데요.]

말머리도 계절 인사도 없이 카쿠시다테 청년은 본론을 꺼냈다. 아니, 여쭙고 싶은 것이 있는 건 나야. 지금 어디서 뭐 하고 있어. 예상대로 쥬키모토 저택으로 향한 것일까? 그렇다면 당연히 순경에게서 연락이 왔어야 하는데….

그러나 카쿠시다테 청년은 심문의 말을 끼워 넣을 여지를 주지 않고 퍼붓듯이 이렇게 말을 이었다.

[유치장에 넣기 전에 몰수한 쿄코 씨의 물건 가운데 코인은 없었습니까?]

"코인? 그런 건…."

히다루이 경부가 카쿠시다테 청년의 행선지를 짐작했듯이 카쿠시다테 청년도 히다루이 경부의 행동을 예상했던 걸까. 하지만 그런 의미라면 소지품 재검사는 헛발질로 끝난 헛수고였는데.

"카쿠시다테 씨. 쿄코 씨가 현장에서 무언가 가지고 나온 증거라도 찾았습니까?"

[아, 아니요, 꼭 그런 건 아니지만.]

열띤 어조로 말하던 카쿠시다테 청년이 그 순간 조금 냉정해진 듯했다. 하긴, 강도 살인 혐의를 풀려고 하는 지금 그것은 오히려 찾고 싶지 않은 증거이리라.

"공교롭게도 쿄코 씨는 거의 아무것도 갖고 있지 않았습니다. 공항의 수하물 검사를 논스톱으로 그냥 통과할 수 있을 만큼 빈손이라는 느낌입니다."

그보다 당신은 지금 대체 어디서 무엇을 하고 있는 겁니까, 아니, 무엇보다 쿄코 씨는 면회실에서 당신에게 대체 무슨 메시지를 전한 겁니까, 라고 반문하려 한 히다루이 경부를 또 제지하고 카쿠시다테 청년은 [현금은요?]라고 다시금 물었다.

현금?

"아, 그거라면 역시 어느 정도는…."

참. 그것을 주머니에 넣은 채로는 수하물 검사를 그냥 통과할 수 없다.

코인이니 하는 표현을 써서 (히다루이 경부도 쓰기 시작해서) 깜빡하고 있었는데 현금, 현재 유통되는 동전도 어엿한 코인이다. 하지만 그것도 대단한 액수는 아니었고 딱히 특이한 점은… 그 정도가 저택에 숨어듦으로써 얻은 수익일 리는 없을 테고….

[확인해 주지 않으시겠습니까. 예를 들어 헤이세이 12년에 발행된 100엔짜리와 쇼와 34년에 발행된 10엔짜리가 있다든지, 동전의 합계액이 1234엔이라든지….]

"잠깐 기다려 보세요, 갑자기 물어보면…."

자기 책상에서 보관 창고로 이동하며 히다루이 경부는 기억을 더듬었다. 그러나 연호나 합계액까지는 퍼뜩 기억나지 않았다.

12년? 34년? 1234엔?

직접 보면서 확인하는 수밖에 없다. 바로 답할 수 있는 게… 가만, 그러고 보니.

"잔돈에 얼마쯤 유로가 섞인 것이 인상적이었습니다. 유럽 여행이라도 다녀오신 건지 뭔지…."

[유로…라고요.]

짚이는 바가 있는지 그렇게 중얼거리는 카쿠시다테 청년.

잠시 납득하는 듯했으나 [잠깐만요, 그럴 리가 없는데!]라고 큰 소리로 외쳤다.

[확실히 쿄코 씨는 최근 유럽을 돌았지만 그것은 일로 돈 것입니다. 그 흔적을 주머니 같은 데 남길 리가 없어요. 기념품처럼 몹시도 소중하게 갖고 다닐 리가 없다고요!]

전문가다운 견해를 말했다.

그런데 과연, 그 말이 맞다.

'추억의 물건'이라는 개념은 망각 탐정에게는 없다. 그렇다면 어떻게 된 일이지?

사람이 없는 복도를 내달려 보관 창고로 뛰어든 히다루이 경부는 재차 쿄코 씨의 소지품을 체크했다. 규정대로 장갑을 끼고 일본 엔화를 피하여 유로 동전만을 골라냈다.

카쿠시다테 청년이 흥분한 것으로 보아 이것이 쿄코 씨가 왼손에 쥐고 있던 '무언가'일까? 하긴, 손안에 감싸 쥐기에 타당한 사이즈, 개수이기는 하다.

"내역은 1유로 동전 6개와 2유로 동전 2개… 합계 10유로입니다."

코인의 액면을 확인하면서 히다루이 경부는 카쿠시다테 청년에게 알려 주었다. 묻는 족족 대답하는 것 같아 조금 분했지만 여기서 그와 대립해 봤자 좋을 건 없다. 몇 시간 후에는 수갑을 채우게 될지도 모르지만 지금은 협력 태세를 구축하자.

이참에 오야기리 경호주임에게서 얻은 내부 정보, 아니, 내부 고발까지 알려 줄 만큼 가까워질 마음은 없지만….

[10유로… 숫자는 깔끔하네요. '1'+'2'+'3'+'4'…? ='10'… '쥬키모토'의 '쥬'가 아니라… 그야말로 미스디렉션으로… 그것은 표면상의 의미에 지나지 않고, 이면상으로는….]

"?"

['비밀리'… '표리일체'….]

전화기 앞에서 중얼중얼 궁리하는 듯한 카쿠시다테 청년. 아

까부터 묘하게 '1' '2' '3' '4'에 집착하는군, 하고 히다루이 경부
는 의아하게 생각했지만 그 부분은 일부러 걸고넘어지지 않았
다. 방치한 채 지켜보는 편이 정보를 이쪽으로 흘려 줄 것 같다.
예상대로 이 청년은 망각 탐정과 잘 어울리는 한 쌍으로, 비밀
을 지키는 것이 서툰 모양이다.

[앗!]

하고.

그때 수화기 너머, 어디에 있는지도 불확실한 카쿠시다테 청
년은 통화음이 찢어질 만큼 크게 외쳤다.

생각났다, 떠올랐다기보다 어째서 이런 것을 더 일찍 알아차
리지 못했을까, 라는 느낌의 초조한 목소리였다.

[히, 히다루이 경부님. 내역을 알려 주세요, 그 유로 동전의!]

"내역? 그건 방금, 이미 말씀드렸을 텐데요. 1유로 동전 6개
와…."

[그, 그게 아니라.]

카쿠시다테 청년은 다급한 어조를 고르며 말했다.

[알고 싶은 건 앞면의 내역이 아니라, **뒷면**의 내역입니다.]

"뒷면의 내역?"

[네.]

코인에는 앞면도 뒷면도 있으니까요, 모든 것이 그러하듯이.

4

이럴 수가.

놀랍게도 어쩐지 이번에 한해 쿄코 씨는 정말 이 사건의 진상을 처음부터 알고 있었던 모양이다. 그것을 잊고 있었을 뿐.

오키테가미 쿄코의 뒤표지

카쿠시다테 야쿠스케의 출두　제12화

&　————

오키테가미 쿄코의 가시화　제13화

1

이런 당연한 논리를 마치 '지론을 전개하는' 듯 말하는 것은 별로 내키지 않지만, 예컨대 만 엔 지폐는 모두가 그것을 만 엔이라고 생각하기에 만 엔의 가치를 지닌다.

평가액이 만 엔이기에 만 엔권이다.

외환이란 즉 그런 것으로 만 엔 지폐가 백 달러로 평가되면 백 달러이고, 90달러로 평가되면 90달러, 110달러로 평가되면 110달러가 된다. 내 누명 체질과 비슷하다.

내가 누구인지(진범인지 누명 피해자인지)를 결정하는 것은 결국 내가 아닌 증언자이며, 사법이며, 국가이며, 탐정이거나 하다. 극단적인 말로 우주인이 일본에 와서 만 엔 지폐와 천 엔 지폐를 비교했을 때 어느 쪽이 더 가치가 있는지 첫눈에 소견을 말하기란 아마 불가능하리라. 극단적인 말이기는 해도 이 예시는 황당무계하지 않은데 나 역시 어린 시절에는 제일 가치 있는 동전이 50엔짜리라고 생각했었다, 황금색이라는 이유로.

뻔한 정론을 장황하게 늘어놓고 대체 무슨 소리를 하고 싶은가 하면, 인간은 보통 익숙하지 않은 화폐의 경우 겉모양으로 판단하는 일조차 버거워한다는 것이다. 외관적인 정보조차 제대로 머릿속에 들어오지 않는다.

해외여행에서 돈을 낭비하거나 반대로 과도하게 절약하는 일

은 흔히 있는데 나 자신도 프랑스를 여행할 적에 유로 사용법을
두고는 아주 골머리를 앓았다. 쿄코 씨는 이미 잊었겠지만 그
당시 그녀와 이런 대화를 나누었던 게 기억난다.

"그렇게 생각하면 EU… 유럽 연합 안에서 통화가 통일되어
있는 건 필시 편리하겠군요. 국경을 넘어도 일일이 환전할 필요
가 없다니. 같은 통화를 쓰는 데서부터 국제 평화라는 것은 시
작되는지도 모르겠어요."

내 소박한, 도저히 문화의 다양성을 중시한다고는 생각할 수
없는 감상에 '그날'의 쿄코 씨는 "어머나." 하며 포용력이 가득
한 미소를 짓고 이렇게 대답했었다.

"유럽 연합 안에서도 사용되는 통화는 '같지' 않아요, 야쿠스
케 씨."

"네? 하지만 유로란…."

아, 엄밀히 말하면 영국은 파운드를 썼던가? 참, 망각 탐정은
이번에 영국이 EU에서 빠지는 걸 모르지, 하고 나는 단적으로
이해했지만, 그녀가 말하는 것은 그런 게 아니었다.

"정확히 말해 사용되는 '동전'은 '같지' 않아요, 단위는 같아도."

코인에는 앞면과 뒷면이 있단 말이죠… 라며 그녀는 이쪽에
손바닥을 보이더니 빙그르 돌렸다.

그렇다.

나도 그 후 쿄코 씨를 따라, '파트너'라는 형태로 유럽을 유람

했기에 그 사실을 안다. 아주 잘 안다.

유로 동전은 나라에 따라 디자인이 다르다. 숫자가 각인된 앞면은 같아도, 뒷면의 디자인은 각 나라에 맡겨져 있다.

코인은 예술품, 이다.

예를 들어 프랑스의 2유로 동전 뒷면에는 '자유, 평등, 우애'가 새겨져 있지만, 이탈리아의 2유로 동전 뒷면에 새겨진 것은 문호 단테의 초상이다.

따라서 쿄코 씨가 전시실에서 쥐고 있던 '10유로'도 단순히 10유로라고는 볼 수 없다. 1유로 동전 여섯 개와 2유로 동전 두 개라고도 볼 수 없다.

엄밀하게는.

에스토니아 공화국의 1유로 동전(뒷면 : 국토 지도) 3개, 룩셈부르크 대공국의 1유로 동전(뒷면 : 대공의 초상) 2개, 스페인 왕국의 2유로 동전(뒷면 : 국왕의 초상) 2개, 벨기에 왕국의 1유로 동전(뒷면 : 국왕의 초상) 1개였다.

외국인의 눈에 노구치 히데요와 후쿠자와 유키치는 분간이 안 가듯 일본인 대부분의 눈에 그 동전들은 같은 것으로밖에 보이지 않을지도 모르지만[*]… 그러나 '1234'.

'오늘의 쿄코 씨'가 면회실의 아크릴 유리에 쓴 그 메시지를

※노구치 히데요는 일본의 의사이자 세균학자로 천 엔 지폐에 그려진 인물이며, 후쿠자와 유키치는 일본의 계몽가이자 교육가로 만 엔 지폐에 그려진 인물이다.

열쇠로 하여 풀면 '어제의 쿄코 씨'가 전하고 싶었던 말이 전해
지는 것이다.

오키테가미 쿄코의 비망록.

2

인연이 깊은 제4취조실에서 스틸 책상을 끼고 히다루이 경부
는 카쿠시다테 청년과 마주 앉아 있었다. 아무래도 수갑이나 포
승줄은 하지 않았으나 이렇게 시추에이션을 갖추고 보니 정말
용의자 취급이 딱 어울리는 남자다.

어쨌거나 누명 제조기와 누명 마스터가 이렇게 간만에 취조
실에서 얼굴을 마주하게 된 것이다. 그의 이야기를 듣는 것뿐이
라면 뭐, 아까 그 면회실이라도 좋고, 하다못해 경찰서 밖 패밀
리 레스토랑이라도 좋았을 정도지만, 이것은 망각 탐정의 요청
이었다.

이 심야에 취조실에 있는 것은 히다루이 경부와 카쿠시다테
청년 둘뿐이지만 또 하나, 방 안에는 눈이 있었다. 정확히는 카
메라가 있었다.

둘 사이에 있는 스틸 책상에는 히다루이 경부의 스마트폰이
설치되어 지금부터 시작될 취조의 영상을 지하 유치장에 라이브
로 중계하고 있다.

이른바 취조의 가시화였다.

지금쯤 망각 탐정은 쇠창살 안에서 유유히 둘의 모습을 관찰하고 있는 셈이다. 참고로 그녀는 스마트폰을 소유하고 있지 않아서 젊은 감시원의 것을 빌렸다. 아주 제 맘대로다. 팝콘을 제공하지 못한 것이 유감일 만큼 극진한 대접이지만 이제 나무랄 마음도 들지 않았다. 지금부터 카쿠시다테 청년이 무슨 이야기를 하든 어차피 그것은 정말 최후의 '극진한 대접'이 될 테니까.

역시 쥬키모토 저택으로 향했던 듯한 카쿠시다테 청년이지만 의기양양하게 개선凱旋한 것은 아닌 듯 안절부절 불안한 기색으로 스마트폰 카메라에 시선을 주고 있었다. 아니면 히다루이 경부는 모르는 곳에서 카쿠시다테 청년과 망각 탐정은 파트너로서 서로 통하고 있는 걸까. 참 일방적인 아이 콘택트다.

어쨌거나 수수께끼 풀이의 시작이었다. 탐정이 부재한, 조수와 형사의 수수께끼 풀이 시~작.

"…어느 쪽부터 이야기할지 동전을 던져 결정할까요?"

"어느 쪽부터? 이상한 말씀을 하시는군요, 카쿠시다테 씨. 제 쪽에서 할 이야기는 이제 없습니다. 오키테가미 탐정 사무소의 경호주임에게 얻은 정보는 방금 이야기한 게 전부입니다."

"아니, 그게 아니라… 원인head부터 이야기할지 결론tail부터 이야기할지요."

말하고 카쿠시다테 청년은 테이블에 죽 놓인 8개의 유로화 동전을 바라보았다.

3

　나 따위에게 수수께끼 풀이가 가능할지 어떨지 불안해하시는 분은 히다루이 경부 외에도 많이 계시리라고 생각하는데, 물론 그런 건 불가능하다. 가능할 리 없다.

　평소라면.

　그러나 이번만큼은 사정이 다르다. 피해자 쥬키모토 미스에 씨의 말을 빌리자면 나는 '망각 탐정의 파트너'니까.

　가능하지 않으면 안 된다.

　말은 그렇게 해도 열의나 기합만으로는 그야 불가능한 건 불가능하지만, 근본적으로 말해 암호는 풀리지 않으면 암호가 아니다. 이 테마에 한해서는 불가능을 가능케 하는 것이 가능하다.

　그런 의미에서 '어제의 쿄코 씨'가 '오늘의 쿄코 씨'에게 남긴 메시지는 원칙에 위배되지 않아서 꼭 난해한 퍼즐인 것만도 아니었다. 시간을 들이면 누구나 풀 수 있는 암호라면 당연히 가장 빠른 탐정이 맨 처음 풀 것이 뻔하다. 망각 탐정의 망각 탐정에 의한 망각 탐정을 위한 다잉 메시지인 셈이다.

　처음부터 알고 있었던 진상.

　변명을 하는 건 아니지만, 나나 히다루이 경부가 고전한 듯한 인상이 드는 이유는 쿄코 씨가 암호를 푸는 데 필요한 키를 우리에게 **분할**하여 줘여 주었기 때문이다. 교묘한 정보 조작의 결과다. '1234'만으로는 풀리지 않고, '10유로어치의 동전'만으로도 풀리지 않는다… 앞뒤 양면에서 협공하듯 공략하지 않으면 이것은 해독 불가능한 암호였다.

다시 적으면 10유로어치 동전의 엄밀한 내역은 이렇다.

에스토니아 동전 = 1유로 × 3개
룩셈부르크 동전 = 1유로 × 2개
스페인 동전 = 2유로 × 2개
벨기에 동전 = 1유로 × 1개

이것을 다시 정리하면 다음처럼 된다.

에스토니아 동전 = 3유로
룩셈부르크 동전 = 2유로
스페인 동전 = 4유로
벨기에 동전 = 1유로

이제 알아차렸으리라. '1234'다. '1'+'2'+'3'+'4'='10'. 즉, 왼손에 쥐어져 있었다는 가정에 모순이 없는 10유로의 구성이 깔

끔하게 '1' '2' '3' '4'였던 것이다.

그렇다면 이것을 숫자순으로 재배열해 볼까.

벨기에 동전＝1유로

룩셈부르크 동전＝2유로

에스토니아 동전＝3유로

스페인 동전＝4유로

"그럼… 쿄코 씨가 아크릴 유리에 썼다는 '1234'는 **국가명의 순서**를 의미했단 말입니까? 유로 그 자체가 아닌, 코인의 가치도 아닌, EU 내 4개국의 이름이 이 순서로 배열되는 것에 의미가 있었다는 거예요?"

히다루이 경부는 의아한 듯 그렇게 물었다.

나는 "네."라고 대답했다.

"따라서 궁극적으로는 파운드라든지, 예를 들어 옛 통화인 프랑과 마르크를 끼워 넣어도 같은 메시지를 만들 수 있었지만, 아까도 말씀드렸듯이 유로라면 **섞을 수 있으니까요**. 앞면만 보는 한… **겉으로는** 아무것도 알 수가 없죠."

"…하지만 **뒤집어** 놓고 이렇게 재배열하면 뭐가 어떻다는 겁니까? 여기까지 와도 전혀 짐작이 안 가는데요."

"여기까지 오면 이제 풀린 거나 다름없습니다. 암호 해독의 초보 중의 초보죠. 각국의 **머리글자**를 이어 보세요."

"머리글자?"

"네. 암호학의 용어로 말하면 포네틱 코드라는 것입니다. 뒷면tail을 확인한 후의 접근은 앞면head… 머리입니다."

즉, 이거다.

BELGIUM	=1유로
LUXEMBOURG	=2유로
ESTONIA	=3유로
SPAIN	=4유로

"B…L…E…S? BLES? 그런 단어가 있었나요…?"

고개를 갸우뚱하는 히다루이 경부.

나도 각 국가명의 스펠링은 쿠다하라 여사에게서 빌린 전자사전으로 찾아봤을 뿐이므로 용어에 관해서는 확실한 말을 할 수 없지만, 적어도 그 전자사전에 내장되어 있던 영일사전에는 'BLES'라는 단어가 없었다.

단, 'BLES' 자체는 찾을 수 없었으나 그 단어를 찾으려고 키보드로 스펠링을 입력하니 증명보다도 해답이 먼저 발견되었다… 내게 있어서는 '종이 사전과 달리 전자사전은 목적한 단어 밖에 찾을 수 없다'라는 속설이 슬플 정도로 완벽하게 논파된 순간이기도 했다.

그것이 화면에 표시된 이상 먼저 깨달음에 이르는 건 당연했지만, 스페인 동전만 1유로 동전이 아닌 2유로 동전이 사용된 점에 더 주목했어도 좋았으리라. 단순히 개수가 너무 많아지면 손안에 움켜쥘 수 없기 때문이라고 생각했는데, 그 때문도 있을지 모르지만 그 때문만은 아니었다.

스페인 동전에 한해 머리글자 'S'를 **두 개 연달아 쓴다**는 의미였던 것이다… 말하자면.

'BLESS(축복)'.

전자책이든 종이 책이든 사전을 찾을 필요도 없는 상식 레벨의 용어다.

"'BLESS'… '축복'? 아니 뭐, 암호 퀴즈로서는 그럭저럭 잘 만들었는데… 카쿠시다테 씨, 그게 뭐 어쨌다는 겁니까? 전혀 축복할 수 있는 상황이 아닐 텐데요."

"전혀 축복할 수 있는 상황이 아니었기 때문에 잘 만든 게 아닌 못 만든 암호를 남길 수밖에 없었던 겁니다. 유로권의 국가명을 이어 임의의 단어를 만든다 해도 꼭 의도대로의 단어를 만들 수 있다는 법은 없으니까요. 가맹국의 머리글자로 알파벳을 망라한 게 아니니까."

그래서 스펠링 실수도 간과할 수밖에 없다.

그리고 역시 손에 쥘 수 있는 동전의 개수에도 한계가 있다.

그래서 그 부분은 암호화가 아닌 부득이한 조치였으리라. 그런 탓에 더욱 파악하기 힘든 메시지가 된 것은 아이러니라고 말할 수밖에 없지만.

"'어제의 쿄코 씨'는 정확하게는 이 말을 전하고 싶었던 겁니다. 'BLESS(블레스)'가 아니라 'BREATH(브레스)'라는 말을*."

'BREATH(호흡)'.

외람되지만 나는 명탐정의 다잉 메시지를 첨삭했다.

4

브레스. 호흡.

당초부터 추적해 온, 쿄코 씨가 내일의 자신에게 남긴 메시지의 정체를 비로소 파악하고 히다루이 경부가 맨 먼저 품은 생각은 그야말로 미스터리 소설에 등장하는 얼빠진 형사가 흔히 할 법한 '어째서 이런 간단한 것을 더 일찍 알아채지 못했나!'였다. 그러나 이내 사정은 그리 간단하지 않음을 알아채지 않을 수 없었다.

아직 전혀 개운하지 않다.

해결이 제시된 것 같으나 실제로는 수수께끼가 수수께끼를 낳

※BLESS와 BREATH는 우리말에서는 다르게 읽히지만 일본어에서는 'ブレス(브레스)'로 발음이 같다. 스펠링은 다르지만 연상이 가능한 단어이다.

앉을 뿐이다. 확실히 카쿠시다테 청년이 충실하게 탐정의 지령에 따라 현장 검증에 나선 결과, 형사로서는 캐낼 수 없었던 증언을 '할멈'에게서 취득하여 전시실 밀실의 의미는 반전되었다.

사건 현장인 전시실은 과거 금고실이었던 곳을 개조한 방이었음이 밝혀졌다. 문을 파괴한다는 불가역적인 행위가 이루어졌기에 알기 힘들었으나 그 행위 자체가 현장의 밀실성, 그 의미를 나타낸다고도 할 수 있다.

밀실성은 인간에 대한 밀실성이라기보다 대기大氣에 대한 밀실성이었다. '밀실 안에 두 명밖에 없었으니 한 명이 죽었다면 다른 한 명이 범인이다'라는 심플한 논법을 적용하기 전에 먼저 할 일이 있었다.

밀실 안에 두 명밖에 없다, 가 아니라.

밀실 안에 **두 명이나 있다**고 생각해야 했던 것이다. **산소량**은 한정되어 있는데.

"이미 언급한 것이기는 하나, 컬렉션의 품질 관리를 위해 전시실 안의 공기는 컴퓨터로 관리되었던 모양입니다. 동전이라는 것은 결국 대부분이 금속이니까요. **박물 전시**의 기본으로서 녹이 스는 것, 즉 산화를 최소한으로 억제하기 위해서는 당연히 실내의 산소량도 최소한으로 억제하지 않았을까요…?"

카쿠시다테 청년이 머뭇머뭇, 히다루이 경부의 이해를 돕듯이 말했다. 주제넘은 짓이라고 생각하는 듯하고, 실제로 주제넘은 짓이기도 하다. 그 부분의 로직은 아무리 얼빠진 형사라도 이미 납득했다.

납득했기 때문에 납득할 수 없는 것이다.

지적하지 않을 수 없다.

"카쿠시다테 씨. 재미있는 시각이기는 한데 근본적인 부분이 사실과 일치하지 않지 않습니까. 물론 금고실에 가두어 피해자를 살해하는 범행은 미스터리나 서스펜스의 세계에는 흔히 있는 일인지도 모릅니다. 현실에 있어도 이상하지는 않아요. 아마 그렇기 때문에 두 명이 안에 있을 때 금고실의 문을 닫은 제삼자가 범인이라는 귀착점을 내다보고 계시겠지만, 그렇게 간단하지는 않을 겁니다. 그도 그럴 것이 피해자는 질식한 게 아니에요. 사인은 산소 결핍이 아니란 말입니다. 피해자는 칼에 찔려 죽었습니다."

"…피해자가 칼에 찔려 죽었다는 보고서는 이송된 병원에서의 진단 결과죠. 과거 쥬키모토 미스에 씨의 오른쪽 폐를 오진으로 전체 적출했다는."

석연치 않은 듯한 말투였다. 무엇을 암시하려는 걸까? 설마 칼에 찔려 죽었다는 판단이 또 오진이었다고 주장할 셈인가?

물론 병원도 신은 아니다.

한 번 착오가 있었으니 두 번째, 세 번째가 있더라도 이상하지는 않다. 추리소설 속에서는 과학 수사로 얻어진 단서가 절대

시되는 경향이 강한데, 실제 사건에서는 휴먼 에러를 피할 수
없다.

지문 감정이든 DNA 감정이든 틀릴 때는 틀린다.

그러나 그런 건 거의 트집이다. 아무리 그래도 칼에 찔려 죽은
것과 질식해서 죽은 것을 헷갈리거나 하진 않으리라….

"네. 말씀하신 대로 칼에 찔린 것과 질식한 것은 헷갈릴 수 없
다고 생각합니다. 다만, 엄밀히 말하면 수사 파일에 적혀 있던
피해자의 사인은 '자상에 의한 심인성 쇼크'였던 것으로 기억합
니다."

망각 탐정의 조수가 시건방진 소리를 했다.

"현장을 본 바로는 출혈도 거의 없었던 것 같고요."

"이해할 수가 없군요. 과다 출혈로 죽든 쇼크로 죽든 칼에 찔
려 죽은 것에 변함은 없지 않습니까?"

"하지만 쇼크사라면 원인이 '자상'이라고만은 할 수 없습니다.
가슴을 찔렸다고 하니 그 임팩트가 강해서 무심코 그 부분과 직
결하여 생각해 버리는데, **다른 이유로도** 쇼크사는 발생할 수 있
어요."

…혹시 이 청년은 '쇼크사'의 의미를 '놀라서 죽다'라는 의미
로 생각하는 걸까? 아니, 넓은 의미에서는 그 해석도 틀리지는
않지만 의학 용어에서는 그렇지 않다.

아무리 그래도 질식에서 쇼크사로는 이어지지 않으리라… 아

무리 산소가 부족한 감이 있는 밀실 안이라도 문이 닫힌 순간 갑자기 산소가 제로가 되는 건 아니니까.

"'갑자기 산소가 제로가 되는 건 아니니까'는 밀실 바깥쪽에 있는 사람의 의견이죠, 히다루이 경부님."

이라는 카쿠시다테 청년.

"아니, 저도 그렇게 생각했었습니다. 빽빽이 컬렉션이 진열된 전시실은 꽤 넓었고, 그래서 원래는 금고실이었다는 말을 듣고도 이곳에 갇히면 질식할 리스크가 있다는 발상은 하지도 않았습니다. 쿄코 씨가 남긴 메시지를 이해하기 전에는."

"……."

"하지만 막상 실제로 자신이 그런 밀실에 갇혔을 때 냉정할 수 있는가 하면 그럴 리 없다고 생각합니다. 취조실에서 평정을 유지할 수 있는 피의자가 그렇게 많지 않듯이. 하물며 조금 전 말씀에 따르면 쥬키모토 씨에게는 호흡에 대한 일종의 공포증이 있었어요. …그 말씀을 듣고 저택 안에 참 많이도 배치되어 있던 공기청정기의 이유도 알았습니다만….'

공포증. 그렇다.

하필이면 오진으로 한쪽 폐를 적출당한 피해자는 '호흡할 수 없게 되는 것'을 '병적'으로 두려워했다. 그에게 제대로 된 사회생활을 포기시킬 만큼. 도락가 아들에 안주할 만큼.

가령 카쿠시다테 청년의 말대로 그를 밀실에 가둔 누군가가 있었다면 그때의 경악은 상상을 초월했으리라… 그야말로 개그 만화나 희극이었다면 그로써 쇼크사해도 이상하지 않을 만큼.

'아니, 잠깐만? 쇼크사는 아니더라도….'

그로써 호흡 부전을 일으킬 수는 있다.

발작과도 같은 것이다.

오야기리 경호주임의 말로는 쥬키모토 씨가 사회생활을 포기한 이유는 건강상의 이유 때문이 아니라 '착오가 일어나는 것'을 두려워한 그는 주위에 사람이 많을 경우 호흡 부전에 빠졌기 때문…이라는데, 그 부분은 좀 더 단적으로 이해할 수도 있지 않을까?

사람이 많은 것이 즉 **산소 소비량이 많은 것**을 뜻한다면, 그가 두려워한 것은 오해가 아닌 질식이었다고 가정할 수도 있다.

그런데 그게 어쨌는데?

과연 그거라면 전시실에 '갇힌' 순간 '갑자기 산소가 제로가 되는 건' 아니라 해도 패닉에 빠질 가능성은 검토의 여지가 있다. 호흡기 계통에 심각한 문제를 안고 있었던 쥬키모토 씨가 아니더라도 뭐, 밀실에 갇히면 누구든 패닉에 빠지리라.

그러나 그럼에도 발견 당시 쥬키모토 씨가 칼에 찔려 있었던 것만큼은 가정이 아닌 사실이다. 아무리 가설에 가설을 거듭해도 그 사실만큼은 뒤집히지 않는다.

쿄코 씨의 혐의는 풀리지 않는다.

　그래도 무리하게 뭔가 억지스러운 추리 같은 것을 쥐어 짜내자면… 이대로라면 질식할 것 같아 혼란 상태에 빠진 쥬키모토 씨가 집적대려는 것이 아니라 산소를 독점하기 위해 쿄코 씨에게 손을 대려고 했고, 쿄코 씨는 몸을 지키기 위해 어쩔 수 없이 쥬키모토 씨를 찔러 죽였다… 라는 가능성인가?

　하지만 그 가능성을 검토하려면 마찬가지로 산소를 독점하기 위해 쿄코 씨가 쥬키모토 씨를 찔러 죽였다는 가능성도 검토하지 않으면 공평한 수사라고 할 수 없다. 이 경우 돈 욕심에서 저지른 강도 살인보다 동기는 더 절실하다고도 할 수 있다… 그야 욕심낸 것이 산소니까.

　"뭐, 가령 산소를 둘러싼 쟁탈전이 있었다고 해도 그럼 죄에는 해당되지 않는 셈이네요. 정당방위는 아니라지만 그 경우에는 긴급피난*이 적용될 테니까요."

　누명 마스터가 법률에 빠삭한 모습을 보였다. 거동이 수상한 것도 이쯤 되면 참 당당하지만 카쿠시다테 청년은 "하지만 실제로는 쟁탈전 따위는 없었을 겁니다."라고 말을 이었다.

　"생각을 해 보십시오. 만약 가설대로 쥬키모토 씨가 '감힘'으로써 패닉에 빠져 호흡 부전을 일으켰다면 굳이 칼로 찌를 필요는 없습니다. 손을 쓸 필요도 없죠. 게다가 그런 컨디션의 피해

※긴급피난 : 급박한 위험을 피하기 위해 부득이하게 취한 행위로, 처벌을 받지 않는다.

자가 덮쳐 오더라도 그 공격을 피하는 것은 용이할 겁니다."

그렇게 딱 잘라 말할 수 있는 것도 아니겠지만 뭐, 실내에 충분한 공간이 있었다면 패닉에 빠진 사람을 찌르기보다는 도망을 다니는 편이 현명하리라.

그리고 현명함에 있어 명탐정은 남에게 그리 뒤지지 않는다. 역경 속에서도 망각 탐정이라면 평정을 유지할 수 있으리라는 추측에 한해 말하자면, 취조실이나 유치장에서의 쿄코 씨의 태도가 그것을 충분히 입증한다.

얄궂게도 범인으로 취급된 것이 적어도 쿄코 씨가 돌발적인 살인범은 아님을 뒷받침하고 있었다. 밀실에 갇혀, 이대로라면 산소가 부족할지도 모르는 상황에 놓이더라도 그녀라면 당장 패닉에 빠지거나 하진 않으리라. 그 상황에서 살아날 방법을 강구할 것이다. 아니, 살아날 방법뿐만이 아니라 살려 낼 방법도… 그래.

금고실에 갇혀 나갈 수 없게 된 것만으로도 보통은 충분한 스트레스 요인인데 거의 동시에, 함께 갇힌 사람이 패닉에 의한 호흡 부전에 빠진다면 대체로 냉정히 대처하지 못하고 그저 허둥대겠지만… 쿄코 씨라면 그 상황 속에서도 적절한 행동을 취할 수 있지 않을까.

그것도 가장 빠르게.

문제는 이 경우의 **적절**이 무엇을 가리키는가다. 산소를 독점하기 위해, 호흡 곤란에 빠진 같은 방 사람에게 결정타를 가할 것인가? 아니, 그것은 적절하다고 말하기 힘들다. 그 부분은 카쿠시다테 청년의 말대로다, 굳이 스스로 손을 쓸 필요는 없다.

그렇다면 오히려 해야 할 일은 구명 조치리라. 호흡 부전인 사람에게는 그야말로 적절히, 인공호흡을….

"호흡 부전에 인공호흡이 항상 적절하다고는 말할 수 없어요, 히다루이 경부님. 적절은커녕 인공호흡이 결정타가 될 수도 있죠."

"네? 하지만 치아노제*에는….."

경찰로서 최소한의 강습은 받았다. 호흡 곤란의 경우 우선은 똑바로 눕혀 기도를 확보하고… **치아노제가 아니었다면?** 치아노제와 표리일체의 관계로 불리는 그 증상이었다면. 그렇다, 피해자는 무엇보다도 산소 부족을 두려워했으니 그쪽이 훨씬 피해자가 일으킨 발작의 증상으로서는 설득력이 있다.

과호흡.

그렇다면 인공호흡은 절대로 하면 안 된다. 가뜩이나 호흡 과다인 마당에 더 공기를 불어넣으면 폐포가 파열할 수도 있다. 아니, 인공호흡을 하지 않았다 해도 최악의 경우 기흉을 일으켜….

※치아노제 : 청색증. 혈액 속의 산소가 줄고 이산화탄소가 증가하여 피부나 점막이 파랗게 보이는 증세.

'……!'

"그, 그래서 쿄코 씨는 피해자의 왼쪽 가슴을 찌른 겁니까?! 구명 조치로서?!"

카쿠시다테 청년은 조용히 고개를 끄덕였다. 숨을 죽이고.

5

TV 드라마 하면 형사물이나 의료물이 대세인 요즘이다. 기흉이라는, 10년 전만 해도 귀에 익지 않았을 증상도 그럭저럭 널리 알려졌고, 그 대처로서 폐 벽의 천자[*]가 유효하다는 사실도 딱히 '가정 의학'을 통독하지 않았다 해도 알 수 있다.

실제로 나 같은 일반인도 알고 있으니 설령 최근 TV 드라마를 보지 않았을지라도 쿄코 씨라면 탐정의 소양으로서 그것을 알고 있었다 해도 이상하지 않다… 모르는 편이 더 이상할 정도다.

그러나 맹점이었다.

확실히 호흡 부전으로 괴로워하는 환자의 가슴을 날붙이로 찔러 구한다는 상황은 말 그대로 드라마틱한 데다 그림이 되고, 이렇게 말해도 괜찮다면 스타일리시하기까지 하다.… 하지만 천자에 의한 구명 조치는 이를테면 인공호흡 같은 것과는 확연히

※천자(穿刺) : 내용물을 빼내기 위해 속이 빈 바늘을 장기의 벽 안에 찔러 넣는 일.

구분된다.

외과 수술이다.

의료 종사자의 손으로 시행되지 않는 외과 수술은 완전한 위법 행위다. 바로 그렇기 때문에 완전히 맹점이 되었다.

히다루이 경부에게도. 내게도.

왼쪽 가슴을 찔렸다는 말에 자연스럽게 '심장을 노렸겠지'라고 생각했는데 인간의 왼쪽 가슴에는 폐도 있음을 완전히 잊고 있었다. 그런데 쿄코 씨가 왼손에 움켜쥐고 있던 코인 메시지… '호흡breath'으로부터 논리를 비약시켜 그처럼 직감한 나였음에도 동시에 '그렇게까지 한다고?'라는 의문도 있었다. 하지만 히다루이 경부가 쿄코 씨의 보디가드 씨에게 들었다는 피해자의 개인 정보를 음미하니 '그렇게까지 하겠구나' 하고 받아들이지 않을 수 없었다.

기흉을 일으켰다 해도 다른 한쪽의 폐로 호흡이 가능했더라면 호흡기 계통은 확보할 수 있었으리라. 그 상황에서 굳이 법을 어길 이유는 없다. 그러나 피해자의 다른 한쪽 폐는 오진으로 인해 전체 적출되어 있었다. 과호흡이 치아노제로 발전하기 전에 한시라도 빨리 회복시킬 필요가 있었다.

그리고 한시라도 빠른 것에 있어서는 망각 탐정에 비견할 자가 없다. 순서로서, 오른쪽 폐의 상태를 확인하고 난 그녀는 틀림없이 쥬키모토 씨의 왼쪽 폐를 찌르는 행위를 거의 망설이지 않았으리라.

그 시추에이션이라면 법률도 자기 보신도 쿄코 씨를 막을 브레이크는 되지 않았을 거다. 사인이 질식사가 아니었던 점으로 미루어 보아 기흉에 대한 조치 자체는 성공한 것으로 보인다.

그러나 구명에는 이르지 못했다. 초고속조차 한발 늦었다.

의료 드라마에서 입수한 지식을 바탕으로 일반인이 소견을 말하자면, 기흉에 의해 팽창한 왼쪽 폐가 심장을 압박한 것이 원인으로 혈류가 저해되어 심정지로 인한 쇼크사에 이르렀다… 쯤 되려나.

그거라면 이송된 대형 병원에서 진료 기록부에 꾸민 '서술 트릭'과 모순되지 않는다. 과거의 의료 과실을 언급하고 싶지 않았던 병원에서, 그래도 명백한 거짓말은 쓰지 않았으나 궁여지책으로 호흡기 계통의 사정과 사인을 분리한 기록과는.

불리한 사실을 전체 적출한 기록과는.

"…그 비약한 논리가 옳은지 그른지를 검증하는 것은 간단합니다. 세컨드 오피니언이긴 하지만… 피해자의 시신에 대해 해부를 요청하면 됩니다. 물론 경찰 병원에."

통상 이렇게 단순한 '흉기 살인 사건'의 경우 시신 해부까지는 이루어지지 않지만, 이송처인 병원의 사망 통고를 신용할 수 없다면 어쩔 수 없으리라. 피해자가 죽기 직전 기흉을 일으켰는지 어떤지. 혈액 검사를 하면 어쩌면 호흡 상태도 확인할 수 있으리라. 당연하지만 찔린 부분이 만약 폐였다 해도 그 쇼크로 심정지에 이르렀을 가능성도 검토해야만 한다. 구멍 조치가 원인이 되어 목숨을 잃는 경우도 있고, 바로 그렇기에 일반인의 손에 의한 의료 행위는 위법이니까.

"…하지만 그렇다면 카쿠시다테 씨, 또 하나 수수께끼가 늘어나게 되지 않습니까? 위법 행위였지만 쿄코 씨에게 있어 그것은 신념에 근거한 의료 행위였겠죠. 비록 결과적으로는 한발 늦었다 해도. 그렇다면 코인을 움켜쥐는 애매한 메시지를 남길 게 아니라, 자신의 결백을 증명하기 위해서라도 당당히 그 사정을 상세히 남기면 되지 않았을까요."

그렇다. 그 생각은 나도 현장에서 했었다.

펜이 없더라도, 같은 칼로 바닥을 벅벅 긁든 코인을 바닥에 늘어놓아 글자를 쓰든 방법은 얼마든지 있었을 거다, 라고. 그랬다면 사태는 이렇게 복잡해지지 않을 수 있었다.

아니, 아예 하룻밤쯤 깨어 있었다면 어째서 쿄코 씨가 피해자를 찌르게 되었는지 그 사정에 관한 기억이 리셋되는 일은 없었다. 하지만 그렇게 간단하지는 않았던 거다.

구멍 조치의 보람도 없이 쥬키모토 씨가 죽었지만, 밀실에 갇혀 있고 언젠가 산소가 부족해진다는 상황은 전혀 변하지 않았으니까.

아니, 엄밀히 말하면 조금 변했다.

그녀가 쓸 수 있는 산소량이 배는 늘었다. 그러나 원래 양을 모르는 이상, 게다가 언제 구조하러 올지 모르는 이상 여유가 있다고는 할 수 없다. 탐정과 의뢰인이 전시실에 있는 것은 기본적으로는 은밀한 활동이다. 저택 안인 데다 갇힌 사람이 저택 주인인 이상 머지않아 구조될 거라고는 생각되지만… 실제로 다음 날 아침에는 쿠다하라 여사가 '도련님'의 행방불명을 알아차리고 문을 부쉈다.

쥬키모토 씨의 개인 정보를 안 지금에 와서 생각해 보면, 쿠다하라 여사가 당시 열쇠 수리공을 부르지 않고 문을 부수는 방법을 택한 이유는 호흡기 계통에 정신적인 문제를 안고 있는 주인이 밀폐성 높은 방에 갇히면 발작을 일으킬 가능성이 높음을 우려했기 때문인지도 모른다.

그대로 된 셈이다.

사모하는 이에게 욕을 보이려다가 반격을 당해 찔려 죽었다고 생각하는 것보다 그 편이 차라리 낫다고는 도저히 말할 수 없겠지만.

"어느 쪽이든 쿄코 씨는 **활동량**을 억제해야만 했던 겁니다. 여느 때라면 활발히, 움직이기 위해 산다고 해도 좋을 스피디하고 스포티한 쿄코 씨지만 이때만큼은 **가급적 움직이지 않고 가급적 호흡하지 않는다**… 구조를 기다리기 위해 산소 사용을 최소 레벨로 낮출 필요가 있었죠."

"아니… 카쿠시다테 씨. 요가 달인도 아닌데 호흡량을 낮추다니, 그런 게 가능할 리…."

말하면서 히다루이 경부도 깨달은 듯했다. 물론 쿄코 씨가 요가 달인이었음이 생각난 게 아니라.

그래서 쿄코 씨는 **잠든** 것이었음을.

밀실 안에서 슬립 모드에 들어갔다.

명상만 한 효과는 기대할 수 없을지라도 취할 수 있는 수단 중에서는 최적의 선택이다. 그렇다 해도 역시 그냥 잠들 순 없다. 그녀에게는 자고 일어나면 기억이 리셋된다는 특수한 사정이 있다. 백지 상태에서 밀실 안에 흉부를 찔린 시체가 옆에 있으면 제아무리 쿄코 씨라도 자신이 범인이라고 생각해 버릴지 모른다.

그러므로 시간이 없는 상태 속에서, 산소가 없는 상태에서 즉흥으로 다잉 메시지를 만들어야만 했다.

여유 따위는 없었던 것이다.

그 자리에 있는 즉흥성밖에 없었다.

이해하기 힘들든 애매하든, 잘 만든 게 아니든 완전한 게 아니든 망라할 시간도 없어서 맨 처음 떠오른 발상을 즉각 채택할 수밖에 없었다. 지금의 자신은 훤히 아는 진상이 내일의 자신에게 전해질 것을 믿고.

안타깝게도 '오늘의 쿄코 씨'가 '어제의 쿄코 씨'의 그런 전폭적인 신뢰에 백 퍼센트 완벽히 부응했다고는 하기 힘들다. 그게 가능했다면 그녀가 현행범으로 체포되는 일은 없었겠지만, 잠에서 깰 때 움켜쥐고 있었던 몇 개의 코인으로부터 즉시 진상에 다다를 수는 없었다.

아니, 그보다 그 시점에서는 고려할 수 있는 가능성이 너무 많아서 망라 추리를 으뜸으로 하는 쿄코 씨로서는 진상을 좁혀 나갈 수 없었다. 그렇기 때문에 얌전히 체포되었다.

쿄코 씨는 스스로 덫에 걸린 거라고 예상한 나지만, 이것은 말하자면 자신이 설치한 덫에 걸린 거나 마찬가지다.

사건의 개요를 경찰에게서 알아내기 위해… 취조실에 뛰어들고 유치장에서 농성했다.

대강 짐작이 간 것은 수사 파일을 정독했을 때겠지만, 이송된 병원에서의 서술 트릭도 포함한 그 보고서만으로는 역시 확신을 가질 수 없었다. 쥬키모토 씨가 의뢰인이라는 것은 겨우 예상할 수 있지만, 오른쪽 폐의 사정을 모르는 이상 어째서 자신이 성급한 행위에 나섰는지까지는 추리할 수 없으므로. 그러므로 히다루이 경부와의 약속을 반쯤 어기는 형태로 나라는 '전문가'를 움직이는 플랜을 채택했다.

증거 확보.

히다루이 경부는 쿄코 씨가 자신의 신병을 구속하는 경찰에 불신감을 품고 있어서 제삼자인 나를 끌어들였다고 생각한 모양이지만, 더 정확히 말하자면 쿄코 씨는 수사 파일이야말로 신용하지 않았던 것이리라. 그것을 읽는 한 '범인은 나'인 것이 되어 버리니까.

"수수께끼, 는 그렇다 치고… 문제는 아직 남는다 해도….'

잠시 침묵을 지키던 히다루이 경부가 마침내 결론을 짓듯 말했다.

"적어도… 현재 씌워져 있는 강도 살인 혐의로 피의자를 계속 구류할 이유는 사라진 것 같군요."

누명 제조기로 불리는 그가, 그럼에도 이 순간 어깨의 짐을 내려놓은 듯한 분위기를 풍겨 어쩐지 망각 탐정이 철창에서 얼른 나가 주었으면 하는 본심도 어른거린 듯했는데, 그것은 다소 짓궂은 시각일까.

그런데 만약 그렇다면 히다루이 경부에게는 미안하지만 여기까지의 추리는 어디까지나 전부 내 것에 지나지 않는다. 일반인의 의견… 전문가라도 어차피 망각 탐정 전문가의 의견일 뿐이다.

망각 탐정의 의견은 또 다를지도 모른다.

나는 어쩌면 아주 엉뚱한 생각을 장황하게 지껄여 버렸을지도 모른단 말이다. 그래서 나는 이 취조극을 가시화하고 있던 테이블 위의 스마트폰 쪽으로 시선을 주었다.

지하 유치장과 연결된 스마트폰 카메라를 보았다. 아니, 마이

크를 보았다.

"쿄코 씨. 이 정도면 좋았을까요?"

좋았는지 나빴는지로 따지면 좋은 일 따위는 하나도 일어나지 않았다. 어떤 진상이든 쥬키모토 씨가 비명횡사한 것에 변함은 없다.

가엾은 인간이 가엾은 채 죽었다.

그런 진상이 좋았을 리 없다.

그러므로 나는 정정했다.

"쿄코 씨. 저는 오늘이야말로 당신의 조수 역할을 해낼 수 있었을까요?"

생전의 쥬키모토 씨가 라이벌시했을 만한 정도로는, 이라고까지는 말하지 않았다.

대답은 없었다.

역시 합격점은 받지 못한 것인지 불안해졌지만, 이상하게 여긴 듯한 히다루이 경부가 스마트폰을 조작하여 볼륨을 최대로 높인 결과 전화기에서,

[ZZZ….]

하고.

평온히 잠든 숨소리가 들려왔다.

어떤 사건이든 하루 만에 해결하는 망각 탐정의 수면은 사건 해결의 움직일 수 없는 증거이며 못난 조수에 대한 합격 증서이

기도 했다.

수수께끼투성이에 비밀투성이의, 허와 실이 뒤섞인 정체불명
의 망각 탐정이지만 그래도 그 평온히 잠든 숨소리만큼은 전혀
표리 없이, 결백하리만큼 무죄였다.

종 장

오키테가미 쿄코의 석방

1

갖가지 소정의 절차가 있어 망각 탐정의 방면은 다음 날 저녁에야 가능했다. 다만, 히다루이 경부가 유치장을 찾았을 때 쿄코 씨는 아직 침대에 누운 채 깨어나지 않고 있었기에 그녀의 인식에서 '오늘'은 이제 막 시작되었다고 해야 할까.

"어째서 제가 철창 안에…? 그리고 왜 경찰 제복을…?"

깨어난 직후에는 역시 약간 이상으로 혼란을 겪은 모양이지만 히다루이 경부가 처음부터 차근차근 설명했다. 강도 살인 혐의로 신병을 구속당했던 것, 그 혐의는 풀렸다는 것, 그리고 경찰 제복은 당신이 멋대로 입었다는 것을.

"놀리시면 안 되죠. 제가 궤변을 늘어놓아 여성 경찰의 제복을 입으려 드는 일이 있을 리 없잖아요. 틀림없이 누명이에요."

기억이 리셋되어도 성가신 피의자였다. 두 번 다시 오지 않길 바란다.

"아니, 아니. 또 올 거예요. 전 여친처럼."

"전 여친처럼은 오지 마십시오. …일반인의 손에 의한 의료 행위는 누명이 아니거든요. 그 건으로는 후일 연락이 갈 겁니다."

"후일이라면 오늘의 저와는 아무런 상관이 없네요."

라고 능청을 떠는 쿄코 씨.

기억이 리셋되자 성가심도 뻔뻔함도 오히려 늘어난 것처럼도 느껴졌다.

'뭐, 그 일도 결국에는 질책 없이 끝나겠지… 새로운 검시 결과도 나왔으니….'

"유로 동전은 히다루이 경부님이 쥬키모토 저택에 돌려주시겠어요? 엄밀히 말하면 그것도 '그저께의 제'가 저지른 위법 행위인 모양이니까요."

"네, 그 정도는 기꺼이 해 드리죠."

강도죄라고는 할 수 없어도 컬렉션을 멋대로 가지고 나왔으니 절도죄가 성립할지도 모른다… 단, 원래 주인인 쥬키모토 씨가 쿄코 씨에게 양도의 뜻을 내비친 이상 그 일로도 입건은 어려우리라.

"컬렉션은 관계가 소원했다는 유족들끼리 나누어 갖게 되겠지만 적어도 이 유로 동전은 카쿠시다테 씨에게 부탁해서 쿠다하라 씨에게 넘어가도록 조치하죠."

"그렇게 해 주시면 고맙겠어요. 지금 제게 하셨듯이 그분께도 사건의 진상을 다정히 알려 주세요. …카쿠시다테 씨라고 했죠. 신세를 졌네요, 잊어버렸지만."

표표히 말한다.

조수로서 참 헌신하는 보람이 없는 탐정이다.

"뭐, 전 여친으로서 오시는 건 곤란하지만 탐정으로서는 또 모시게 될 것 같습니다. 당신의 혐의는 풀렸지만 아직 제가 당신에게 부탁드린 의뢰 내용은 완수되지 않았거든요."

"네? 그랬나요?"

이것은 능청을 떠는 게 아니라 진짜로 모른다는 듯한 태도였다. 아니, 확실히 피의자의 혐의는 풀렸지만 그로써 모든 것이 끝난 듯한 기분에 빠져 있어도 곤란하다.

진범을 체포하지 않으면 사건이 해결되었다고 할 수 없지 않은가.

이전 사건과는 상황이 다르다.

"아. 진범, 말인가요?"

"네. 카쿠시다테 씨의 추리에 의하면 문을 닫아 두 사람을 전시실에 가둔 누군가가 있었던 거죠? 필시 그러면 피해자가 호흡 부전 증상을 일으킬 거라 내다보고…."

확실한 살해법이라고는 할 수 없지만 그래도 사고를 가장할 수 있고, 발작을 일으키지는 않더라도 발견이 늦으면 당연히 질식의 위험은 있다. 미필적 고의라는 것이다.

대체 진범이 어떻게 순경의 감시를 뚫고 쥬키모토 저택에 침입했는지 그 점을 규명하지 않으면 안 된다. 의심이 가는 사람은 유산을 상속받게 되는 일가친척이지만 폴리스 박스의 존재를 고려하면 내부범일 가능성도 있다.

더부살이 고용인도 용의자고, 뜻밖에도 최초 발견자인 '할멈'이 문을 닫은 장본인일 가능성도… 혹은 뒷문의 존재를 알고 있었던 제삼자가….

"그건 없을 것 같은데요."

"네?"

어깨너머로 배운 망라 추리가 중단되었다.

"아니요, 지금 막 사건을 파악한 애송이가 무슨 소린가 싶으시겠지만 별로 복잡하게 생각하지 않아도 될 것 같거든요… 오컴의 면도날*이죠. 히다루이 경부님은 방금 '사고를 가장할 수 있다'라고 말씀하셨는데."

사고였다고 생각하는 게 적절하지 않을까요.

라고 쿄코 씨는 말했다.

'사고…였다니?'

"**무심결에**, 문을 닫아 버렸다는 겁니까? 쥬키모토 씨가? 그런 부주의한 실수는… 있을 리 없을 텐데요. 자기 집의, 자기 방인데요?"

"그럴까요? 말씀에 따르면 그분은 제게 수차례 의뢰를 했던 거죠? 즉, 저를 수차례 전시실로 안내했다는 뜻이에요. 그것이 단 한 번의 기회였다면 조심하셨을 법도 하지만 쭉 반복되었다면 한 번쯤은 실수할 수도 있죠. 자기 집의, 자기 방이니까… 긴장이 풀릴 수도 있죠."

※오컴의 면도날 : 같은 현상을 설명하는 두 개의 주장이 있다면 간단한 쪽을 선택하라는 뜻으로, 여기서 면도날이란 필요하지 않은 가설을 잘라내 버리는 일의 비유다.

그렇게 말하니 할 말이 없다.

아니, 그런데… 뭐, 그렇다면 '진범'이라는 존재를 굳이 지어내지 않아도 결론은 난다. 일가친척이 의심스럽네 어쩌네 해도 상식적으로 그 일가친척은 피해자보다 훨씬 부자일 테고, 내부자 범인설에 대해 말하자면 피해자가 죽음으로써 범인은 직장을 잃게 된다.

뒷문을 아는 제삼자의 존재가 있을 가능성보다 사고가 일어날 가능성이 더 높은 것처럼도, 확실히 생각된다. 그렇지만 '호흡할 수 없게 되는 것'에 대한 공포심을 강하게 품고 있었던 쥬키모토 씨가 그런 부주의한 실수를 저지르다니, 역시 상상하기 힘들다.

남들의 몇 배로 조심할 국면이리라.

뭐, 그렇게 따지면 애초에 밀폐성이 높은 금고실을 컬렉션 전시실로 개조한 점부터가 이상한 셈이 될지도 모르지만….

"그래서 '미필적 고의라는 것'이에요. 히다루이 경부님."

쿄코 씨는 말했다. 망각 탐정은 말했다.

가장 빠른 탐정은 말했다.

"갇히면 질식할 리스크가 있는 방에 빈번히 드나들었다는 말을 듣고 이 탐정은 즉시 이렇게 생각했어요. 그렇게 위험한 짓을 하다니. **그런 건, 거의, 자살 행위잖아**라고."

"……."

"언젠가 자신이 무심결에 실수를 일으키기를, 쥬키모토 씨는 바랐던 게 아닐까요. 간병용 침대를 사서 장수할 작정임을 주위에 어필했던 것은 그런 소망의 반증처럼도 보이네요."

그럴 리가, 쥬키모토 씨에게 자살 소망이 있었다니 말도 안 된다, 동기는 대체 뭐란 말인가… 라고 반론할 수는 없었다.

죽고 싶은 이유는 얼마든지 있었으리라.

가엾은 인간이 가엾은 채 죽었다.

소망이 아닌, 절망.

"…무심결의 실수에 쿄코 씨를 끌어들인 부분까지 소망대로인가요? 그래서 당신에게 거듭 의뢰하고 전시실로 초대했다고요? 그가 내심 바랐던 것은… 동반 자살이었다?"

"과연 어땠을까요. 만난 뵌 적도 없는 사람에 대해 이러쿵저러쿵 말할 마음은 없지만."

이라고 쿄코 씨는 일단 거리를 두듯 말하더니 "잠재적으로는 분명 알고 있었을 리스크인데 갇혔다고 해서 그토록 패닉을 일으킨 이유는 저를 끌어들여 버렸기 때문이라고 해석해도… 뭐, 그리 큰 모순은 생기지 않을 것도 같네요."라고 정리했다.

봐도 봐도 가장 빠른 탐정.

수갑이 풀리자 잠에서 깬 지 5분 만에 사건을 해결해 버렸다.

'…이런, 이런.'

살인 사건이라고 쓰인 앞표지도 명탐정에 의해 뒤집히고 나니 사고사라고도 할 수 없는 병사였다. 요컨대 뒤표지는 오키테가미 쿄코의 병사인가.

또다시 '얼빠진 형사 역'을 맡고 만 셈이다. 돌이켜 보면 처음부터 끝까지 그랬다.

카쿠시다테 청년은 보람이 있든 없든 어쨌거나 조수로서의 역할을, 어쩌면 그 이상의 임무를 수행했다. 망각 탐정 전문가인 그가 없었더라면 이 석방도 없었으리라.

그러나 히다루이 경부가 있거나 없거나 이 사건은 해결되었을 게 틀림없다… 언젠가는 사태를 파악한 오야기리 경호주임이 경찰서로 달려왔을 테고 그렇게 되면 의뢰인의, 나아가 피해자의 사연이 밝혀졌을 테니, 이번에야말로 명탐정을 능가해 보이겠다고 설쳐 봤으나 어차피 그런 태도야말로 보조역의 전형이었던 것 같다.

"어머나. 웬 겸손이세요. 저를 체포하신 명형사께서."

"비꼬지 말아 주셨으면 좋겠군요. 체포한 사람은 다른 형사고 저는 인계받았을 뿐입니다. 실제로 수수께끼 풀이의 대부분은 당신 전문가, 당신 '파트너'인 카쿠시다테 씨가 한 것이고, 저 따위는 아무것도…."

"네. 카쿠시다테 씨인가 하는 분의 대활약에는 분명 '어제의 저'도 감사했을 게 틀림없어요. 잊어버렸지만."

한없이 보람 없는 카쿠시다테 씨인가 하는 분이다.

어쩌면 얼빠진 형사 역이 그나마 나을지도 모르겠다고 생각을
바꾸려는데,

"그렇지만 히다루이 경부님께도 '어제의 저'는 마찬가지로, 또
는 그 이상으로 감사했을 거예요. 잊어버렸지만. 히다루이 경부
님 없이는 제 석방도 있을 수 없었어요."

라고 망각 탐정은 확신에 찬 어조로 단언했다.

추리가 아니고, 가정도 아니고.

"그도 그럴 것이 히다루이 경부님은 저를 싫어하시는 것 같거
든요."

"엇… 그런 건 절대."

성가셔하는 마음이 태도에 드러나고 말았나.

아니, 사건의 자초지종을 이야기하는 어조에도 명탐정에 대한
거부감이 자연스럽게 섞여 버렸는지도 모른다… 그것이야말로
무심결의 실수다, 이 망각 탐정이야말로 취조의 명수라는 사실
을 잊고 있었다.

"'어제의 저'가 제 무죄를 확신하는 데 있어 '그저께의 저'가
남긴 다잉 메시지가 열쇠로 작용한 건 틀림없지만, 사실상 그
메시지는 새빨간 거짓말로 '그저께의 저'가 컬렉션이 탐나 충동
적으로 쥬키모토 씨를 살해했을 가능성도 제로는 아니었으니까
요. 그래서 만약 제가 범인일 경우, 제게 비판적인 이 사람이라
면 분명 딱 부러지게 처단해 주리라고 생각했어요. 명탐정의 폭

주를 막는 안전망. 팬이나 전문가로서는, 혹은 이따가 목이 잘
릴 경호주임으로서는 도저히 할 수 없는 일이죠. 조수를 필요로
하지 않는 명탐정이라는 과찬을 듣고 있는데, 그렇더라도 역시
저를 엄격한 눈으로 봐 줄 대등한 비판자는 늘 소중해요."

아니면 히다루이 경부님, 하며 쿄코 씨는 장난스럽게 웃었다.

"실은 저를, 좋아하거나 했나요?"

'……'

공감할 수 없다, 라고 생각했다.

오히려 반발마저 느꼈었다.

망각 탐정의 파트너가 되고 싶다니, 현실과 망상을 구별하지
못하는 탕아의 얼토당토않은 헛소리라고 신랄하게 비판했었다.
자신이라면 명탐정의 들러리가 되는 건 사양이었고 그래서 의
욕을 잃었었다.

그러나 그조차도 결국 같은 코인의 앞면과 뒷면이었는지 모
른다.

대등하다는 말에 나잇값도 못 하고 끓어오르는 감정이 없다
면 위증죄가 된다. 이 감정이 인정받고 싶은 욕구라는 원시적인
말로 표현되기를 바라지 않는다.

'동족 혐오… 였다는 건가.'

자신만큼은 적군에 굴하지 않겠다며 레지스탕스를 이어 갔던
어제라는 하루가, 혹은 훨씬 이전의 하루가 지금 이 순간 가까

스로 히다루이 경부에게도 끝난 듯했다.

저를, 좋아하거나 했나요?

'모두 이런 식으로 이 사람에게 농락당해 왔겠지… 이놈이고 저놈이고 어쩐지 홀랑 넘어가더라니.'

나 참, 어디까지 계산된 건지.

한없이 죄 많은 탐정이다.

"그건….''

"네?"

"그건 어처구니없는 누명입니다, 쿄코 씨."

좋으리라. 그 또한.

다음 첫 대면 때도 서로 적이다.

히다루이 경부는 씁쓸한 미소를 띤 채 그렇게 결의하고, 참 뻔뻔할 따름이었던 오인 체포의 대상을 구류 기한 내에 석방했다.

덧붙임

약속대로 나는 저널리스트 카코이 토시코의 수많은 정보원 중 하나로서 이번 사건에 대해 공개할 수 있는 범위의 정보를 제공했지만 그녀가 그것을 기사로 보도하는 일은 없었다. 그럴 가치가 없다고 판단했을지도 모르고 흥미의 대상이 의료의 어둠 쪽으로 옮겨 갔을지도 모른다. 어느 쪽이든 그녀가 집필할 계획인 망각 탐정 전기가 세상에 나오는 것은 아직 한참 나중의 일이 될 듯하다.

바로 그 카코이 씨에게 들은 바로는 나를 나 이상으로 잘 아는, 그러나 내 쪽에서는 이름도 모르는 쿄코 씨의 보디가드 씨는 어쩐지 또 목이 잘린 모양이다. 다만, 히다루이 경부에게 들은 바로는 석방된 쿄코 씨의 신원 인수인은 그가 맡았다고 한다. 남이 보기에는 이해하기 힘든 관계라고 할 수밖에 없다.

그런 꿋꿋한 두 분과는 대조적으로 나로 말할 것 같으면 오늘도 역시 경문을 베끼듯이 이력서를 써 대는 나날로 돌아갔다. 어쩐지 일상에 복귀해 보니 사건 해결과 함께 훅 잠에 빠진 쿄코 씨와는 대조적으로 나는 꿈을 깬 듯한 기분이다.

쥬키모토 미스에라는 인물이 정말 있었는지 어떤지조차 내게는 분명하지 않다… 아니, 그런 식으로 생각하고 싶을 뿐인지도 모른다.

가엾은 인간이 가엾은 채 죽었다.

그런 식으로 생각하고 싶지 않을 뿐인지도 모른다.

그래서 그 일을 의식적으로라도 몽상처럼 인식하여 스리슬쩍 자연스럽게 잊으려고 '미필적 고의'를 꾀하고 있다. 하지만 정말 그럴까?

가엾은 인간이 가엾은 채 죽었다. 그것이 결론인 걸까? 시간을 두고 생각해 보니 (이 일만큼은 망각 탐정으로서는 불가능하다) 꼭 그렇게 말할 수만은 없다는 느낌도 들기 시작했다.

호흡 부전을 일으켜 구명 조치의 보람도 없이 목숨을 잃은 그를 가엾은 사람으로 치부하는 것은 뭔가 잘못되었다.

이를테면 발작을 일으킴으로써 그는 결과적으로 함께 갇힌 쿄코 씨에게 **보다 많은** 산소를 남겼다… 그렇게 해석한다면 평생에 걸쳐 모은 컬렉션에 둘러싸여 동경하던 명탐정을 위해 죽은 그의 마지막은 행복하다고는 할 수 없을지언정 그리 나쁘지 않은 것이었다고는 표현할 수 있다.

더 나아가 그는 고의로 발작을 일으킨 게 아닐까…?

그런 일이 가능한지 어떤지는 상상에 맡길 수밖에 없지만 자신의 필연적인 얼결의 실수로 밀실에 갇혀 버린 의뢰인은 탐정을 살리기 위해 호흡 부전으로부터 굳이 회복하려 하지 않았던 게 아닐지… 그때 그는.

호흡breath이 아니라 축복bless을 바란 것이 아닐까.

무의미한 착오로 살해되는 죽음이 아니라 동경하던 탐정에게 일조하는 의미 있는 죽음을.

물론 그 현실적인 쿄코 씨가 그런 자기희생적인 영웅주의를 인정할 리 없고 바로 그렇기 때문에 법을 어긴 침습적*인 구명조치까지 시행했다고 보지 않으면 안 되겠지만, 보는 방식이 달라지면 보이는 방식도 달라진다.

앞면과 뒷면은 반전된다. 꿈과 현실도 역시 뒤바뀐다.

이번 사건에서 유일하게 반전되지 않았던 것을 꼽자면 쿄코 씨의 자신에 대한 입장뿐이다… 경찰이 유치장에 처넣든 의뢰인이 컬렉션을 배경으로 닦달하든 그녀는 탐정이기를 한 번도 포기하지 않았다.

백지이기 때문에 앞면도 뒷면도 같은 것이다.

나는 그렇게는 안 된다.

낯선 고등실업자에게 동경을 받고 있었다는 꿈에서 깬 듯한 기분이 되고도 실직의 연속이라는 내 현실은 계속되는 것이다. 그렇다면 그가 내게 품었던 터무니없는 오해도 언젠가 진실이 될지도 모른다… 진실로 만들 수 있는 내일이 찾아올지도 모른

※침습적 : 세균과 같은 미생물이나 검사용 장비의 일부가 체내 조직 안으로 들어가는 처치.

다.

　다 쓴 이력서를 들고 나는 오키테가미 탐정 사무소로 향한 것
이다, 오늘은 의뢰인으로서가 아니라.

　　　　　　　　오키테가미 쿄코의 뒤표지 끝

◆작가 후기◆

지금까지 소설 속에서 대체 몇 번을 써먹었는지 헤아릴 수 없는 '뒤의 뒤는 앞'이라는 명제는 미스터리의 기본과도 같은 정형 문구지만, 그 익숙한 테크닉은 자칫하면 '이거, 당연하지 않아?' 싶은 진상도 될 수 있습니다… '뒤의 뒤는 앞'이라는 명제를 다시 뒤집어 말한다면 '앞의 앞은 앞'인걸요. 참 이상하지만, 그 부분은 미스터리에 있어서는 작가와 독자의 신뢰 관계를 바탕으로 한 테크닉이며 트릭인 것 같습니다. 독자를 놀라게 하려는 작가와 그런 작가의 속임수를 꿰뚫어 보려고 벼르는 독자의 일종의 기묘한 신뢰 관계. 어쩌면 그것은 한 권의 미스터리를 성립시키기 위한 공범 관계라고 해도 좋을지 모릅니다. 뭐, 그 호흡이란 '이 정도 모순은 눈감아 주자'라든지 '어느 정도는 잘못 읽혀도 어쩔 수 없다'라는 느슨함으로도 이어질 수 있어서 다소 주의가 필요하지만, 그런가 하면 '분명 이건 미스디렉션이겠지' 같은 가짜 진상을 그럼에도 믿는 척 읽어 나갈 때가 의외로 가장 두근

거리는 듯한 느낌도 듭니다. 속는 셈 치고 읽어 봅니다. 그러고 보면 '뒤의 뒤는 앞'이라는 것은 정형 문구라기보다 작가와 독자의 약속일지도 모릅니다… 속이는 것을 뛰어넘어 아예 약속을 깨는 패턴도 있으니 뭐라고 말할 순 없지만요.

이리하여 망각 탐정 시리즈 제9탄쯤입니다. 확실히는 기억이 안 나지만 뭐, 이 시리즈에 관해서는 늘 첫 번째 작품이라는 마음으로 쓰고 있습니다. 그 말은 요컨대, 늘 시리즈의 마지막 작품이라는 마음으로 쓰고 있다는 것과 같은 뜻이며 표리 관계이기도 한데, 한편으로는 지금까지의 약 여덟 권이 있기 때문에 이 작품이 있었다는 느낌도 듭니다. 간단히 말해 카쿠시다테 씨 편(編)과 경부님 편의 컬래버레이션 같은 한 권이었습니다. 솔직히 이런 방식으로 쓰는 일은 망각 탐정 시리즈에서뿐만 아니라 원래 잘 없지만, 익숙지 않은 일을 하는 것치고는 비교적 쓰기 쉬웠습니다. 아마 새 시리즈라는 마음으로 쓰고 있기 때문에 평소의 기본 스타일 같은 것을 망각하고 마는 것이겠지요. 카드를 계속해서 뒤집는 사이 어느 쪽이 앞이고 어느 쪽이 뒤인지 알 수 없게 된 거나 마찬가지인데, 그런 느낌으로 망각 탐정 시리즈 제9탄쯤인 『오키테가미 쿄코의 뒤표지』였던가요? 아니면

『오키테가미 쿄코의 앞표지』였던가요….

타이틀과 내용에 맞춰 이 책의 표지는 양면 커버로 제작되었습니다. VOFAN 씨가 그려 주신 표리일체의 쿄코 씨를 즐겨 주세요. 둘 다 의외일 만큼 그럴싸하네요. 다음 작품은 제10탄인데, 타이틀은 분명『오키테가미 쿄코의 색견본』이 되지 않을까 생각합니다. 잊지 않는다면 말이지만요.

니시오 이신

오키테가미 쿄코의

뒤표지

저자 **니시오 이신**

1981년 출생. 『잘린머리 사이클』로 제23회 메피스토상을 수상하며 2002년 데뷔했다. 『잘린머리 사이클』로 시작되는 〈헛소리 시리즈〉, 처음으로 애니메이션화된 작품인 『괴물 이야기』로 시작되는 〈이야기 시리즈〉 등, 작품 다수.

일러스트 **VOFAN**

1980년 출생. 대만 거주. 대표작으로는 시(詩) 화집 『Colorful Dreams』 시리즈가 있다. 2006년부터 〈이야기 시리즈〉의 표지, 캐릭터 디자인을 담당.

오키테가미 쿄코의 뒤표지

2021년 8월 10일 초판 발행

저자	니시오 이신
일러스트	VOFAN
옮긴이	정혜원
발행인	정동훈
편집인	여영아
편집 팀장	황정아
편집	노혜림
발행처	(주)학산문화사
등록	1995년 7월 1일
등록번호	제3-632호
주소	서울특별시 동작구 상도로 282 학산빌딩
편집부	02-828-8838
영업부	02-828-8986

ISBN 979-11-348-9074-2 03830

값 12,000원